這年頭可不能光看新聞破案啊！

懸案追追追

作者／天地無限

～獻給那些堅持夢想、一往無前的人們

目錄

～故事內容純屬虛構，文中所涉及的人名、場景、事件皆為編造，概與現實無關！

第一章

一點都不安樂的安樂椅神探

我的正職並不需要名片這玩意兒。因此碰到得跟陌生人交流寒暄的場合時，我都會遞上一張「副業專用版」的名片。

「哦，李宗唐先生你好。唷……是推理小說作家呀！失敬失敬。」

這通常是對方看到名片後的第一個反應。

「只是隨便寫寫，還不成氣候啦！」

按照標準流程，我也得一邊搔著頭、言不由衷地客套一番。

「就是像電視上演的福爾摩斯、金田一嘛，不簡單耶，比警察還厲害哦！」

（要是警察先生聽到一定不大開心吧！）

「不敢當，不敢當。」

接下來每個人問的第三句不外乎是這樣的：

「推理很強是吧，那你能不能推理一下，兩顆子彈真的是自導自演嗎？」、「你說說看馬航空難發生什麼事了，是不是真的被美軍打下來？」、「你跟警察、檢察官都很熟吧？幫忙破過多少案了？」

當然，經歷過無數次類似的問答後，身經百戰的我也能輕鬆以對。我通常會帶著微笑回個標準答案：

「這年頭可不能光看新聞破案啊！你知道現在電視、報紙還分藍綠，每一臺報的內容都不一樣，警察更不可能把線索都公布出來，就算福爾摩斯也要到現場拿著放大鏡確認過，才能完成推理對吧！」

通常話說到這份兒上，對方也會識趣地應和幾句，接著隨口扯些「那我先去忙」、「下次有空再聊」之類的退場臺詞，便結束第一回合的裝熟階段。

不過，這回我是首度碰上一位堅持不懈的大女孩，還真的硬要拉我到刑案現場去，幫忙找找線索、破解懸案。

她看起來大概二十六、七歲，當得上「輕熟女」這稱號，但因為熱情洋溢、活力十足，兼且好奇心旺盛，所以我覺得用「大女孩」這詞兒來形容她會比較貼切些。

我的推託之詞並沒有讓她產生絲毫想退場的念頭，反而像是激起了她的某種靈感，她興奮地說道：

「哦？所以說，如果帶你去現場找線索，那你就有把握破案是嗎？我們這兩天可以另外約個地方見面，我的同事一定會想跟你聊聊，也許咱們有合作機會呢！」

那時我只當是客套話隨便聽聽，也不想讓這位美女掃興，因此假裝感興趣地隨口附和了幾句。

畢竟寫小說瞎掰劇情是一回事，作家身兼凶手跟偵探兩種身分，要破案當然易如反掌；但在現實世界裡要四處找線索，破解另一個陌生凶手的「創作」，那絕對又是另外一回事啦！

等她雀躍地再跑去搭訕其他人後，我拿起她的名片仔細檢視，原來她是T電視臺的社會線記者，名叫「徐海音」。

●●●

我的筆名是「飄零公子」，如果你關注國內推理文學，或許對這四字名號有點印象。我曾經拿過國內短篇推理文學首獎、出版過兩本推理長篇小說與一本短篇小說集。

雖說出道以來奮鬥了四年多，表現還算不錯，但各位猜猜總共有多少新臺幣入袋呢？雖然搖筆桿的總嫌談錢俗氣，但沒錢吃飯可是會出人命呀！

噹噹，答案揭曉！文學獎金加上三本書的版稅總共也才新臺幣十四點三萬，甚至離年度課稅門檻還有一大段距離呢！

換算起來，平均每個月大概入帳兩千七百元左右，拿給國中生當零用錢都會被嫌棄了，在本地光靠寫推理小說來當正職，應該很快就餓到跪地求饒了吧！

為了能夠賺到養活自己、至少向22K看齊的月薪——也許還得申請個低收入戶補助什麼的，因此除了再找個不誤事的正職工作外，我也很積極地參與各種演講、發表會、同好社團等活動。

所以囉，當出版社編輯寶哥在上個月邀我參加臺北秋季書展講座時，我便爽快地應允了。

「阿唐，上臺講半小時，題目你自己訂。除了推廣推理小說外，還可以順便幫你自己打打書喔！」寶哥透過MSN傳訊給我。

「沒問題！我就講個本土類型小說再創新之類的好了。時間是？」

「十八日早上九點半，在世貿一館西側演講區。」

翻翻日曆那天是星期日，這讓我感覺不太妙。

「這麼早會有人去嗎？聽眾應該只有小貓兩三隻吧？」

「安啦！你是我們出版社紅牌作家耶！我們會加強宣傳總動員，場面搞得熱熱鬧鬧的。也會給你講師費二千五，不成敬意啦！」

「呵呵，貪財貪財。這小任務就交給我吧！」

只因貪圖這二千五百元的外快收入，我便老老實實地花了兩個多禮拜作簡報、練口條，甚至還買了件新襯衫。由於顧慮到現場可能會有非推理迷的參與，所以這回講題名字叫——

「加上詭計更有吸引力！類型小說全攻略」

比方直接寫本格推理小說難度很高，還不如在聽眾們耳熟能詳的類型文學，如愛情、奇幻、武俠等小說裡頭，加入一些推理解謎元素，這樣不但寫作門檻降低，也更能吸引其他領域的讀者啦！

當然我還是很有自知之明的，像是「怎麼寫出一本暢銷推理小說」這類題材是絕不會去碰的。

為了讓整場簡報完美無瑕，我跟女友慧如背著筆記型電腦，九點整就來到一館講臺準備演練。

現場一位工作人員幫忙把投影幕跟麥克風給架設好，海報跟紅布條也都掛上去，慧如則坐在底下扮演聽眾，說好要適時地鼓掌炒熱氣氛，其實她還特地準備了一小束百合要上臺獻花。我則忙著播放簡報，搭配語氣與手勢，快速地演練各章綱要。

不過越逼近開場時間，我反而越覺得自己的緊張顯得太多餘——

底下根本一個聽眾也沒有！就連寶哥自己也沒來！

「你們……還要繼續演講嗎？」

那位工作人員似笑非笑地看著我，問道。

●　●　●

「不是說會來個總動員？搞得熱熱鬧鬧的？說什麼全臺灣推理迷還滿心期待著呢！」

我立即打了通手機朝寶哥興師問罪，沒想到他竟然還在家裡睡大頭覺，這讓我更加火大了。

「唉，好啦，不好意思。昨天庫存書出清賣得不錯，我們去喝一攤慶祝，喝多了爬不起來，抱歉抱歉。」

「一個聽眾都沒有！是要講給鬼聽嗎？」我罵道。

「要講、要講，主辦單位都排入流程表了，就得執行嘛！反正阿唐你一定可以講得很精采，聽眾自然就會四面八方嘩～啦啦地聚集過來了，我現在就出發到場幫你吶喊助威。都九點半了，你快點開始吧！」

全身無力地掛上手機後，看到一旁寶哥所說的「庫存書出清」，讓我的心情更加受傷啦！

我去年出版的《第五名死者》推理長篇，原價兩百五十元，現在跟另一位名不見經傳的日本作家短篇集打包合賣，兩本只要九十九元，而且包裝封膜裡，還是將那本短篇集給放在最上頭。明擺著得靠外國人幫忙拉抬、順勢沾沾光，才能把我的庫存書給順利出清啊！

不知道該不該算是一種「安慰」，其他國內作家也大都是這樣的下場，甚至還有三本只賣九十九元的，已經不是「情何以堪」所能夠形容於萬一了。

這種打擊士氣的狀況，在我的寫作生涯裡屢見不鮮，可說是比捷運班次還更密集。但這回面對升級版的「雙重打擊」，還是讓我沮喪地想馬上找個角落蹲下畫圈圈。

「阿唐，我還在這兒，等著聽你的演講呢！」

慧如走向我，拉著我的手說道。

我看向一片空蕩蕩的聽眾區，再轉頭看向這兩個禮拜來精心製作的簡報畫面，上頭都浮現了慧如的甜美笑容。

心中的陰霾彷彿一掃而空。我也跟著微笑起來。

「那妳還不快去坐好，演講馬上要開始了！這次的內容保證句句精采、網路都找不到，錯過可就遺憾終生啦！」

接下來的半個小時，我努力地在臺上唱著獨腳戲。想像著底下有數百名聽眾，正瞪大眼睛聽得津津有味。臺下的慧如也做足表情，熱烈地扮演好聽眾角色，並在適當時機鼓掌叫好。

雖然始終沒有出現聽眾「嘩～啦啦」地從四面八方聚集過來的戲劇化場面，但演講中途，仍偶爾會有幾位好奇的民眾坐到最後一排聆聽片刻。

人潮來來去去的，最終只有那位「大女孩」駐足角落，臉上帶著微笑，堅持到簡報結束。

因此下了講臺後，我心懷感激地主動前去與她攀談、交換名片，最後我們決定約在週二晚上，與她的同事一起見面聊聊，也許會有跟電視臺合作的機會。

我總夢想有一天能在臺灣靠寫推理小說吃飯，儘管眼下我只是個拮据又狼狽的業餘作家。

●　●　●

週二下班後，我就立即趕往內湖那間約定的咖啡廳。徐海音跟另一名三十來歲的男性、自稱「八角」的節目企劃已經坐在裡頭等著了。

徐海音出聲招呼我。我跟八角兩人互換了名片，並熱切地朝對方握了手：「八角哥你好。」

眼下正是飄零公子進軍電視圈的關鍵時刻，身段放軟些是必要的吧！不過這八角給我的第一印象就不太好，一副心不在焉、想趕快走人的敷衍模樣。

徐海音穿著一件簡單的英文印字T恤、藍色牛仔褲與紫色運動鞋，搭上一條紅色花領巾，這位大女孩雖是一身跑突發新聞的俐落裝扮，仍掩不了出眾氣質。

八角看到我在斜眼偷偷打量著徐海音，厭惡地從鼻孔裡冷哼一聲。

「這是李宗唐先生，用『飄零公子』筆名出過好幾本推理小說了，在圈內小有名氣。」徐海音朝八角介紹道，然後問我：「要怎麼稱呼你比較好？叫飄零哥還是李公子什麼的？」

「就叫我小名阿唐吧！同事都這麼叫我。」

「好吧，阿唐。我翻過你寫的小說了，裡面簡介有提到你是中央資管畢業的，現在有在從事相關工作嗎？」

「目前嘛……因為想多點時間創作，所以沒走本行。就做些城市物流運輸之類的……管理之類的工作。」

我刻意地把胸前的外套拉鍊拉高些，不過八角眼尖，湊過來拉出我裡頭的 POLO 衫衣領，指著口袋上的「速必得快遞」商標笑道：

「扮什麼高深啊！什麼城市物流的？不就是騎機車送快遞嗎？你們這些寫小說的哦，就是能掰。」

被八角一陣搶白讓我很惱火。我一把撥開他的手，正準備反脣相譏時，徐海音出聲幫忙解圍：

「八角你別那隻眼看人低，做哪一行都不要緊，不過為了生計，人家可是有遠大夢想呢！」

她又再轉向我說：「阿唐你別介意，八角這人嘴巴損了點，心腸也不見得好。之所以問你做什麼工作，是擔心你要是平日太忙，日後咱們不好配合。」

徐海音這番話連消帶打的，聽在耳裡也舒服，我不由得投去感激的一瞥。

八角在一旁冷笑：「別以為我聽不出妳拐彎罵我狗呢！大家都知道妳也在做妳的主播大夢！說什麼配合還太早，趕快聊正事，老子很忙！」

（看來大家跟這個八角的磁場都不太合）我心想道。

徐海音沒好氣地瞪了他一眼。接著長呼一口氣後，切入正題：

「是這樣的，最近電視臺想規劃一檔兩小時的帶狀節目，深入探討社會案件，就類似《社會祕密檔案》、《刑案追緝令》之類的，你應該有看過吧？」

我想了想，點頭說道：「這類節目很多啊，就是模擬警方辦案，有去採訪當事人的、有在現場找名嘴開講的，甚至還有找演員演出的……叫什麼『類戲劇』對吧！」

徐海音笑道：「阿唐你電視也沒少看，挺有概念的嘛！沒錯，我們要做的主題也很類似，不過包裝手法不太一樣。除了有主持人串場、外景採訪外，要是能用的影像素材不夠多，也不排除會找演員來實境重現。但最最與眾不同的是，我們還會獨家加上一條專業的推理線，從警方沒想過的角度來切入……」

聽到這兒，我頓時猜到可能的「合作」內容了。我好奇地問：

「所以，這個新節目的賣點，就是專門針對那些還沒偵破的社會案件，找人去推理出真相？」

「賓果，答對了！」徐海音開心地拍手笑道：「重返犯罪現場是我們《懸案追追追》的重頭戲，所以你想跑現場找線索辦案的心願就可以一起達成，一舉兩得哦！」

（那全是客套話，我可從沒想過要跑現場辦案啊！）我回以苦笑。「但要是你們去報桃園公館血案、海軍採購弊案還是兩顆子彈這種懸案，給我天大的膽子，我也不敢去亂推理啊！」

「這你大可放心，我們沒把握的案件不做，尤其像是動搖國本的、會被查水錶的都盡量不碰，別說你了，連電視臺老闆也怕嘛！所以都會找些觀眾感興趣、有話題性的的社會案件，當然最後也盡量要導出一個能讓他們恍然大悟、徹底信服的真相才能交差。」

徐海音越說越興奮，比手劃腳地解說著。不過隨即被八角一陣急促的拍桌聲給打斷了：

「喂、喂，我說，事情是成了嗎？有必要一口氣談那麼多？」八角不耐煩地說道。「我們還不知道這位阿唐先生的斤兩，好歹先秤一秤，符合的話我們再往下談也不遲吧。」

此話一出，頓時把輕鬆的氣氛給一掃而空。我當下有點想拂袖走人，不過看在徐海音的面子上，仍先不動聲色地觀望著。

徐海音氣惱地瞪了八角一眼，然後帶著歉然的表情看向我：「不好意思，阿唐。其實我們之前也試著找了幾位自稱對推理有興趣的人來合作看看，不過效果不是很好，有的人連大綱才寫到一半就不告而別了。所以上頭也交代了，找合作夥伴前，得先做個測驗才行。」

這番話讓我頓時傻眼。「測驗？該不會是智力測驗還是考微積分什麼的吧？」

「不用不用。」徐海音擺手笑道：「你就當是合作前預演一下。我們會給你一個真實發生的案件，線索都有了，看你能不能從裡頭推理出真相。就當作小小的腦力激盪遊戲嘛！」

像是提出了一個過分的要求，徐海音吐了下舌頭，左右手比出YA手勢，俏皮地同時勾動幾下。

（嘿，什麼嘛！又要找我憑空推理，不又等於兜回原點了！）我心下嘀咕著，又搬出老說法來搪塞一下，並尋思著什麼時候脫身回家比較好：

「呃，徐姊，我之前有跟妳說過了，推理小說裡頭什麼安樂椅神探，看看報紙就能破案那都是騙人的，就算是福爾摩斯這種大偵探，也是要親臨現場仔細調查，才能看出真相……」

還沒等我說完，八角已經從背包裡掏出一只厚厚的牛皮紙袋，扔到桌面上，冷冷地說道：「早就知道你會這麼說啦，推託！這裡有警方去現場調查的所有筆錄、照片、鑑識報告，連新聞報導都統統整理好了，比你自己拎著放大鏡去現場翻地毯還強！這下沒藉口了吧？你究竟有沒有能力搞推理啊，大～作～家？」

迎向八角那挑釁意味十足的眼神，在那瞬間，我感覺體內的小宇宙在熊熊燃燒，一股熱血鬥志在胸中澎湃著。

「好，我就以飄零公子的名聲發誓，我會解開所有謎團的！」我豪情萬丈地右手握拳橫擊胸口，大聲宣告著。

不過兩人臉上卻是波瀾不驚，只是用那種「有隻野貓想爬樹卻失手摔落」的看好戲表情直盯著我。

「好啦，我只是想緩和一下氣氛而已！」我洩氣地辯解道：「你們應該知道吧？這是最近很紅的推理動漫梗，你們也配合一下嘛……」

徐海音尷尬地點頭應著：「知道知道，只是覺得跟這氣氛好像不太搭調。」

八角聳肩冷然道：「還真搞不懂你是在期待什麼？想看到我們笑倒在地上打滾的樣子嗎？」

我徹底放棄在考前先討好對方的念頭了。「行！玩真的，放馬過來吧！」

我深呼吸一次，打開了牛皮紙袋。

「那……倒數計時四十分鐘，開始！」徐海音看著手錶，說。

案件一　是吉日也是凶日！死在出運的那一天

這是發生在半年前的真實刑事案件。

高鳳文（男，三十三歲），江湖人稱「鈍支仔」，是個曾被地方幫派「退貨」、不成氣候的小角色，有賭博、偷竊、妨害風化等前科。

案發當日早上十點左右，鈍支仔在臺北市萬華區的一家大賣場停車場，成功偷走了一臺福特全壘打。

之前鈍支仔沒有任何偷車紀錄，也沒聽說他擅長此道。不過之後警方檢視監視器畫面，發現鈍支仔在偷車方面似乎頗有天分。他在車旁探頭探腦、等到恰當的下手時機，不到十秒就輕易地打開全壘打車門、發動引擎離開賣場。但受限於監視器的有限視角，沒能看到鈍支仔是用什麼手法打開車門的。

他在十點十分的時候，打電話給住在新莊的同居人吳曼麗（女，二十九歲），用前所未有的興奮語氣說：

「出運啦！我這次發了！哈哈！我鈍支仔也有走運的一天啦！妳給我聽好，我大概再二十分鐘就到了，妳到樓下等，我們去好好慶祝。吃好、喝好，鞋子、包包隨便妳買……」

因為是邊開車邊講手機，鈍支仔在電話裡也沒交代太多細節。儘管曼麗聽得一頭霧水，還是在二十分鐘後乖乖到騎樓等待。

但等了十幾分鐘都沒看到鈍支仔人影，撥打他的手機有接通、卻隨即被掛斷，之後再怎麼打都是「無回應」狀態，似乎是關機了。

「我當時猜他大概是中了六合彩，真發了吧！」曼麗在警方的筆錄裡說道：「我也沒想太多，因為鈍支仔還有其他女人，可能中途改變主意去找誰，所以手機也關掉。我空等一陣子後很火大，就直接上樓了。」

之後就一直沒有鈍支仔的消息。

直到當天晚間九點半左右，有人在木柵一處產業道路上，發現一輛被嚴重焚燒變形、幾乎面目全非的全壘打，而駕駛座的死者身分證實是鈍支仔。

根據法醫的驗屍報告，發現鈍支仔的脖子上有勒痕，肺裡也有碳粒子，研判是先被人勒至昏迷後，連人帶車給活活燒死。綜合附近路口的交通監視器畫面研判，死亡時間約是當天中午十二點至兩點間。

牛皮紙袋裡還附上幾張現場蒐證的全彩相片，完全沒打馬賽克，光是瞄上一眼都讓人驚心動魄！我趕忙將那些照片給抽換到最下方去。

八角看著我一副想乾嘔的模樣，冷笑了一聲。

我故做鎮靜地喝了口水，定定心神。

值得注意的是，在警方的另一份調查報告中，有提到當天大賣場除了這樁竊車案外，也另外通報了一起密碼鎖置物櫃被撬開的案件，但因為失主一直沒有出面，所以無法確認財物損失情形。

還有，鑑識人員也發現，那輛全壘打老車上，竟裝有新型的防竊裝置，車子啟動時會自動發送含有GPS位置的簡訊給車主，而且還能遠端遙控引擎熄火。詢問車主後得知，只是因為要光顧熟識車廠的生意才加裝上去的。

「嘀答、嘀答……還有二十五分鐘！」八角催促道。

「不會吧，光這些就要我找出凶手嗎？福爾摩斯也辦不到吧！」我抗議著。

「別急，下面還有資料，你繼續看吧！」徐海音說。不過她的神情變得嚴肅起來，讓我的心情開始七上八下的。

●　●　●

接下來第二份文件是關於全壘打車主的筆錄。

全壘打車主是郭育慶（男，四十八歲），在國中教理化。他這輛老車已經開了二十年左右了。他的妻子黃慧華（女，四十二歲），因為罹患大腸癌第三期，在榮總住院治療。而郭育慶也向任職學校請了長假，說是要守候在病床旁，送妻子最後一程。

郭育慶表示，案發當天早上十點，他原本是要到大賣場補充一些住院用品，但因為醫院來電通知，表示黃慧華的病情惡化，必須立即進行緊急手術，因此他才決定放棄購物，立即趕回醫院去。

但既然已經都開了一輛全壘打到大賣場了，如果要趕往醫院，理當該開自己的車過去，怎麼還會把自己的車留在大賣場的停車場，導致被偷走了呢？

「我把車剛停進停車場，就接到醫院打來的電話，要我趕回去簽手術同意書。我就趕快重新發動車子，但引擎卻怎麼也發不起來，試了幾分鐘後，我怕來不及，只好跑到大街上攔計程車過去了。」

在警方的筆錄上是這樣記載著。

郭育慶趕回醫院後，因為妻子的病情暫時穩定下來，下午兩點多才安排手術，直到四點多推出病房，這段期間郭育慶都待在醫院裡。他在晚上六點多左右搭公車返家，打算隔天再去取車。當晚十點多，兩名警察就跑到他家，請他到警局說明。

當然，經過警方的後續查訪，郭育慶與鈍支仔素不相識；而且在火燒車那段時間，也有醫院的監視器影像可做為其不在場證明。

這個火燒車事件，警方一開始是朝仇殺方向來偵辦。也許是鈍支仔過往有些江湖恩怨沒擺平，偷車得手後，恰好與對方狹路相逢，而對方非得將他給勒昏、放把火來狂燒一通，才能解心頭之恨。

什麼嘛！這個案件，比市面上那些什麼《金頭腦》、《腦筋急轉彎》的謎題還簡略，出場人物只有四個，一個死了、兩個有不在場證明，總不會是躺在醫院的癌症病人才是真凶吧？

「還有十五分鐘！」徐海音提醒道。「阿唐，還剩下最後一份資料，你得用心看。」

她意味深長地看了我一眼，似乎暗示這才是解謎關鍵。我回以感激的微笑。

最後一份資料，是小小一塊、不甚起眼的蘋果日報剪報。記錄了火燒車案發當天，警方突擊萬華區一間泰式養生館的報導。

為貫徹警方掃蕩色情之決心，在當日早上九點三十分，華江派出所幹員們持搜索票，至轄內一家泰式養生館進行臨檢搜索。現場雖未發現不法行為，但已查扣店家帳冊、電腦，將逐一分析釐清案情。

報導上附有一張照片，背景是那家泰式養生館招牌，斜後方不遠處，依稀可見到大賣場大樓。照片裡三名員警正抱著電腦主機、簿冊紙箱放上警車。

「所以，這家養生館就在發生偷車事件的大賣場附近，沒錯吧？」我確認道。

「沒錯，走路大概五分鐘就到了。」徐海音回答。

「好。但警察找養生館麻煩，究竟跟偷車殺人事件有什麼關係？」

徐海音眼珠兒滴溜一轉，不說話，八角忍不住先發難了。他用筆桿猛敲桌子說道：

「喂，喂，要不要我乾脆把答案全都告訴你啊？你不是很會推理，現在就是你大推特推的時候啊！」

好吧！我嘆了口氣。光順過一遍筆錄卷宗，整起案情仍然渾沌未明，但關鍵顯然就在最後這篇看似風馬牛不相及的報導裡頭。

不過這兒的確有些特別詭異的地方。我掏出隨身攜帶的筆記本，寫下兩大疑點：

1. 為什麼郭育慶不開自己的車去醫院？

2. 警察抓色情大都是晚上去，怎麼會「早上九時三十分」去突擊呢？

之前曾聽過某位名偵探說：「一樁謎案就像一件毛衣一樣，裡頭的疑點就是外露的線頭，揪出線頭、慢慢地將線團一絲絲拉開，最後，毛衣被拆解了，那迷人的真相就暴露在閣下眼前了！」

這不就是成語「抽絲剝繭」的廢話版釋義嘛！

無論如何，要突破眼前困境的話，我得優先解開一個疑點，然後往下順藤摸瓜，才有機會解決整起案件。不過腦袋裡的現有知識，顯然還不太夠用……

（得找外援才行！）我打定主意。

我先裝模作樣地輕咳一聲。「嗯，是有點眉目了，不過在那之前，我想先去上個廁所。」

八角一臉幸災樂禍的表情看著我：「想尿遁啦？比我想像中還快。小心飄零公子的名聲被毀於一旦喔！」

我故意不理他，拉開椅子站了起來。

「還有十一分鐘。」一旁的徐海音握拳做出打氣狀，善意提醒道：「阿唐，加油喔！」

解答一　成也生計，敗也生計

由於擔心作弊被發現，因此我沒真的踏進廁所，而是蹲在有盆景的轉角處當作掩護，方便隨時探看八角與徐海音那桌的動靜。

我掏出手機，按下了寶哥的快撥鍵。

（快接、快接！）我在心裡吶喊著。那可恨的「嘟嘟」回鈴聲似乎響得比之前都還要久。

「喂，阿唐，找我嗎？」

響了二十來聲，寶哥總算接起電話了，我鬆了一口氣。

「寶哥，我有急事，先幫我用電腦上網查個東西，其他事情回頭再跟你解釋。」我急促地說道。

「呃……我正在外面吃飯哩！」

「嗄！」我全身頓覺乏力，腦袋急速運轉著，尋思還能上哪兒找救兵。

寶哥又接著說道：「很急嗎？很急的話我用手機幫你查吧！最近我辦了支華碩的智慧型手機了，可以上網，剛好這餐廳也有無線網路。」

「好啊，太感謝了！」我彷彿重獲生機地振奮起來。「幫我查養生館會從事哪些副業。就搜尋『養生館』加『副業』這兩個詞就行。」

「好。不過我沒辦法一邊上網一邊講電話。你得等一等。」

「救急救火！你五分鐘之內盡快查好，發簡訊給我。」

「行，阿唐公子。你下次拿到稿費後，也去辦一支智慧型手機嘛，這是未來趨勢喔！」

我沒好氣地回應：「我認識的人裡頭，就你最有錢有閒，沒事在折騰這些3G玩具。記得要盡快把結果傳給我啊！」

收了線後，我將手機切到靜音模式。翻腕看錶只剩七分鐘了，偏偏八角跟徐海音的目光還不時地向這邊飄來。我蹲在牆角，邊焦急地祈禱著寶哥能及時把救命簡訊發過來。

「不好意思，先生。您需要幫忙嗎？」一名端著盤子路過的女侍應生，詫異地看著我。

「沒事，沒事。」我連忙站起身。「就是血壓低有點頭暈，我休息一下就好。」

感覺身後有兩道懷疑目光齊唰唰地聚焦過來。

我尷尬地慢慢走回桌邊，八角仍一副想看笑話的表情望著我：「時間到囉，等你表演耶！」

我一把拉開椅子坐下。「好，那就開始吧！」

「等等，你得一步步把你的推理過程給說出來，不准瞎猜啊！就算矇到答案也不算數。」八角說。

徐海音翻翻白眼，罵了聲「你可不可以正經點啊！」接著轉向我說：

「阿唐，因為你的推理過程是編劇的素材，我們還會根據這過程去拍些鏡頭或用演員、道具來加強，所以你盡量一步步地推導你的思路，這樣對我們節目製作會更有幫助喔。」

「好吧！我盡量。」我點頭應允。

我將桌上的一頁A4紙翻到背面空白處，拿支筆在上頭畫簡圖來輔助思路：

「首先，為什麼失主……！那個郭育慶，不直接開車去醫院，要停在大賣場的停車場呢？難道是車子真的發不動嗎？但是過沒多久，偷車天才鈍支仔卻發動了。所以，郭育慶是在說謊！」

我自問自答，邊在代表郭育慶的小人簡圖上打了個叉。我偷眼看了一下徐海音，她投來一個讚賞目光，表示我的方向對了。

果不其然，八角也適時地抬起槓來：「你也想得太理所當然了吧！難道就不可能是車子真的發不動、隔了空檔讓引擎冷卻後才能發動嗎？又或者鈍支仔的修車功力也很高強，所以排除故障把車子開走呢？」

其實現在的我還挺歡迎八角來故意找碴，因為寶哥仍遲遲未發簡訊給我，握著手機的掌心都急出汗來了。此刻若能多拖一秒、勝算就多一分。我故做高深地笑著：

「呵呵，如果結合了鈍支仔偷車後的反應，你就不會覺得是理所當然了。」

「哦？你解釋解釋。」八角回道。

「你想嘛，當鈍支仔偷到車後大喊『出運啦！我這次發了』，應該不是因為那輛福特全壘打的身價吧！畢竟那輛車的車齡已經二十年了，轉手頂多賣個兩三萬元。他會這樣喊，一定是因為車上有顯眼的貴重物品，比方說鑽石珠寶甚至是現金支票什麼的，才會讓這老賊頭那樣興奮吧！」

八角跟徐海音點了點頭，我繼續往下說道：

「但這樣看來的話，郭育慶的反應就很奇怪了。既然車上有這麼貴重的東西，那麼就算車子臨時發不動得離開，但怎麼會不把這寶貝帶在身上？」

「也許是他忘了？」八角依然不折不撓地唱著反調。

「郭育慶明知道這是趟探病行程，中途還要去大賣場採購，但還在車上放了會讓人一看就大叫『我出運了』的貴重物品，離開車子卻又忘了拿走，這十分不合理。」

「好吧，所以呢？你覺得郭育慶是故意把載有貴重物品的車子給停在那裡？」徐海音問。我直覺這是個「推理正確」的暗示。

但該死的手機還是一點反應都沒有，我暗自焦急著。

「沒錯！就是這樣。」我一拍雙手，故意來回觀望著兩人的反應來拖延時間，等到氣氛變得凝滯尷尬，我才緩緩說道：

「為什麼郭育慶要故意把車停在那邊？結合你們給的剪報提示：警方刻意選在早上去突擊養生館，所以肯定不是像上頭講的那樣，要去查緝什麼色情交易勾當，也許是養生館的營運牽扯了一些犯罪行為，所以才需要同時查扣帳冊、電腦。」

我持續觀察兩人臉上的神情。眼看八角臉色越加凝重、徐海音神情越發欣慰，我更肯定自己的推理方向沒錯。

「這是我目前能做出最合理的案情推測了。」我心想著。眼看籌碼也差不多出盡，我決定不等待寶哥的簡訊，先隨便說段推測來探探對方口風：

「所以呢，整件事情應該是這樣的。郭育慶其實跟那家養生館很有淵源，可能是重要幹部或股東之類的，也許是為了籌措老婆的醫藥費才這麼幹的。而當館內人員看到警方突擊臨檢時，他就趁隙把館內的值錢物事以及重要文件轉移出來，開車載到鄰近的停車場避風頭。」

「沒想到呢，這時接到老婆要開刀的急電，但為了要讓養生館員工之後可以把這些東西帶回去，不方便開這車到處跑，所以才決定把車擱在停車場，自己改搭計程車去醫院。也因為這樣，所以鈍支仔有機會偷到這輛車，除了上頭的一些財物外，也或許發現了一些類似內帳這類重要物證，有勒索的價值，才這麼如獲至寶似地喊著自己要出運了。」

八角聽完後輕撫下巴，拉長聲音問道：「然後呢……」

「然後，郭育慶搭計程車前往醫院途中，突然收到手機傳來的警報訊息，發現自己的全壘打朝預期之外的方向移動了，所以就透過遠端遙控將引擎熄火，但怕鈍支仔把重要物證拿走，所以趕快掉頭去攔截對方，引起了後續的凶案。當然了，他也許偽造了醫院監視器影像，為自己做了不在場證明……」

徐海音的臉色變了，皺著眉頭說道：「阿唐，後面這段是你自己腦補的吧？根本沒有任何線索可以推理成這樣的呀？」

反倒是八角臉上浮現曖昧微笑，繼續不屈不撓地追問：「這麼說，你覺得凶手就是……」

「所以，凶手就是郭育慶！」接續對方的話尾，我故意脫口而出。

其實就算沒看到八角眼中嘲弄的笑意，我也知道這番推理鐵定大錯特錯。但只要撐到寶哥的簡訊一來，我就能反敗為勝了。

「就這樣？這就是阿唐大師賭上名聲的驚人推理？」八角冷冷問道。

當我氣勢洶洶地喊破案件謎底後，現場果然沒有歡呼掌聲，迎來的只有八角得意的冷笑，以及徐海音的失望眼神，這拖延戰術似乎用得不太妥當。還好徐海音倒是夠義氣地趁機給我更多暗示。

她嘆了口氣，說：「阿唐，你這推論也是言之成理，算是個可能性。但這裡頭有一個問題：時間兜不攏。你看，警察是早上九點三十分去突擊養生館的，如果郭育慶真的是為了幫忙掩藏罪證，那應該早一點、或至少在那時間就把車子給停到大賣場去，因為兩者間的車程根本不到一分鐘，但他卻拖到十點才開進去？」

「照你剛剛說的，因為車上載運的東西太貴重，所以郭育慶寧可將車停在大賣場，也不願開著它去醫院陪老婆，那應該可以排除他先去外頭兜風的可能性吧！」

「還有，你有想過嗎？」徐海音定定看著我，一字一句慢慢說道：「為什麼鈍支仔偏偏選中這輛車？他如果想偷車變賣怎會去挑一輛二十年的老車？現實跟小說不一樣，可是沒有巧合的。另外，假如郭育慶是體育老師，那他獨力對付鈍支仔還說得過去，但問題是，他是一個年紀半百的理．化．老．師啊！」

「喂，喂。都洩題到這種地步了，小學生都該推理出來了吧！」八角站起身來嘀咕道：「這個傢伙也不怎麼樣嘛！推理作家什麼的，半桶水！我告訴你，在你前面有三、四個都是推理出類似的答案。我說，臺灣真的是沒人才啦！」

●
●
●

這時我懷裡的手機震動了幾下，寶哥的救命簡訊總算傳來了！我在心中暗罵，鐵達尼號都已經撞上冰山沉沒大半小時了，這時才來丟救生圈也太慢了吧！

但面對眼前找不到下臺階的尷尬局面，姑且死馬當活馬醫。我裝作不小心把咖啡杯旁的湯匙撥落到地上，趁著彎腰去撿的當兒，順勢看了一眼簡訊內容，上面寫著：

「網路上有人說，有的養生館會兼做色情、洗錢、殺手、地下錢莊之類的勾當。」

感恩寶哥！讚嘆寶哥！看到了幾個關鍵字，彷彿最後一塊拼圖現身，霎時間我腦海中靈光一閃，豁然想通了！原來真相是這樣……如此就能完美解答徐海音反問我的疑點了。

我起身端坐回位子上。此時八角已經站起來穿上外套，拿起一旁椅子上的背包要往外走。徐海音則是一臉愛莫能助的神情看向我。

我急中生智，忙學武俠小說裡的主角最愛用來化解危機的招數，仰頭哈哈一笑：

「八角兄，你急什麼呢？沒聽過推理小說的讀者最愛看逆轉劇情嗎？我只是先做第一層、放煙霧彈的推論，真正的解答我才正要說呢！」

雖然是老掉牙的虛張聲勢，不過卻百試百靈。八角聞言後愣了一下，朝外的步子一時邁不出去。

徐海音美眸一亮，忙問道：「阿唐，你還有別的推論嗎？」

我持續誇大臉上自信滿滿的表情，賊笑道：「當然！作編劇的，不都應該要吊吊觀眾胃口，先給個錯誤方向，廣告後再來個案情大逆轉，才能夠拉高收視率嗎？我可是照你們剛剛的吩咐，一步步來做推演的耶！」

徐海音微笑著說：「阿唐你的SOP真不錯，我就知道你一定可以的！」

「哼，突發式懸念啊，還輪得到你教我怎麼編劇？好，你別廢話，我就站著聽。看你還有什麼把戲可以耍。」八角嗤之以鼻。

解答一（逆轉）：差之毫釐，失之千里

雖然我的內衣後背部位，幾乎都給冷汗浸溼透了，但我仍強做鎮定，對兩人緩緩說道：「那接下來玩真的啦！首先呢，剛剛徐姊指出了我第一個推論中的兩個問題，那我就從這兩方面來開始作答。」

「如果說郭育慶是養生館的員工不合理，那麼只剩下第二個可能性，他是養生館的客戶。除非你們拿出那張警察突擊養生館的剪報是刻意誤導我。」

徐海音搖了搖頭。「養生館跟整起事件的確有關。」

看到她刻意朝我眨了眨眼睛，我知道這個方向對了。為了避免八角中途打岔、加上現場氣氛也營造太過頭了，我先發制人地說：「好的，那就沒問題了。剛才已經吊你們胃口吊得夠久，那我就順著思路一次說下去啦！」

「郭育慶是養生館的客戶，但是哪方面的客戶呢？根據鈍支仔『出運了』、『發了』的提示，所以我大膽猜測，全壘打上頭載運了很有價值的物件，應該是大量的現金，因為郭育慶正打算找養生館去『洗錢』！」

我用眼角餘光捕捉到八角下意識地揚了揚眉，心中頓時湧起一股「再下一城」的喜悅。

「鈍支仔之所以挑上這輛全壘打下手，當然不是巧合。他應該也知道養生館從事的地下勾當，或許平日就會守候在附近，觀察上門交易的客戶，看看有沒有從旁撈油水的可能性。」

「剛好那天養生館得知警察要來臨檢，因此就趕快讓前來交易的郭育慶避避風頭，將車停到附近賣場去。裡頭堆置的現金應該很龐大，所以即使郭育慶稍後接到醫院的電話，也不肯開著車上街，寧可選擇將鑰匙留給養生館人員，讓他們等臨檢過後再去把車開回店內……如果是我的話就會選擇這麼做，畢竟風險比較小。但千算萬算，就是沒算到後頭跟著一位鈍支仔。」

「我猜想郭育慶當時是急著前往醫院，因此把車鑰匙藏在車外某處，再通知養生館人員來取車……嗯，我想郭育慶是把鑰匙直接寄放到密碼置物櫃裡，然後再把櫃號跟密碼用手機傳給養生館人員，而這舉動給鈍支仔看在眼裡，所以撬開置物櫃拿到鑰匙、不費吹灰之力地把車開走。而他打開裝錢的包包或箱子一看，確認裡頭都是現金，才會大喊『我出運了』！」

「當郭育慶發現車子被移動後，立刻遙控引擎熄火，並通知養生館。而養生館人員發現這件事，為了維護商譽，所以派人去把現金奪回，並給了鈍支仔一個教訓。不管是不是養生館人員親自去幹的，但他們絕對跟整件事脫不了關係。」

「由於賣場監視器一定會拍到鈍支仔開車離開的畫面，為了不讓郭育慶這位客戶被捲入、將後遺症降到最低，所以他們取回現金後，選擇直接放火燒車，如此可以破壞相關跡證、再來也能偽造仇殺的假象。既然郭育慶都有找人洗錢的需求了，我想應該也不會捨不得一輛二十年的老車。」

我仔細打量眼前兩人的神情。徐海音微笑地猛點頭，八角則是一臉若有所思的樣子。這讓我心中一樂，意猶未盡地繼續說：

「我還可以大膽猜測。從郭育慶的背景來看，他或許是為了老婆的病情鋌而走險的。但哪種營生可以賺進大量現金、還必須動用洗錢的路子……我猜應該是製造毒品還是其他禁藥吧！」

徐海音雙手輕拍，用勝利的目光看向八角。他一臉不以為意地聳了聳肩，右手食指朝我比畫：

「你行，你運氣好。好啊，既然你這麼渴望摻一腳，那就准你來試試看吧！但你最好祈禱以後都能像今天這麼好運。」嗆聲後，八角轉身走了。

剛好這時咖啡廳的背景音樂，正在播放孫燕姿最新的《逆光》專輯，我也跟著〈我懷念的〉旋律哼唱了幾句。

徐海音笑意盈盈地看著我：「阿唐，心情很好啊！」

「當然！」我整個人都放鬆了下來，呼了口氣，回道：「感覺好像跟誰打了一架似的，幸好最後打贏、把對方KO了呢！」

「案發經過跟你說的差不多。郭老師擅長從感冒藥裡提煉麻黃素，然後再合成減肥禁藥，賣給中盤商。」

我大吃一驚。「賣減肥藥居然可以賣到要洗錢的地步？」

「因為藍海經濟加上女人錢好賺啊！」徐海音幽幽說道。

郭育慶不計代價地想治療妻子的癌症，不惜鋌而走險運用專業知識提煉違禁原料，不但純度更高且成本更低，影響到「同行人士」的業績，但又不知其真實身分，才改採「以錢追人」的方式，向警方密報他慣用的洗錢地點。

而郭育慶生性謹慎，檯面上不會跟養生館有任何互動，每次都是把車停在養生館的地下室停車場，待服務人員取走現金後，再以股東分紅的作帳方式轉到郭育慶的戶頭下。

為了安全起見，他也聽從建議裝了最先進的車輛防盜裝置。只是因為那天警察突擊養生館，所以郭育慶只好把車給停到隔壁賣場去，但這就讓在養生館附近窺伺多時的鈍支仔有了可乘之機。

當郭育慶離開賣場、發現車子提前被移動時，就馬上聯絡了養生館，之後並遙控全壘打引擎熄火，而養生館也派出三名圍事保鏢追擊。為了做好「客戶服務」、不讓客戶的營生被曝光，於是鈍支仔就不得不走向「車毀人亡」的結局了。

接著我跟徐海音在咖啡廳裡又聊了快半小時，交代了些配合事項與細節。結束前，我故意找了藉口讓她先走，不太想讓她看見我是騎著公司的快遞機車來赴約的。

目送著大女孩推開店門、一路遠去的窈窕背影，讓我一陣心旌搖盪。

（不行！不行！）我在心中吶喊著。雖然我不排斥姊弟戀，但我已經有了慧如，不能三心二意呀！

第二章

兼顧現實與夢想的「曲線圓夢論」

感覺向人生的夢想又再跨近一步啦！

騎車回家時一路上哼著周杰倫的《髮如雪》、順道買了鹽酥雞跟啤酒以資慶祝、放自己一天假不敲鍵盤、睡足八小時並有個美夢、突然覺得鬧鐘鈴聲變得悅耳、公事化的刷牙洗臉也莫名開心、早餐的冷吐司與冰牛奶是人間美味……

結果一推開大門，發現外頭正下著傾盆大雨！於是，昨晚以來的美好心情，就這麼戛然而止。

我換穿溯溪用涼鞋，穿上兩截式雨衣，配戴好手機用藍牙耳機，然後在比平日擁擠兩倍以上的通勤車陣裡，緩緩穿梭推進。只要一下雨，臺北市的私家車就全開上街，現代人真的是嬌貴得不能淋到一點雨呀！

還好，今天沿路的紅綠燈沒跟我唱反調，三支得停等九十九秒的超長紅燈都順利通關，我反而比其他人還更早抵達辦公室，提前六分鐘打了九點半的卡。

「速必得」Speed機車快遞位於大安區的巷子內，一間由住家公寓改裝的迷你辦公室。辦公室不到十坪，裡頭有兩張辦公桌、一張泡茶桌跟七八把塑膠椅，而凌亂的棧板、紙箱跟包材則吃掉了剩餘空間。

因為是這幾年才成立的新公司，所以我們打出「北北基限時親送，六十分鐘速必得」的攬客口號，而且每件硬是比同業要便宜五元：

市中心單件五十五元、一出臺北市就要依路程收費，至少多加三十元起跳，最遠能送到基隆或石碇，要再加收九百元。要是加急件的話還得收兩倍價。

當然啦，從市中心騎到石碇將近二十五公里，要是真照口號得在六十分鐘內送達的話，那玩命可玩大了。

尤其對捨不得幫快遞員保勞健保、只願意用團體保險打發的老闆來說，反而更在意咱們的身家性命。因此真要碰到要跑長程的案件，就會用「現在人手不足」之類的話術，來讓對方同意延長送件時間。

不過時日一久，老闆發現根本沒人在乎是不是一小時內送達，客戶比較在意的是「每件便宜五元」這誘因，畢竟對每月來回數百件以上的整合行銷或產品公關公司來說，省下的金額相當可觀。

所謂「羊毛出在員工身上」，說到底「以價衡量」的成本還是得轉嫁到快遞員的頭上，所以咱們的待遇自然就不是很好了。

先別說每件的業績抽成是同行中最低的，又或者夢想什麼三節或年終獎金了，光是加油油錢的補貼就常被剋扣，常得討價還價個老半天才能搞定。

正當我把郵差包擱下、拿著隨身水壺去飲水機裝水的時候，當家總機兼收發、會計、大總管的羅姊拎著早餐走了進來。

「羅姊早。」我招呼道。

羅姊點點頭，隨口吩咐著:「阿唐啊，太昌公司有兩件，一件送南港、一件要先去博愛路取貨再送永和。你看看要不要跟阿慢中午交接？」

「好，知道了。」我回道。

羅姊年約四十來歲，風姿綽約，傳說是大老闆的小三「之一」，被找來幫忙管理旗下眾多物流公司「之一」，這「人盡其才」的人力運用簡直是神鬼莫測。

雖然不知道傳言是否屬實，不過看在羅姊總是站在資方立場幫忙剝削員工的份上，至少是老闆的心腹無誤。但我對她的印象還是不錯的，畢竟臨時請假時她從不刁難我。

第二個進門的同事是小黑。人如其名，長得瘦小黝黑，身高不到一六〇公分的男孩。他的單親爸爸跟大老闆有點淵源，因此小黑國中一畢業就被安排進來打雜。從他與人應對時總顯得不安的眼神、永遠是最簡單的詞彙應對，以及渴望被認同的過分熱情，很容易讓人看出來他有智力缺陷方面的問題。

不過小黑仍勉強算是國王的人馬，加上他雖然常誤解別人話裡的意思、卻永遠是全力以赴的熱忱回應，其他同事難免偶爾以取笑他為樂，但也不敢過分欺負他。

小黑上班時總會帶個餐盒，裡面兩個塑膠袋分別裝了早午餐。早餐是兩片吐司夾自由女神草莓果醬，午餐是兩片吐司夾肉鬆。看到他每天自得其樂地猛啃吐司，啃到同事們都胃酸兼心酸，因此有時下班前會順道帶個胡椒餅還是車輪餅給他加菜。

於某間小學擔任工友的小黑爸，在他脖子上給掛了一道護身符，後頭塞了張白紙，不知道寫了什麼東西。有時我看到小黑會偷偷躲到角落，將白紙從護身符膠套裡取出，鄭重其事地反覆看了幾遍，然後微笑著握拳，像是幫自己打氣似地揮舞幾下，再小心地原樣折好放回。

當然，不管大家怎麼追問，他小子可是口風很緊，從不肯將那張白紙片輕易示人。

「羅、羅姊、早！」小黑先打好卡，然後將身上雨具卸下折好、接著除下鴨舌帽，站在離道早對象兩公尺遠處，誠心誠意地看著對方雙眼，面帶微笑來個九十度鞠躬禮。

這是小黑花了一年多所做的禮儀訓練成果。不管對方是誰，每天早上一碰面都要切切實實地演練一回。

向羅姊請安後，小黑又轉向我重複了一次紮實的早安鞠躬。「小黑你也早！」我半開玩笑地學他回了個禮。

「唐、唐哥、我去裝、裝百、百寶箱，要不要、連你的、裝？」

所謂的「百寶箱」指的是機車後座五十公升大型置物箱，平常我們不喜歡裝它，影響鑽車陣或路邊停車的靈活性。但碰到下雨天時，為了避免打溼客戶交付的貨件，還是得乖乖地裝起來。

我婉拒小黑的好意：「不必了，我等一下自己裝。」

「好、好的。」

小黑仔細觀察我的表情，確認沒聽擰我的意思後，才報以微笑，小跑步地前往後方貨架，開始將一個個機車後置物箱搬了下來。

● ● ●

通常早上會有四至六名的快遞員先進來公司打卡，確認當天的責任區域後，就會邊看電視、抽菸、聊天等著第一單進來，一旦出動就會一整天待在外頭，等羅姊打手機來調度。直到五點半後沒單的話再回公司打卡、繳回當天的收執聯並完成對帳。

這些快遞員的平均年齡將近是我的兩倍，個性也都五大三粗，跟我沒什麼談得來的話題。只有一位中年失業跑來度小月的「莊爺」跟我要好些。

莊爺快五十歲了，個頭不高、有些肚腩的中廣身材，頭髮也顯得稀疏，很像是搞笑漫畫裡常出現的那種喜感大叔。雖然說話常損人，但心腸不壞，典型的「刀子口豆腐心」。

據他說早年也算「半個文青」，看看文庫本、拉拉胡琴，脾性跟我比較相投，早上我們會坐在一起扯個幾句，中午若時間允許也會約在老地方吃個飯。

不過個性爽朗的莊爺，心中有些事仍放不下。有時碰到以往曾打過交道的公司叫件時，他總會主動跟附近責任區的快遞員交換，說是怕萬一遇見老熟人會拉不下老臉。

此外，他身上三不五時就會掛彩，嚴重點甚至會鼻青臉腫蓋紗布，也讓人懷疑是不是有什麼家暴問題。

「喂，大作家，昨天去面試的結果怎樣啦？什麼時候要進軍電視圈？」莊爺一打完卡，就衝著我亂嚷嚷起來。

我連忙打手勢要他小聲點。

「幹麼啦，這好事耶！有助於你出名賣書，早點離開這裡，有什麼不好意思的？」莊爺大剌剌地說道，一旁的羅姊像是不滿似地哼了聲。

我連忙抄起萬用扳手跟百寶箱，順道把他給拉到外頭去。

「八字都還沒一撇，你就別急著昭告天下，萬一沒成的話，我臉不就丟大了？」

莊爺哈哈一笑：「你一個堂堂國立大學出身的，跑來跟我們這些老傢伙搶飯碗，還不夠丟臉呀？哎，說真的，昨天談得怎麼樣了？」

我把百寶箱擱在機車後座鐵架上，邊蹲下身轉緊固定螺絲，邊回道：「我以為昨天去就可以談合作、簽合約什麼的，沒想到還先給我個小測驗，運氣好通過了，但接下來就等他們聯絡，看節目什麼時候開拍吧！」

莊爺猛拍我的肩膀：「那不就很快能在電視上看到你了？已經算半隻腳踏進演藝圈啦，還不好好地慶祝一下！中午老地方見，要請客啊！」

我沒好氣地打了個哈哈，邊想著中午要找個什麼藉口拒絕他。裝好百寶箱回到辦公室內，隨手抓了張蘋果日報來看。新聞頭條是紅衫軍發起人面對群眾的激昂演說，呼籲大家今天下午三點前往臺北車站集結，一起走向總統府朝阿扁嗆聲。

「喂，大學生。」邊啃著燒餅油條的阿慢對我喊著：「在你的責任區啊，自己注意點，我看中午以後應該會交通管制，手腳要快點啊！」

我假意點頭稱是，隨口回道：「切，我就算下車用牽的，也不會比你慢好嘛？慢哥！」

眾人一陣哄笑。

阿慢這人也挺性格的，來自屏東的他，最討厭臺北市的待轉紅燈，覺得傻傻地在大太陽下停等根本是浪費生命，所以常朝小巷子裡鑽。但有時自以為抄了捷徑、實際上卻是繞了遠路，誤了效率也多花油錢，但他卻樂此不疲就是了。

十來分鐘後，叫件電話陸續打了進來，各人也三三兩兩起身，展開每日行程。此時，阿慢突然揚起手上報紙大聲嚷嚷，說又有「雨夜惡狼」的相關消息了，大夥兒不禁停下腳步，朝他圍攏過來。

「哇，都快忘記有這匹狼了，是不是作案週期又到啦！」我身旁一位快遞員嘀咕道。

這則聳動的社會新聞，不惜動用精湛的電腦3D圖片與精美表格，帶領觀眾重溫這頭橫行雙北的惡狼事蹟。

這大半年來他趁著雨夜在街頭犯下了兩起姦殺案，間隔約是二至三個月左右。距離最近一起命案也過了七十幾天，今日又逢大雨滂沱，因此記者們「好意」地發稿提醒，雙北女性民眾得多加留心。

「條子不知幹什麼吃的，都被監視器拍到了還抓不到人！」阿慢搖頭罵道：「這人有夠變態的啦，聽說把女孩子殺了之後，還會在旁邊跳踢踏舞咧！有夠誇張的。」

「我說你們這些男士啊！」羅姊憂心忡忡地說：「碰到下雨天就給我準時回來打卡對帳，不要拖我時間，不然我回家時碰上這頭狼怎麼辦唷！」

「羅姊安啦！這頭狼都是挑新鮮的才下手。就算真碰上了，妳拿出教訓我們的狠勁，管他什麼雨衣狼還是毛衣狼，還不都是統統跪地求饒的膽小狼！」莊爺損了羅姊一把，被她抄起桌上膠水瓶扔了過來，不偏不倚地正中後背。

大夥兒又一陣打打鬧鬧，這才陸續穿起雨衣、跨上機車出門了。

我也把兩支原子筆插上臂袋、將貨件放進百寶箱、速記本架上儀表板的固定繩、把手機的耳機調整好，發動引擎準備出發。

剩下羅姊一人的辦公室，她將電視關了，打開身後的CD音響開始播歌。

今天又是不知她從哪兒燒錄來的女子老歌合集。我在略微走音的《聽海哭的聲音》阿妹歌聲中，展開了今日行程。

●●●

在路上冒著大雨跑了趟南港後，我在附近一家便利商店的騎樓外稍停一會兒。

以前剛跑快遞時僅憑著一股衝勁，在A地取了件就直奔B地，但卻常發生抵達B地後，A地又呼叫收件的狀況，白白浪費許多往返時間。

因此經過數天觀察後，除非是加急件得立即派送，不然我會在幾個熱門時段與地點稍做停留，比方早上就是九點半到十點（剛上班的職員急著送出昨日貨件），以及十一點半到十二點（職員想趁午餐前送出貨件）這兩時段要注意。

果不其然，才歇息個五分鐘，羅姊的電話就到了：

「阿唐，你還在南港嗎？」

「還在。」

「愛德曼公關有一件要送光復北路，普通件，月結。」

「收到！」

我迅速地填好快遞單據，同時對自己的先見之明暗鳴得意。盤算著下午如果要回大安區的話，還能再順路繞去慧如公司送個咖啡。

趁著雨勢稍歇，我收件後一路騎到中山南路與羅斯福路交叉口，跟阿慢交換他手上送內湖的貨件。此時也接近中午時分，我騎到我跟莊爺最愛的「老地方」，也是計程車運匠們最愛的中原街自助餐。

基本上，如果想在臺北市找好吃大碗價格公道的用餐所在，只要趁午餐時間觀察哪家門外停放的計程車數量最多，就是那家準沒錯！

當然啦，有經驗的老饕們都會搶在用餐尖峰時刻前十五～二十分鐘進去，這樣菜色才最齊全，而且還能找到位子坐。

一踏進門，就看到莊爺正忙著打菜。

「喂，今天吃得這麼澎湃呀！」我指著他餐盤上那如山高的配菜，與上方那兩隻大得誇張的雞腿：「該不會真的要我請客，這一頓就吃垮我吧？」

莊爺誇張地揚揚眉，說：「你這小子要飛黃騰達了，不好好慶祝一下怎麼成呢？」

我苦笑著搖了搖頭，認命地從皮夾裡掏出張千元大鈔，準備要來個大出血。不料，當餐盤挪移到結帳櫃檯前，莊爺卻先一步攔住我遞出的鈔票，自己買單了。

「喂，我的好兄弟快追夢成功了，讓我好好請你吃一頓飯，也是應該的吧！」

一陣暖意頓時流淌過我心頭。

在食客陸續湧入、人聲鼎沸的食堂裡，我們幸運地找到了一個角落的四人座。

「來，來，以茶代酒。老哥我敬你一杯，祝你有夢最美、希望相隨！」我們用隨餐搭附的紅茶塑膠杯互碰，一飲而盡。

「唉，我這次也不過是做個小小的節目顧問而已，談不上什麼飛黃騰達啦！」我心虛地說道：「就算真的可以在電視上露個臉，也未必就能多賣出幾本書，說什麼達成夢想的都太遠！」

莊爺邊埋頭扒飯邊回著：「老弟啊，我倒覺得呢，這是個讓你大展長才的好機會，也或許是你的一個生涯轉機，一定得力求表現才行。」

「哦？怎麼說？」我特意將餐盤上較大的雞腿推向他那方。

「老實跟你說，幾個月前，就在這裡，你跟我說你的夢想是成為臺灣的推理小說家時，我可真為你擔心。而且你取的筆名又是那樣的觸霉頭……」

「喂，說正經的啦！你是擔心啥？擔心我會餓死？」我問。

「是啊，那還用問？一開始是很佩服你的傻勁，你看看周遭認識的人，一年到頭也沒看過幾本小說，更別說買書了。」

「不過你要是能趁這機會來改變一下路線，轉型參與電視節目或當個企劃製作什麼的，肯定會更有搞頭。至少全臺灣每人看電視的總比看小說的人口，要多上個幾千倍吧！」

我聯想起最近政壇上熱門的「曲線救國」話題，苦笑著：「原來莊爺你是要我來個『曲線追夢』啊！」

他呵呵笑著：「差不多吧！不過前提是你可別被電視臺騙了，記得要打合約再辦事，不要搞到人財兩失。人家不都說電視臺是個大染缸來著的嘛？那些傢伙最會騙人了。」

「哈哈，人家說的大染缸，指的是演藝圈啦……」

此時背景雜音突然增大許多，打斷了我們的談話。後方眾多食客們，不約而同地交頭接耳議論紛紛起來。

一陣陣「一定就是她老公下手的！」、「這種簡單案子竟然破不了」的討論聲浪，我們也轉頭去尋找騷動來源。

原來是我身後懸掛著的兩臺大電視，正在播送數個月前的劇團總監殺妻疑案後續新聞。死者是在日商公司擔任財務主管的紀翊安（三十六歲），長期被在知名劇團擔任總監的老公呂天河（四十二歲）暴力對待，兩人間有過幾次驚動鄰居撥打一一〇等級的重大爭執。三個多月前，紀翊安在自宅臥室被殺害，現場被布置成搶劫殺人的狀態，但警方根據幾個跡證判定，邱女應該是被謀殺的。

想當然耳，頭號嫌疑犯就是呂天河，紀翊安身旁找不到比他更具殺人動機的對象了。但整起案件最不可解的地方在於，案發那個時間點，呂天河竟有著牢不可破的不在場證明：

他因為酒駕而被帶進臺中市烏日分局做筆錄，離案發現場約一百七十公里，因此「警方開立的不在場證明」還成了當期某八卦雜誌的封面故事標題。目前專案小組仍在清查是否有「買凶殺人」的可能，不過還沒找到有力線索。

而讓眾食客們熱烈議論的這則新聞，則是提到呂天河即將獲得一筆近千萬的壽險理賠金。

沒想到這年頭居然還有這麼堅持「本格手法」的謀殺事件，不禁讓我停下筷子，在長條椅上艱難地反轉著上半身昂著頭，把整則報導給看完。

「看到沒，看推理小說也要學以致用呀，這才是人財兩得的完美犯罪！擺脫了黃臉婆還拿到花不完的理賠金。」莊爺打趣道：「你倒是可以建議製作單位，拿這案子來打頭陣，讓推理大師阿唐來破解她老公的詭計。」等我返身坐正後，莊爺接續先前的話題。

「咳，最好是這樣。對了，剛新聞提到家暴這事，我早就想問問……你臉上三不五時就會出現傷痕，是怎麼一回事？你看你的左臉頰好像有瘀青？昨天看起來明明很正常呀！」

莊爺下意識地摸了摸左頰，不自然地笑了下：「沒啥啦，等你以後有小朋友就知道了，一不小心就會著了這些小惡魔的道兒。踩到玩具摔傷、玩過火來上一拳的，掛彩是家常便飯啦！」

我賊笑地湊近細瞧，握拳上去比畫一番，那輕微瘀傷的面積居然比我的拳頭還大上一倍。

「莊爺，瞧你剛剛羨慕呂天河那副樣子，該不會真如阿慢那些人說的，你臉上的傷全是嫂子弄出來的吧？那嫂子的拳頭該有砂鍋這麼大了。」

「呸，別聽他們瞎扯！」莊爺沒好氣地回道：「我老婆你也看過，像是什麼武林高手嗎？好啦，別東拉西扯的，趕快吃飽幹活！」

食堂內正進入用餐尖峰時刻，有人跑來我們這兒併桌，於是我們沒再交談，專心打理眼前的飯菜。

吃飽喝足後，我們端著餐盤去回收，電視新聞正好播到那位三重市議會大老的兒子陳仲秋——陳氏集團董事長，年紀約六十開外，一頭華髮與翹長下巴是他的個人特色。他正拿著一根綁有紅緞帶的金鏟子，站在二重河堤外靠老爸圈來的土地上，眉開眼笑地主持捷運聯開宅的破土典禮。

「祖上積德啊！家裡出個政客，全家老小就能穩穩地吃上三代啊！」莊爺酸溜溜地說道。陳仲秋站在一群地方政客與工商大老間，臉上依然保持著意氣風發、不可一世的神情，使得他有感而發地繼續發著牢騷：

「害得老子我的房貸永遠還不完，就是這些拿刀叉吃人、吃完還叫咱們的孩子上去洗碗打掃的傢伙啊！」

這則新聞後面最後提到：「……本臺記者馬敬．拉互依與徐海音的採訪報導。」我不禁莞爾，感覺好像看到熟人的傑作似的。

●　●　●

離開自助餐店騎不到兩個路口，天空又開始落下斗大的雨點，轉眼間連成一片無垠雨幕。我只好狼狽地將機車停靠路邊，快速套上兩截式雨衣。

這悶熱的天氣裡，迎風騎車多少還能降溫，但車一停就會逼出一身熱汗來，悶在不透氣的雨衣裡頭格外難受。

「那要不要叫老闆給每人發一件 GORE-TEX 防水透氣的高級外套呀？」如果被莊爺聽見這種抱怨，他一定會用這種嘲弄的語氣來挖苦一番。

說也奇怪，在傾盆大雨下停等紅燈，總會讓人變得多愁善感起來。

聽著四周鋪天蓋地的雨聲、看著沿安全帽面罩滑落的雨腳，心中就會不停地自問著「我現在究竟在幹麼？」、「為什麼不能像其他同學走一樣的路？」、「我到底還能堅持多久？」這類終歸無解的問題。

還好，這些莫名的疑惑，也總會被心中那股「拜託別讓我的老機車在此拋錨」的祈禱給蓋了過去。

無論如何，我得專注當下，義無反顧地照著自己的計畫往前走才行呀！如果連自己都沒有信心，那路人甲隨便說句話就能輕鬆動搖我的心志了！

倒數三、二、一秒……綠燈！我呼了口氣，摒除心中雜念，繼續前行！

只不過，除了莊爺交付的大安區貨件外，另外三件都送得不太順利：一件是送件人慢條斯理地打包、一件是收件人去開會但同事又不願代收，害我白白空等了十來分鐘——快遞員向來不怕路途遙遠，只怕原地空等！而最後一件更是離譜：「喂，羅姊，鴻昇傳播公司這件是送三重市，不是送南港三重路啊！」我打手機回辦公室抱怨。

羅姊安撫地陪笑：「好啦好啦，你去別家，我等等找其他人去收。」

「我去送中正區的哈巴狗設計喔！」

趁著送完件的空檔，我掏出私人用手機，打了通電話給慧如。

打從那次悽悽慘慘的書展演講後，我們還沒時間碰面。雖然趁這次有望接個電視臺顧問案，想找她一起吃頓晚餐慶祝一下，但她昨晚卻推說專案忙，連週末也都要去支援公關活動。

讓我心中有些不安的，則是昨晚的電話聊天裡，對話間出現「沉默以對」的頻率變多了，這是以前從未有過的。

「喂，慧如，我剛好送件到你們公司附近。再忙，也要喝杯咖啡嗎？」

雖然感覺有些疲憊，但我還是強打起精神，用最開朗的聲音搭配廣告詞兒，問候彼端的她。

「不用啦，雨好大呢，你別特地過來了。我中午有喝過，再喝會失眠。」

一陣突如其來的沉默。我急忙出聲道：

「……喔，是啦，我昨天有跟妳提過電視臺找我去擔任推理顧問了，說不定是人生轉捩點啊！」

「呵呵，恭喜呀！」

「光我高興怎麼夠，一定要跟妳分享的嘛！如果妳週末忙的話，也不一定要吃晚餐啦，趁妳上工前吃個元氣滿滿的早午餐……」

「阿唐呀！」她欲言又止地打斷了我。

「嗯？」

「其實呢，我爸媽說了，看你最近什麼時候方便，一起出來吃個飯吧，應該是上次我們去過的那家合菜餐廳。」

「哦？好啊，好啊，我都行，客隨主便，都行！」

這個邀請把我心中的陰霾一掃而空啦！開心極了，這是我與慧如的父母第一次見面，意味著我跟慧如的關係又更上一層樓了呢！

（也許會談到終身大事？不，應該只是先看看未來女婿的模樣吧！）我這樣想著。當然慧如也會擔心父母親對我哪方面不滿意，難怪她最近想法多了點，完全合情合理，橫豎是我多心了。

「好啊，那就暫訂這個禮拜天好嗎？你沒安排其他活動了吧？」腦海中突然靈光一閃！如果未來的岳父母看到我出現在電視上，應該多少會有點加分效果吧？

「啊，不好意思，可以稍微晚一些嗎？不知道伯父母下個禮拜五晚上方便嗎？上次那個記者跟我說過，他們節目會在那時候首播，大家吃飯的時候就可以一起看一看，笑一笑嘛！」

彼端又是一陣奇怪的沉默，我一廂情願地想像著，慧如正在翻看手邊的行事曆、安排行程的專注模樣。

「好，就那天吧，我回去跟爸媽說。」

「好的，謝謝啦！非常期待與伯父母共進晚餐呢！」我雀躍地回道。

「先這樣，我去忙了，路上小心。」

「好，再見！」

收了線後，心中還是感覺甜絲絲的，不僅疲憊一掃而空，同時還士氣大振呢！

我快速地掏出皮夾，從裡頭翻找徐海音的名片，正考慮該打電話還是傳簡訊來催一下節目進度時，竟先一步收到她傳來的簡訊了！

真是天助我也！沒想到實現夢想的節奏能這麼合拍，我開始相信起「當你真心渴望某件事時，全宇宙都會聯合起來幫助你」那種陳腔濫調啦！

「阿唐，節目大綱通過了，第一檔我們會先做這件案子，你先回去收 email 做功課，明天早上去勘景，看你是否要先請假，有問題隨時回覆。」

第二封簡訊傳來了案件名稱與勘景細節，他們想打頭陣的案件，竟然就是最近大熱門的「劇團總監殺妻疑案」！

●
●
●

昨晚反覆看著徐海音寄來的資料。總共列印出一百多頁A4紙的內容，直到凌晨三點多我才全部看完。

雖然眼睛仍感酸澀、天空也下起傾盆大雨，但心情卻大好！因為今天要朝畢生的夢想邁出第一步、連同慧如的未來一起努力，我就覺得渾身充滿幹勁。

「飄零公子，戰無不勝！所向無敵！」

九點半起床，在浴室梳洗的時候，我對著化妝鏡裡，那名即將前途大好、暢銷熱賣的年輕作家，吶喊了幾句加油口號。接著換上衣櫃裡最好的行頭：幾年前去領徵文獎買的西裝外套、白色長袖襯衫與卡其長褲。

（聽說在鏡頭前會增胖些？不過看來應該還好）我攬鏡自照了幾分鐘，還覺得挺上相的。

騎到內湖路與港墘路口的會合地點時，比約定時間還早了三分鐘，也一眼就看到停在路邊的福特麵包車。白色車身外新漆上了藍色的「懸案追追追」大字體，以及一個拿著放大鏡的小人全速奔跑的動感LOGO。

而一臉陰沉的八角，推開了靠人行道的車門，正大口抽著菸。

（竟忘了還有這號瘟神！）我心中一沉。停好摩托車後冒雨小跑過去。

徐海音兩手各拎了一袋飲料與三明治，也正好從騎樓衝向車內，轉頭問我道：「阿唐，早啊！資料都看過了嗎？」

「徐姊早啊，八角哥早。資料我熬夜全看了，全都仔細研究過一遍。」

「啊，真是太好了，我這兩天忙著支援紅衫軍 Live，只快速看了重點。阿唐你要是看出什麼門道的話，一定要幫忙給我分析一下啊！」

徐海音快速地分發食物飲料，然後藉「討論」名義，硬是讓八角換到助手座去。

（幹得好啊！）我心中暗讚徐海音夠機靈。

車上還有另一位兼任司機的攝影大哥，也就是昨天中午那則新聞提到的「馬敬・拉互依」，是泰雅族原住民。

「叫我馬告就好啦，你們白浪記不住我們的名字。馬告你懂嗎？一種烤肉香料啊，哇哈！」

馬告大哥獨特的開場白、搭配爽朗的笑聲，一看就知道是好相處的人。他說已經在電視臺幹了兩年多，「有點老又不會太老」，長得黝黑高壯、長髮還綁了馬尾，總愛穿著有一堆口袋的褐色戰術背心，是個典型的攝影人。

徐海音指示馬告，第一站先開往位於臺北縣新莊市的命案現場。

「阿唐，怎麼樣，看第一手資料的感覺，不太一樣吧！」車行間，徐海音問。

回想起昨晚才看報告內的頭幾行文字，就讓我大感震驚的心情，我回道：「豈止不太一樣！這案情根本就和媒體上報的是兩碼子事！」

徐海音狡黠笑道：「現在你知道，我們為什麼要挑這件案子來打頭陣的原因了吧！」

我報以苦笑。跟媒體上亂報的案情比較起來，基本上實際情況也只有「疑似老公殺了老婆然後有了警察開立的不在場證明」這個大綱符合而已。

最誇張的應該是被害者紀翊安根本就不是死在自宅！真正的命案現場是在離自宅約二十公尺

處的防火巷內。而且凶手故意選在梅雨季動手，布置成「雨夜惡狼」犯案的假象。但犯案手法太過粗糙，被警方輕易識破。

在資料內也有警方行文給各家媒體的副本：為了避免引起民眾恐慌與有心人士模仿，希望在破案前不要公布本案細節，一切案情內容應照警方發表會為準云云。

我好奇地問道：「既然警方要媒體別公布案情細節，那為什麼你們又打算用來放在《懸案追追追》裡頭？」

「昨天有看新聞嗎？死者的老公呂天河有向保險公司催討理賠金，這案子又重新被炒作起來。而警方調查碰壁了，也想開始放出一些消息來做輿論操作。」徐海音像是司空見慣地說：「我們家老總有跟專案小組溝通過了，也許這幾天友臺的談話節目就會公開這些資訊。」

「看來警方心機也很重啊！人家都說『臺灣新聞媒體不可盡信』果然是有道理的！」我心想著。

馬告從民權東路六段接中山高速公路，預計從五股交流道下去。沿路上八角一直閉目養神、不發一語，倒是讓我大大地鬆了口氣。

「對了，徐姊，現在警方有找到其他嫌疑犯嗎？」我問。

徐海音聳了聳肩：「因為呂天河有不在場證明，所以他們轉朝他的人際關係開始清查，看看有沒有可能是找了職業殺手代勞。不過清查了通聯紀錄跟資金流向，都沒有什麼進展……」

接著，她轉向我正色道：「所以啦，這次要靠阿唐大師出馬了！首播除了要揭露真實的案發現場外，製作人也希望結尾能夠有個爆點，至少不要跟警方的思路一樣，不然就沒啥新意了。」

「嗯……會不會是偽造的不在場證明？比方那種雙胞胎詭計，呂天河有個雙胞胎兄弟，或是找了很像的人，在他動手殺妻的同時，故意跑去臺中找那位不太熟的保險員談事情，然後要他幫忙做人證？」

「都什麼年代了還用這種老梗？你這種爛詭計寫成小說會被讀者退貨吧？」前座的八角冷哼一聲，反駁道。

徐海音笑道：「是啊，阿唐。這整件事最值得注意的地方，就是呂天河的不在場證明，是有臺中市警方背書的。呂天河在路上攔檢時，因為酒測值達〇．七，所以隔天被移送到地檢署。在那之前，警察有看過他的證件，也對他拍照、按指紋，之後專案小組還特別去調口卡比對，確認是本人無誤。其實呂天河之前在臺北也被抓過一次酒駕，算算有兩次酒駕前科了。」

案發當時人在警局內，然後還被取過指紋、拍過大頭照，這應該就是世界上最牢不可破的不在場證明了吧！唉，背負著要「打響節目第一砲」的壓力，我開始頭痛起來。

案件二　掛保證！警察先生開立的不在場證明

調查第一站是命案現場，位於新莊市中平路一帶。聽說在日後臺北縣升格成直轄市，會成為新莊三大重劃區之一的「副都心」。

消息靈通的建商與投機客已紛紛搶進這些地段，沿途可看到不少新建案推出，只是生活機能跟不上腳步，自住戶不多，入夜後仍顯得有些荒涼。

徐海音指揮馬告在一個漂亮的中型社區公園旁停車。她探出窗外，指著對邊一間高級公寓說道：「呂天河就住在三樓左邊數來第二間，面對公園這一側。」

我跟著看過去。那是幢八層集合式住宅，明亮挑高的設計、清水模建材的質感，可看出如廣告詞兒所誇飾的「尊爵不凡身價」。不過從拉上窗簾的窗戶與晾晒衣服的數量推估，實際在裡頭生活的住戶應該不到三分之一。

「呂天河他現在還住在這邊嗎？」我問。萬一看到電視臺正在樓下籌拍以他為嫌疑犯的節目，肯定心情不會太好吧！

徐海音搖頭說道：「聽說這公寓其實是他老婆吵著要買的，呂天河嫌這裡離劇團太遠，不方便。出事後，他也搬回臺北市老家了，似乎委託仲介要賣掉這公寓。」

馬告扛著攝影機下了車，調試著機器，一邊說道：「真可惜啦，呂天河這個人，很有才華哩！你們知道嗎，他在大學的時候，就寫出《在晨光中告別》這齣劇本了，現在劇團也常演。」

「哦？馬告大哥也有去看他們的劇團嗎？」我問。

「有啦，我還買過套票的咧！看過他們家的《老萬華波希米亞人》、《真假駙馬爺》、《我的流水年華》，真的不錯。呂天河能編能導能演，也是有史以來最年輕的劇團總監，現在把自己搞成這樣哦，不值得啦！」

八角冷笑：「娶到紀翊安那種愛慕虛榮的老婆，專管雞毛蒜皮的事，醋勁又特別大，誰當她老公都會豁出去的，管它值不值得。」

聽到這番評論，我深覺八角此人實在是八卦兼冷血啊！

「不全是女方的錯好嗎？」徐海音邊朝公寓方向走去，一邊說道：「呂天河這兩年跟劇團當家花旦打得火熱，有被狗仔隊拍到照片。你問問每一家的影劇版記者都知道，這是為什麼紀翊安想搬離臺北市的緣故，兩人在這兩年才吵得不可開交的。」

「隨便啦！人都掛了扯那麼多幹麼？」八角一臉不在乎地，掏出菸抽著。

「先從這裡拍一下公寓空景，然後防火巷那邊 Zoom in，我等一下要 take 稿。」徐海音讓馬告就地拍攝，然後把兩張A4紙列印的彩色照片遞給我。「阿唐，案發現場在那邊，你跟八角可以先去調查一下。」

第一張是當晚現場的命案實況照片。一名女子披頭散髮地側臥在防火巷內，身邊物品散落一地。從旁邊有積水的地面來看，當晚雨勢應該不小，或許如此，頸部那道致命傷的出血量看來並不多。

八角從口袋掏出一臺小相機，自顧朝離那棟公寓約二十多公尺處的防火巷走去，我也快步跟上。

那是一條很普通的防火窄巷，沒有設置鐵柵門，一邊有加蓋水溝，往後看去則是旁邊住戶的凌亂小臺階、洗衣機、雜物紙箱和阻擋摩托車違停的盆栽等等。

靠近主幹道的另一端防火巷，斜停了幾輛摩托車。資料顯示，凶手行凶後，就是從那裡騎乘預先停放的摩托車逃跑的，車牌處還用口罩遮上。鄰近的監視器只能追蹤到他跑往數個路口外的某處工地，棄置摩托車後，應該又換乘其他交通工具脫身。

我拿起照片在眼前平舉，根據防火巷口的牆壁特徵來抓距離，站在當初拍攝者的位置處。儘管目前光線明亮、巷內一片平靜，但拿著照片來個實景對比，彷彿也能感受到當晚的陰森氣氛，一種無以發洩的怨氣瀰漫在四周。

這是我第一次親眼目睹曾發生過命案的現場。幾個月前，有個女人就在眼前這塊地上被冷血殺害，我彷彿還能聞得到一絲血腥味，心臟受到些許衝擊，也有幾分如夢境般的不真實感覺。

「喂，你書裡的偵探看到命案現場，不都是『雙眼驀地發光，像頭興奮的獵犬般，一個箭步衝上前，半跪在地仔細勘驗起來』嗎？」八角語帶嘲諷地說。

呃，仔細想想，這的確是我那本《第五名死者》裡的橋段嘛！

我硬拗道：「……那是偵探，我是作家，不一樣的！那些寫盜墓小說的，也不一定真的都去開過棺吧！」

八角不理我，冷笑一聲，自顧從口袋翻出一張A4紙查閱資料，我故意在旁邊背誦出來：

「四月十日晚間七時許，紀翊安從任職的日商公司下班後，獨自驅車返家。將車停在附近的公園旁，步行回到公寓前，在七點十七分、於XX號之間的防火巷中衝出一名身高約一七〇～一八〇公分間、頭戴黑色全罩安全帽、身穿藍色連身雨衣的男子，將她拖入巷中……紀女致命傷在頸部，被一刀割斷氣管，有被性侵跡象，身邊財物並未短少。」

「唉喲，背書功力挺不錯的嘛，大作家。」八角嗤笑道。

徐海音給我的第二張照片是監視器影像的擷圖，停格在凶手將紀翊安拖進巷內的前幾秒鐘。翻拍出來的畫面十分昏暗且解析度很差，只能看到兩人背後身影，凶手大半身子都被遮住了。

資料上說呂天河身高一七三公分，體格中等偏瘦。從這監視器畫面實在很難看出是不是本人。

徐海音補好妝，將收音麥克風別在牛仔褲後腰，然後走進巷內十公尺處再返身。馬告站在巷口外對著她拍攝。

徐海音緩步朝巷口走，邊以平穩的聲線說：「出於種種考量，警方告訴外界，紀翊安是在自宅被殺害的。但，這是真相嗎？在案情陷入膠著的當下，也許我們該重返命案現場，讓真相浮現了！就在今天，就在此時此刻，我們要向您揭露，在那個大雨滂沱的夜晚，紀翊安陳屍的地點，其實是在我身後這個防火巷裡……」

果然夠犀利、夠聳動！我腦海中已經浮現觀眾看到這片段時、倒抽一口冷氣的模樣了！這種「類戲劇」的吸睛效果，比正規的帶狀新聞要強大多了。

為了避免影響拍攝作業，我往外走出幾步，試著推敲紀翊安在公園旁停車後往公寓行走的路線，也實際來回走上兩遍，並模仿以往看過的偵探小說，注意附近有沒有什麼可疑的地方。

雖然我仔細地查看地面、連路邊車輛下方都彎腰探視過，但現實生活可不像小說一樣，偵探有著「主角威能」，就算距離案發當天已過了好幾個月，還是能立刻在路旁發現可疑線索。

「阿唐，你要放大鏡嗎？」結束錄影的徐海音朝我笑道。

「不用了，只是隨便看看。」

「說真的，你探頭探腦的樣子，還真有點像警察，剛出警專校門那種。」

「哈，哈。」我乾笑幾聲，隨即問道：「那棟公寓這麼高級，應該有停車場吧？紀翊安幹麼把車停在公園旁，多走這一段夜路結果被襲擊？」

「有記者在發表會上問過警方了，」徐海音說：「因為公寓地下室採用機械式車位，紀翊安不敢停，所以平常都是停放呂天河的休旅車。」

「喔，是這樣啊！我另一個不明白的地方是，為什麼警方會識破這不是正牌雨夜惡狼下的手？」我問。

「因為犯案手法差很多啊！」徐海音不假思索地說道：「正牌的剖腹狼通常會一路尾隨被害

人，不像這案子彷彿有預知能力般，會等在防火巷裡突然出手……」

我打斷她反問道：「呃，你剛剛說什麼狼來著的？」

「哦，其實這就是癥結點啦！跟這起案子一樣，雨夜惡狼的案子也有很多沒公開給大眾的細節，所以刑警一看馬上就分辨出這是模仿犯的手法。其中兩個最大不同點，就是他不會戴上保險套，而且會將被害人當場剖腹，目前警方還不確定他是洩慾前後下的毒手，超噁心的對吧！所以跑社會線的同行私下都是稱呼他叫『剖腹狼』！」

「剖腹狼……」聽到這麼恐怖的名號，以及這段生猛的形容，我突然覺得全身一陣惡寒，愣在當場。

「怎麼，你不舒服嗎？」徐海音走近輕拍我的後背問道。

我轉過頭去深呼吸幾次。「只是突然有點反胃，沒事的。」

「喂，走人啦！你們還在談情說愛？下一站去哪兒呀？」八角朝我們喊道。馬告也正收拾攝影機往車上走。

徐海音掏出筆記本翻看。「直接下臺中，先到呂天河跟保險員見面的那家餐廳！」

我也跟在背著背包、拎著一袋雜物的徐海音身後往回走。老實說，從她一手包辦整個流程與張羅大家吃喝，與其說她是文字記者，倒不如說比較像是節目助理的角色哩？

●　●　●

出發前車內有場小小的爭執。原本按計畫要直接南下臺中，不過八角認為應該順道去一趟呂天河任職的「悠望曲劇團」。

徐海音抗議道：「昨天開會時你怎沒講！現在臨時過去找誰啊？你有聯絡窗口嗎？劇團名字不能曝光，就算拍了景也沒用啊！」

八角依然我行我素：「我說順道去看看而已嘛！警察也是有跑這流程啊，萬一運氣好，呂天河在裡頭，說不定真的能面對面問出個什麼名堂？」

「哦，是喔！你是不是想拿著麥克風問呂天河：你好，我們正在拍你殺妻的節目，要不要跟觀眾聊兩句家常呀？」

「哇，這麼有梗啊，我看妳回頭改當製作人好了。拜託妳，節目首播都被要求有新思路了，出外景腦袋要靈活點，怎麼老想照著流程走？」

兩人陷入冷戰，接著突然同時望向我。我：「……」

老練的馬告顯然不想得罪任何人：「唉～唷～不就去臺中嘛，現在從這裡要上國道，進臺北市一樣也上國道，多繞點沒差那十分鐘哦，你們自己喬好大家歡喜，好不好？」

……

……

最後當然是徐海音向強勢的八角妥協了。不過劇團位在牯嶺街巷弄內，加上附近停車不便，停留時間比馬告預計的還多了近半小時。

悠望曲劇團的辦公室很簡陋，像是登記在小劇場附近的某位工作人員家裡，除了信箱上多塊小壓克力招牌外，外表看起來跟一般住家沒兩樣。

在八角的授意下，徐海音在衣領前別上了一枚暱稱「口香糖機」的迷你攝影機，然後上前按了門鈴，很快就有人出來開門。

那名高瘦青年將大門半掩，探出身子與我們應答。

他的造型該說是「前衛復古」還是「懷舊新潮」呢？頂著一頭誇張爆炸髮型、戴著一副過大的學究型花邊眼鏡，並蓄上八字鬍，搭配一襲黃底花襯衫與喇叭褲，讓人有種回到嬉皮時代的錯覺。

一開始徐海音沒先表明身分，只表示是來找總監談事情的，那人也客氣地應對幾句：

「呂師傅現在不在辦公室呢！」

「喔，知道他去哪兒了嗎？或者有手機可以聯絡的？」

對方露出警戒神色。「請問你們是？如果有要緊事情，一般都是我們代為聯絡。」

「啊，這樣呀！」徐海音故意裝出為難神情，反問對方：「這樣吧，今天是你值班對吧？我先留個口信好了。請問貴姓？」

對方的臉色緩了緩，帶著幾分得意神情自介：「我是黃岱，不是藝名喔，剛好就跟對岸那舞臺劇大導演同名。」

「真是太酷了。對了，呂總監平常很少進來這裡吧？」

「現在只有排演時，呂師傅才會過去小劇場那裡指導。以前還滿常來這裡聊天、開會，現在比較少了。你們究竟是？」

接著徐海音出示了記者證，只見黃岱臉色大變，像是看到什麼髒東西似的，雙手如車雨刷般搖得飛快，身子還猛朝裡頭退，急著想把大門給關起來。

馬告跟八角兩人把門給頂住，雙方就在門口展開拉鋸戰。接下來對於徐海音的各種提問，黃岱永遠只有一句臺詞：

「無可奉告！」

僵持不到一分鐘，看著黃岱哭喪求饒的神情，我們不忍心繼續為難他，讓他把大門關上，一行人離開這條偏僻巷弄。

「看吧！跟我說的一樣，多跑這趟只是浪費時間而已。」徐海音把口香糖機扔回給馬告，氣呼呼地說。

八角不置可否地揚揚眉。

「這個黃岱也是劇團演員，之前幾齣戲都有他。今天打扮太誇張哦，我都認不出來了。」馬告說道。

「演員還要輪流值班？劇團也真夠辛苦。」我附和幾句。

為了不白跑這趟，馬告還是開了攝影機，對著巷弄口、劇團辦公室拍了幾段空景，接下來便前往臺中。

「為什麼呂天河要特地跑到臺中去投保？一般不都是保險員會殷勤地主動上門來嗎？」

車行間，為了打破車內令人難受的沉默，我只好沒話找話地試著聊。

「嗯，警察也問過那保險員了，他說調任到臺中前，有跟同事拜訪過呂天河一次，因為兩人有類似的養狗經驗，當場有聊開，彼此印象似乎都還不錯。」

「十日那天，呂天河原本計畫就要開車到豐原跟廠商洽談，前一晚突然想起下一檔戲《手機・青春・夢》有吊鋼絲橋段，需要加保個團體意外險，因此決定順路給這保險員『賺一下』囉！」徐海音答道。

我嘀咕著：「不管怎麼看，還真有點像是預謀啊！」

「誰說不是預謀？」八角也忍不住插話：「這不在場證明也安排得太刻意，還特地跑到人多的炭烤店大吃大喝，擺明就是想在殺手料理他老婆的同時、再幫自己找好人證。」

徐海音自問自答：「對了，高鐵不是通了嗎？不過從時間上看，他應該也不可能在新莊殺死紀翊安後，再花四十分鐘搭高鐵到臺中製造不在場證明吧？」

八角下巴朝我一揚：「喂，背書大王，該你上場了。」

我嘆了口氣，把腦海裡記憶猶新的資料念出來：「呂天河表示，是在四月十日下午四時許開著自家休旅車抵達豐原，取回送修的舞臺燈具。完事後約五點左右，轉往臺中市美術館與臨時聯絡的保險員碰面，當時大概是五點三十五分近晚餐時刻，於是相約到五權路附近的炭烤店吃飯。」

「之後約七點十分離開，按照原訂計畫要去拜訪桃園的一位老同事，不料在五權路上開出沒多久就被警察攔檢，因酒測值過高被帶往派出所，直到隔天下午一點多才從臺中地檢署離開。」

「嗯……邱翊安是在七點十七分遇害的，也差不多是呂天河被酒駕攔檢的時候。從時間上來看，的確是不可能獨力犯案的，也不像跟保險員串通作偽證。」徐海音沉思道。

「算一下時間就知道不可能是他親手幹的！」八角說：「不過他肯定脫不了關係！」

「哦？八角哥有什麼新看法嗎？」我試探道。

「交換殺人，聽過沒？」八角得意洋洋地說：「呂天河跟另外一個人，可能也想殺妻的，幹掉了彼此的謀殺對象，這也是為什麼警察找不到買凶殺人的可能性，而且呂天河還搞了一個這麼誇張的不在場證明的緣故吧！」

其他人應該跟我一樣，額頭上浮現如日本漫畫角色的三條線。「呃……如果我是跟呂天河交換的那個人，肯定不太開心，因為呂天河被警方、媒體廿四小時盯著，應該是沒空再去下手了。」

八角沒再說話。

當馬告開到臺中市五權路那家炭烤店前，也差不多是可來享用一頓「遲來的午餐」時分。為了方便稍後可拍些畫面，大家決定就在這兒用餐。

徐海音與老闆交涉，對方不肯入鏡，但因為過了尖峰時刻，同意我們在店內拍幾個鏡頭。老闆說，警察兩個月前也來問過他，不過他對那組客人實在沒印象，幫不上什麼忙。

當老闆開始上菜、我們正要大快朵頤的時候，徐海音揮手阻止我們。她去冰箱拿來兩瓶啤酒擺在桌上，然後從背包裡取出一件廉價的西裝外套，一邊指揮著：

「阿唐，你先套上外套。然後呢，你就充當保險員角色，八角就扮演呂天河，你們兩人坐近點……阿唐你再靠近點，手舉高一些，不會拍到你的正面啦！嗯，然後一邊敬酒一邊談話的樣子，自然一點。這樣餐廳這邊就有畫面可以用啦！」

那瞬間，我突然明白電視臺是怎麼操刀「重返犯罪現場」這類型的節目了。

●　●　●

下午三點四十五分，抵達臺中市警察局第一分局。

途中八角照例要我「炫學」一下：

「四月十日晚間七點二十三分，呂天河在五權路上被攔檢，酒測值高達〇．七，因此於七點五十五分時被帶到民權派出所製作筆錄，九點三十四分轉往第一分局，並在拘留所內待了一晚，四月十一日上午十點被移送到臺中地檢署，下午一點十五分離開，之後去民權派出所取車，接獲通知回到臺北市認屍，是下午五點三十分了。」

「給你鼓鼓掌！」八角評誇地猛擊掌，大笑道：「厲害，厲害！先不說你的推理能力，光是背書記憶，肯定能排全臺前三名！」

來自八角、不知是否稱讚的喝采聽在耳裡，我也只能苦笑以對。

徐海音適時解圍：「阿唐，寫推理小說，應該會對警察這職業很有興趣吧？」

「是有上網找些資料來研究，不過我可沒跟條子實際打過交道的經驗，希望以後也不要有。」我老實以對。

徐海音笑道：「今天跟我們出來觀摩一下，保證對你日後寫作有幫助啦！另外，警政署那邊有風聲傳出，明年大選後，這分局長有望高升，現在應該會做好媒體公關，比較好講話些。」

還真如她所預測的，當我們抵達分局表明來意後，等候多時的公關室主任就迎上前來，親切地遞上名片自我介紹，接著帶我們到分局內二樓的會議室，每人一份小點心盒都準備好了。

主任寒暄幾句後，就指定旁邊的一位警官說道：「那我也不耽誤你們的作業了，有什麼需要還是要去拍攝哪些畫面，都可以找這位林警官幫忙。如果還有接待不周或其他問題，別客氣，拿起手機，歡迎隨時打給我！」

臨走前，主任又周到地上前跟每個人都握了手、聊上幾句。第一次跟警方實際接觸，給了如此親切熱誠的招待，即使像徐海音這社會線記者也是受寵若驚。

大夥兒也一直站著，陪著客套了一陣子，直到主任步出會議室後，大家這才總算鬆了口氣，坐下討論正事。

接下來，電視臺三人開始忙碌。按照原先規劃，先按照呂天河當天移送流程，從交接、筆錄、拘留所過夜，到隔天拍照存證、按指紋、前往地檢署等進行拍攝。

大致上的作業是由馬告掌鏡、徐海音提問，林警官回答，八角則在一旁飛快地抄錄筆記，做為剪輯時的口白參考。

然後徐海音又請當晚負責的警員進來會議室，以牆面當背景，錄了一段當事人口述。

不過說實在的，從這些冗長瑣碎的日常紀錄裡，實在很難看出任何有助於偵破殺妻案的線索。

「……所以說，那一晚呂天河在分局內，都沒有任何異常的表現嗎？」徐海音問。

那位制服警員想了會兒，搖了搖頭。「沒有，沒有什麼異常，就是很一般的酒駕移送程序。」

不知道是不是我的錯覺，我覺得警員在回答這個問題的時候，眨眼次數特別頻繁，而且神情有一絲緊張。這讓我格外地留心起來。

「那……呂天河有沒有跟誰碰過面，還是有聯絡了誰？這裡可以打電話嗎？」

「他沒有跟誰碰面。呂先生有說想聯絡律師跟朋友，用自己的手機撥出幾通電話，但並沒有人來找他。」

「喔，所以在分局內的時候隨時都可以講手機？」徐海音問：「但不是都要上銬的嗎？」

警員回答：「除非是會鬧事還是有脫逃嫌疑，不然酒駕犯通常是移送地檢署時才會上銬。在進入拘留所過夜前，我們會先代為保管對方身上的物品，包括手機在內。所以對外聯絡時也都是在同仁的監看之下。」

大概訪談了二十分鐘左右，能拍的、能問的也都差不多了，就只剩下最後的「監視錄影」轉錄了。我們請林警官找了一臺筆記型電腦，播放四月十日當晚警局的監視畫面，再讓馬告直接用攝影機拍攝。

趁著林警官調度器材的空檔，八角朝我發難：「怎麼樣，大作家？有看到還是聞到什麼破案線索嗎？」

我搖了搖頭。

「是嘛！雖然不像推理小說搞了一堆詭計，但別以為現實世界要破案就這麼簡單。」

我看著徐海音問：「你不覺得，剛剛採訪林警官的時候，他看起來有點緊張？」

徐海音偏著頭說：「他是有點緊張，但我以為是第一次面對鏡頭的關係。」接著她眼珠兒滴溜一轉，笑著說：「嘿嘿，阿唐，你該不會是想說跟那些港片演的一樣，警察也是呂天河的共犯吧？」

這時林警官抱著一臺筆記型電腦與一顆外接硬碟盒走了進來。

「先跟各位報告一下，那晚的監視錄影器材又發生故障，有一小部分時段沒被錄進去。」

我隱約嗅到些可疑的氣味了。大夥兒彼此交換了眼色，八角蹙起眉頭問：「是哪個時段？大概多久沒錄進去？」

林警官看了一下手上的紀錄：「是四月十一日早上九點十三分到九點二十五分這段時間，大概十二、三分鐘的畫面都是雪花，這應該沒什麼影響吧？」

也剛好就是呂天河移送地檢署前的這段時間，我心想。

「你們這邊的監視器常故障嗎？」徐海音問。

「主機是有問題，不知道什麼原因，有時資料沒寫到硬碟裡保存。不過主機也過保固了，採購組有在招標找廠商維修。」

「嗯，真是好巧呢！」酸人從不嘴軟的八角自然也不放過這機會。

林警官苦笑，把電腦架設起來，點開桌面上的資料夾說：「我們有特別篩選出有呂天河畫面的片段了，就這三個錄影檔，你們可以先看看。要是想看其他畫面，也可以接上這硬碟，當晚的錄影內容都在裡頭。」

我暗中聚精會神、摩拳擦掌起來。解開案情關鍵的最後機會，就在眼前了！

●●●

警方貼心地為我們準備的三支錄影檔，分別是：

1. 四月十日晚間九點三十四分，呂天河被民權派出所警員移交給第一分局的三分鐘片段。
2. 四月十一日凌晨十二點十五分，呂天河裹著毛毯在地下室拘留所過夜的兩分鐘片段。旁邊有另外三名牢友。
3. 四月十一日早上九點三十四分，呂天河戴著手銬、拿張號碼牌，站在一張尺表前拍照、按指紋的五分鐘片段。

畫面從四十五度角向下拍攝，解析度中等。由於我只看過呂天河的檔案照片，也無法確定影像中是否為本人。不過徐海音、八角倒是沒有提出異議。

「阿唐，有看出什麼奇怪的地方嗎？」

趁著馬告轉錄畫面，徐海音問道。

「嗯，目前沒有……」我沉吟著。「就只覺得第三個片段裡，呂天河的髮型太亂了些，然後衣服也變得比較亂。」

「呵，真是高見啊！」八角又諷刺地說著。

徐海音倒是很認真地回頭去看了一下。「嗯，是亂得很，該不會是睡覺壓的？等等來看一下完整錄影畫面吧。不過，你覺得這跟案情究竟有什麼關係？」

「嗯，我也不知道。只是妳問有沒有什麼奇怪的地方，我就隨口說了。」

這回連林警官跟馬告也笑了起來。

等馬告拍完後，徐海音接上硬碟查看。警局內有十多支監視鏡頭，加上存檔容量限制，所以一個晚上的錄影檔案就有兩百多支。林警官點開特定編號的影片檔，快轉到九點零五分的片段：呂天河在警方指示下步出拘留所，回到一樓辦公室，準備拍照存證。他先打了通電話，然後跟警員在談判什麼事情，不過下一分鐘，螢幕就被一大片雪花雜訊占滿了。

「這就是我剛說的，錄影器材故障期間。」林警官說道。

影片再往後快轉，當畫面正常後，呂天河已不在辦公室。打開另一支影像檔，是在警局過夜的那些傢伙，輪流在小房間內拍照、按指紋的畫面。

呂天河是最後一位被帶進小房間的。不過待遇跟其他人不同，他是被兩名警員給帶進來的，取證過程中也都站在一旁。

「為什麼？」我指著畫面問：「前面幾個人按指紋的時候都沒有這兩名警員，怎麼輪到呂天河的時候，他們都站在旁邊？」

林警官想了會兒，說道：「不確定，有可能是因為呂先生是最後一位了，出門後就直接去地檢署，所以隨車警員都一起進來。」

「對了，他的髮型的確是變得很亂。」徐海音在旁提醒道。

在雪花畫面之前，呂天河出現在一樓辦公室時，雖然三分西裝頭有些凌亂，但在雪花畫面之後，就幾乎是頂著一頭亂如鳥巢的髮型了。拍存證照前，攝影師還提醒他用手打理一下。

「呃……這髮型問題真的很重要嗎？」林警官似乎覺得我們小題大作了。

我苦笑道：「不知道，就是看到什麼奇怪的地方就提出來囉！」

「就都是枝末小節啦！我想跟你們今天來訪的主題，應該是沒什麼關聯，對吧？」

林警官環視眾人，確認都沒其他意見後，說道：「時間也差不多了，接下來我們這裡還有其他事要處理，如果都沒問題的話，那就謝謝各位專程前來，之後有問題可以來電或電子郵件聯繫。」

眼看最後一絲破案機會即將消逝，徐海音的視線熱切地投向我，不過我的腦海裡仍沒理出個結果，只好點了點頭，同意暫時到此為止。

步出警局後，已近傍晚時分，我們站在停車格旁的昏暗人行道上聊了起來。

徐海音憂心忡忡地問：「怎麼辦？沒頭緒的話，那還是得照警方的劇本來跑，說呂天河可能去聘請殺手什麼的，製作人大概不會很高興。」

「也只能照這樣寫啦！不然妳當專案小組那幾十號刑警都是飯桶嗎？他們搞了幾個月都查不出來，我們幾個人出來轉半天就破案了？」八角嘀咕道：「之前就跟妳說過這種節目企劃邏輯不通！除非咱們的推理大師有什麼新發現？嗯？」

我覺得我再不吱個聲，這次的顧問費可能就領不到了。「我還是覺得那個錄影畫面突然故障不太尋常，還有那個呂天河的髮型問題……」

眼前三人同時翻了翻白眼、雙手一揚，做出「完全被你打敗」的綜藝式動作。

「到底有沒有這麼糾結在髮型上啊？你是很懂時尚，還是也兼職做美髮師？」八角大聲說道：「你管他髮型怎樣弄亂，跟兩百公里外的命案究竟有毛關係啊？」

推理！推理！從小細節去反推真正的道理……一個模糊的想法逐漸在我腦海中成形。但光是理論不能服眾，必須要有證據才行！

我轉頭朝分局對面望去。四線道馬路外，就是臺中科技大學民生校區。也許，那兒就是我最後翻盤的機會了。

「我們去那裡一趟，我有些想法，跟各位說說。」

解答二 「髮型」很重要！也許會讓你的計畫漏了餡

今天從早到晚跑過了很多地方、看過很多相關物證，幾乎可說是一無所獲。唯一讓我覺得有些蹊蹺的，則是出現在前一小時的第一分局內錄影畫面。

監視器故障是巧合嗎？為什麼拍照存證時，警方對呂天河的態度特別嚴格？還有，為什麼他的髮型會在那段時間突然就變得這麼亂？

（不要再提髮型！）搶在眾人準備發作前，我先一步解釋：「那就照之前的要求，我就從『髮型變亂』這事一步步往下批，順便整理一下思路，大家要是覺得不合理，我阿唐今天絕不再說『髮型』兩個字。」

徐海音苦笑：「阿唐，你就算找出他髮型亂了的原因，傷腦筋的也只有他的造型師，跟命案也扯不上邊吧！」

八角則是百無聊賴地潑冷水：「別為了想盡到『節目顧問』的本分就亂說一通啊！我就聽你講兩分鐘，要是又亂扯我就把顧問費都扣掉。」

我思考了一會兒，開始說道：「為什麼呂天河的髮型會變亂？肯定不是睡覺壓的，因為我們在監視畫面上看到，他從拘留所走出來時，髮型雖亂了些，但還算過得去吧！」

眾人同意。

「而且從這點可知，也不是跟拘留所內其他人發生衝突，所以擾亂髮型。」我看著眾人，反問道：「那為什麼呂天河的髮型一定要在那期間變亂？而剛好在那期間，監視器又壞掉呢？」

徐海音雙目圓睜：「所以你要說的是，他髮型變亂是警察幹的？當然警察沒事幹麼弄亂他的髮型？我的意思是，警察有修理他？」

「假如警察有修理他的話，那麼監視器壞掉、之後警力增強戒護這兩件事就說得通了，對吧！」

眾人點頭同意。

「條子很討厭沒錯啦！但條子哪會這樣修理他哪？」馬告插嘴道：「你們不知道條子的手段哦，條子要修理人的話，一定是帶到小房間去，灌水還是塞電話簿出拳什麼的哦。」

八角把話題拉回正軌：「重點是，條子為什麼敢把他帶到一樓辦公室，公然修理他吧，而且過程長達十二、三分鐘？」

「是的，這就是重點所在。他當時不知道做了什麼事，所以警察不得不在一樓開放的辦公室修理了他。但這推論的矛盾處在於，」我抽出呂天河在警局留存的檔案照，說：「你們看，他的臉上可沒有任何明顯傷痕。而且當晚記者也因為紀翊安的死有去採訪他，如果他臉上真有傷，肯定會被大作文章的吧！所以，他也許有跟警察發生過肢體衝突，可是頭臉處並沒有受到明顯攻擊，對吧！」

「你這樣講我又更迷糊了。阿唐，你的意思是，他髮型會亂也許不是警察弄的？那究竟是誰弄的？」徐海音問。

「嗯，我剛剛就想不通這件事，誰還會想故意弄亂呂天河的髮型？有什麼作用？」我說。

八角想了一會兒。「那就只剩他自己把自己頭髮弄亂啦！你究竟想要說什麼？」

「呂天河在那十二、三分鐘裡，做出了一件讓警察想修理他的事情，而且還把自己的頭髮、衣服給弄亂了，各位覺得應該是什麼事情？」

徐海音、八角兩人還在認真思考時，不過馬告倒是很自然地先一步說出口了：「那還用說，肯定是逃跑啊！」

我打了一記響指：「老哥你有經驗喔！這就是我的想法。」

「逃跑？」八角環視一下警局旁空曠的街道，再把目光投往對邊的校園，不敢置信地說：「在這逃跑，成功率也太低了吧！再說了，要跑也該趁前一晚還在派出所時就跑啦！他身分都登記在案，跑有什麼用？」

「沒錯，這一般人都知道，而呂天河又是搞劇團出身的，對空間、走位、體能認識更深，不可能不知道。那接下來的問題是，他幹麼要做這件徒勞無功的事？明明去地檢署跟檢察官認個罪，再過三、四個小時就可以離開啦！」我繼續導引其他人的思路。

「難道是因為他那時候已經知道自己老婆遇害的事，所以急著衝出門？」徐海音自問自答道：「不對，臺北市警方通知呂天河，是十一日早上十點左右。但要到下午一點多，他才從第一分局領回手機，從語音留言知道這件事。」

「可能是臺北殺手完成任務了，想拿什麼東西給呂天河，所以他才冒險衝出警局？」八角仍篤信著「買凶殺妻」的套路。

又是馬告老神在在地說：「唉唷，我猜，一定是因為他不想按指紋、拍存證照片吧？」

此言一出，徐海音、八角如遭雷殛、渾身一震，立即想通其中的關節了。

徐海音失聲道：「你的意思是，當晚在警局的那個人，其實是替身？但為了擔心按指紋這事會讓整個計畫敗露，所以隔天早上安排了一場『掉包』，真正的呂天河在臺北殺妻後，隔天跑來臺中，用手機跟替身套好招，讓他衝出警局，再假裝逃跑失敗被抓回去？」

「是的，我想的就是這樣。」我將腦海裡已成形的整個細節娓娓道來：「呂天河早就物色到一個長得跟自己很像的人了，想透過只有一面之緣的保險員來幫忙製造不在場證明，當晚假呂天河攜帶證件、開著休旅車，跟保險員聊得很順利，但唯一失算的是，他沒料到會被警方酒駕攔檢。」

「假呂天河在警局聯絡上本尊，原本的不在場證明有了警方的背書後，反而更加牢不可破。但問題是，有酒駕前科的本尊也知道，隔天移送地檢署前的身分認證作業，會讓他整個計畫敗露。於是他當晚趕來臺中，並跑到第一分局對面的校園內進行布局。」

「由於是預謀犯案，因此兩人的服裝自然可以準備兩套一模一樣的沒問題，但髮型不在預期範圍內，萬一警方把逃跑的呂天河抓回去，卻發現身上有些細節差異太大，會不會起疑心呢？因此他才故意把自己的髮型弄亂、衣服弄皺，我想在警方抓捕他時也會用力掙扎，讓情況看來自然些。」

「接下來的劇本就是這樣的：當假呂天河從拘留所出來、回到一樓後，他先打電話確認最後細節，接著就趁分局的自動門打開時，拚命往對面的校區跑，當然要衝過四線道馬路是個大風險，但也能阻擋一下後方的追兵。而當他跑進指定區域後，就讓真正的呂天河衝出來吸引追兵目光，如此就能完成掉包作業了，警察絕不可能會想到有兩個真假呂天河在眼前。而冒牌的呂天河只要換身行頭偽裝一下，找個安全路線離開校園就成了。」

「所以現在往校區，你是想看看有沒有監視器可以證明你這想法？」徐海音問。

我說：「是啊，就得碰碰運氣了。假如他們的錄影畫面能留存這麼久的話，我們就有機會確認。不然要試著去看當天在分局內的目擊者，有誰願意出來窩裡反了。」

徐海音擔心地問：「假如當天連警察都沒辦法分辨出真假呂天河了，我們光看監視器影像有辦法嗎？」

我苦笑道：「我也沒辦法呀！我是理論派的，只負責推理，但證據配不配合，我可無能為力啊！」

最後由徐海音出面跟校區保全員打交道，之後又輾轉聯絡上總務長，折騰到晚上九點多，在保全公司派員陪同下，總算獲准到主機室調閱帶子。雖然只限四月十一日早上大門口的錄像，不過對我們來說已經足夠。

很幸運的是，保全公司的監視畫面保存年限達半年之久。

校門。

更幸運的是，我們在畫面上看到了呂天河從警局狂奔衝進校園、數分鐘後被三名員警押解出校門。

最幸運的是，我們看到了一個決定性的證據……

衝進校園的那位呂天河，右手還戴著手銬；但被押解出校門的那位呂天河，右手手銬卻不見了！

解答二　冒牌總監由誰來扮演？

馬告立刻開啟攝影機，轉錄下這個關鍵畫面。徐海音與八角也都掏出數位相機猛拍。

「人犯脫逃、警械遺失，怕會影響局長的升官之路，難怪員警們要把這事情壓下來。」徐海音說道：「等到之後看到這事可能跟臺北的命案有關，才發覺似乎另有內情，但不會有人跳出來主動招認或釐清，因此線索就這麼被壓著，炮製出一場懸案了。」

我們把畫面往後快轉十來分鐘，看到有警車開到校門口，連同分局內出來支援的共七名員警，又與門口保全一起進入校園搜索。應該是為了要找遺失的手銬。

因為分局的刻意隱瞞，導致專案小組的調查方向從「偽造不在場證明」轉為「買凶殺人」，試圖從通聯紀錄與資金流向來找突破口，導致案情進入死胡同。

「假如能找到很像呂天河的那個人就好了！這樣一放到螢幕上對比，哇！一定超震撼的！」徐海音自言自語道：「可是在現實世界裡，想找個長得跟自己很像的人，應該沒那麼容易吧！」

我心中一動，想到了呂天河的特殊職業。「假如可以指定條件找很多人來試鏡，加上專業的化妝技巧，我想這計畫成功的機率應該很高。對了，馬告大哥，你說早期有呂天河親自出演的是哪些作品？」

馬告一拍額頭，說：「對哦！你這樣說我就想起來了，《真假駙馬爺》嘛！我一開始還以為是呂天河一人分飾兩角，後來演出對手戲時，我才知道是兩個不同的演員。臺上這樣演，觀眾真的分不出來啊！他們還特地尝上不同顏色的圍巾來做識別。」

我連忙問道：「那你還記得另一位演員的名字嗎？」

馬告眨巴眼睛，從提包裡掏出了口香糖機，在眾人眼前晃了晃：「你們早上才剛見過面，就是那個黃岱啦！」

徐海音一聲驚呼。催促著馬告把機器接上錄影機，藉由小螢幕來播放早上的錄影畫面。大家圍在一起凝神細看。果然！經過馬告的提醒後，如果試著忽略黃岱的鬍鬚、大鏡框與誇張髮型，臉型跟神情確實跟呂天河有幾分神似。

徐海音嘆道：「呂天河應該是向黃岱許諾了其他東西來代替金錢，難怪專案小組從呂天河的資金流向上，都找不到任何可疑的地方。」

「呃……我們要把這件事告訴警察嗎？」我遲疑地問道。

其他三人微笑相視著，不發一語。我想我還是太嫩了。

八角拍拍我的肩膀：「不錯，夠勁爆，我看首播收視率應該可以破二！」

徐海音也連聲稱讚道：「阿唐，表現完美，給你一個讚！」

接著八角連連怪叫，大喊：「喂，還等什麼，趕快回臺北啦！老子現在手癢得很，要用力敲鍵盤寫稿，大展神威啦！」

返回臺北的行程中，車內洋溢著一股歡欣鼓舞的氣氛，每個人情緒都很激動，八角甚至拿起錄音機直接錄下口白。

回到內湖時已經是隔天凌晨十二點多了，但這三人仍決定衝進公司連夜剪輯，想要先弄出支影片向上司邀功。

他們在早上會合處先讓我下車。

直到那一刻，我的雙手仍興奮地發抖、內心充滿著成就感。我終於親身體會到如同白羅、金田一在現實世界中破案時的痛快滋味了！

也難怪小說家總愛創造一堆即使不拿一毛錢、也會熱心幫忙的私家偵探，因為「推理破案」這件事會讓人深深上癮，無法自拔的呀！當然，與電視臺的合作打出漂亮首仗，也讓我如釋重負。

關於「劇團總監殺妻案」的後續內容是這樣的：

因為我們的推論相當驚人，而且有相當的可信度，因此為了趕時效，電視臺總經理決定腰斬原本的帶狀節目，讓《懸案追追追》提早一週播放。上映前幾天也在電視臺、網路上大打廣告，說已經解開驚人的不在場證明詭計。首播的收視率達到前所未有的七．八新高。

搶在警方前破案的《懸案追追追》，也算是開了同類型節目的先河，因此所引起的波瀾十分驚人。隔天各家媒體都紛紛跟進報導，連專案小組都特地跑來電視臺調帶子。

第三天的凌晨時分，自稱是「仗義相挺」而蹚入渾水的黃岱，因為擔心被呂天河滅口，於是主動到警局投案，「劇團總監殺妻案」就此宣告偵破。

之後隨著案情逐漸明朗，我們才知道，黃岱在被帶到民權派出所後，就一直透過呂天河以化名購買的預付卡手機來聯繫。而為了配合呂天河徹夜趕至臺中進行布置，因此逃脫時機才選在十一日早上。

但他們沒料到的是，臺中警方跟呂天河之前在臺北經歷過的酒駕移送程序不大一樣，臺中這邊是隔天離開拘留所後，就會先將移送人犯的一手銬在鐵桿上，以防脫逃。而黃岱偽稱要去上廁所，趁著解開手銬時逃出警局。

黃岱的運氣不錯，衝過四線道馬路毫髮無傷。埋伏在校區的呂天河覷準時機，當黃岱衝進教室後，就立刻朝另一方向奔跑，吸引追捕員警的注意。

只是兩人換手太倉促，沒考慮到手銬的問題，也只能將錯就錯，推說是手銬在掙扎時脫落，因此留下了一大破綻。而警察當時並未特別留心到「掉包」問題，比對指紋後也沒發現不對勁的地方，因此就以不起訴他的脫逃罪做為隱瞞的交換條件，以免影響長官的升遷。

之後為了避免引人猜疑，黃岱刻意蓄鬍，外表也作了誇張改扮，並休了一陣子長假。但最終仍然又得面臨偽證起訴，呂師傅許諾他的劇團前途，自然也成了泡影。

「我對不起呂師傅，對不起師娘！」有八卦雜誌拍攝到黃岱在警局裡痛哭流涕的模樣。他說，以往為了揣摩呂天河的神情舉止，他也刻意模仿其生活習性，包括「喝酒」這個壞習慣。

那天跟保險員見面時，如果不是黃岱入戲太深，也不至於太過貪杯使得酒測值超標，以致整個計畫因此敗露。

因「演戲」而生的殺人計畫，卻也因為「演戲」而破局告終，顯得格外諷刺。所以八卦雜誌裡引用了一段舞臺劇前輩做的評論：

「你利用演戲之便，來成就你的殺人計畫，表示你根本就不尊重你從事的行業。相對的，這行業也不會尊重你。要我說嘛，這兩位活該會有這樣的下場！」

第三章

推理作家最後一場的密室表演

當天從內湖回到住處時，已將近凌晨一點半。整天讓大腦全速運轉，人都累到快虛脫了。為了不使自己英年早逝，所以只能忍痛將「每天至少敲鍵盤五百字」的信念給「自我和諧」一下。但也才埋頭睡到八點十分左右，就被徐海音的來電給吵醒了。她以興奮的語氣劈頭就來上這麼一句：

「阿唐，起床、快起床！千載難逢的機會在眼前呀，速速過來會合！」

「……呃？什麼機會呀？」

「你昨天在車上不是說過，只能看案發後的現場辦案亂沒意思的，如果有實地驗證的機會更好！這機會馬上來啦，揚名立萬就在今天！」

「什麼實地驗證的，我哪可能會說這種話？我自己都不信！」

「別在意那些細節啦！哪，你看一下簡訊，我已經把地址傳給你了。就等你喔！不見不散。」

「今天不能跟你們到處趴趴走啦，我還要上班耶！」

「ＯＫ的，沒問題。這地點應該也在你上班路線上，頂多耽誤你十分鐘，而且還有空請你吃早餐，是美女記者陪你共餐唷！對了，我也可以順便把顧問費拿給你。」

最後那句話，頓時激發了我的起床動力。畢竟對我這種「月光族」來說，臨近月底時銀行戶頭一定是空空如也。雖然我沒聽莊爺的勸告，還沒跟電視臺簽約就直接上工，根本也沒談好顧問費該怎麼算，但眼下若能有個幾萬元入帳，絕對是久旱逢甘霖呀！

我跳下床快速盥洗一番就拎起錢包、鑰匙出門。因為凌晨一回家，我就直接在床上躺平，所以這下連換衣服、穿布鞋的步驟都可以省略了。

徐海音傳來的地址在三重捷運站預定地附近，跟速必得剛好是反方向。不過看看時間，假如不耽擱超過十五分鐘，應該有機會準時到班打卡。

雖然已是上班通勤的尖峰時刻，但往三重市內的車潮不多。騎過了臺北橋後，沿著重新路一直騎到底，然後在捷運路右轉。花了二十分鐘左右就抵達現場。

在街口等紅燈的時候，我就看到對邊某條窄巷拉起了顯眼的黃色封鎖線，兩輛警車停在旁邊、有十多名記者擠在外圍，另外有三輛ＳＮＧ車也停在一旁。

封鎖線內，隱約露出被蓋上白布的物體一角，我心中頓時有了不祥的預感。

徐海音背著包包，小跑步迎了上來。雖然牛仔褲跟布鞋仍是同樣一套，但換了件紫色襯衫、頭髮也盤了起來，整個人看起來依然神采飛揚。

我好奇地問：「徐姊妳是外星人啊！一整晚應該都沒睡，還這麼有精神？」

「因為青春無敵體質好啊！」徐海音回道，自己還覺得不好意思地吃吃笑了起來：「有睡了兩小時啦，粉底打厚一點就行了。」

「還有啊，我不可能說什麼想到命案現場實地驗證啦，我昨天在新莊那兒，光是拿照片比對一下案發地就快吐了……」

徐海音轉頭看了一下封鎖現場，一位扛著攝影機的年輕男子朝她打了個手勢。她急促地對我說：「欸，阿唐，先別說那麼多，快把你的安全帽拿下來！」

我無奈地摘下安全帽，徐海音就將一張某攝影師的名牌掛在我脖子上，然後從背包掏出一臺單眼相機，催著我朝現場走去，並快速交代：

「剖腹狼昨晚又犯案，殺了一個三十歲左右的女上班族。鑑識人員那邊快完事了，等一下你注意其他記者動靜，跟著他們往前衝，萬一擠不進去你也可以用相機鏡頭拉近觀察。」

自從這兩年臺北警方採用數位化無線電後，社會線記者沒辦法靠監聽警用頻道來搶時效，所以只能多跟警方打好關係，尤其是在負責重大刑案的刑事局內「要有人脈」，這樣報紙、電視臺才能有「第一手畫面」。

萬一像這幾年各家電視臺吹起 Cost Down 風潮，年輕記者來來去去，根本就沒有培養這種人脈怎麼辦？那就得靠同行啦！畢竟這圈子不大，跟同業打好關係，日後跳槽方便，有狀況時也會樂於打個手機通知一下。

不過這通常就只能拿到「第二手畫面」了。也就是警方圍起封鎖線後，檢察官或法醫到場相驗、然後鑑識小組採證完畢，在遺體要移往法醫處或殯儀館前，爭取那幾分鐘的空檔來搶拍。

而徐海音就是要我看準這空檔來「實地觀摩」。她借給我的記者證，讓我可以通過最外層用來隔離閒雜人等的警戒圈，進入內層的媒體採訪圈，但有限的視角內擠滿了二十多人與攝影腳架，我只能站在外圍側邊，盡可能踮高腳尖、伸長脖子看著。

經過昨日徐海音的簡介，我大概預期到會看見什麼，但還是止不住澎湃的好奇心。雖然我寫過不少殺人放火的推理小說了，腦子裡也得常模擬這類血腥場景，但說到要在現實生活中親眼目睹命案現場，這還是生平第一次！

還好我身高夠高，將照相機高舉後，轉動鏡頭焦距，也能看清楚十公尺前的細節了：

在那條約一點五公尺寬、兩棟公寓之間的小巷裡，旁邊每隔三公尺就有一個瓷磚砌就的落地花臺，上頭種了龍柏做為綠化之用，但也起了良好的遮蔽效果。命案約是昨晚十一點多發生的，直到隔天早上七點多才有人報警。

大張白色被單下，覆蓋了一具姿勢扭曲的人體，一條蒼白的右手臂獨露在外，身下黑褐色的血液流淌了一大片，她全身的衣物與皮包內的雜物、還有許多無以名狀的黏糊物體散落在旁，每一處都由鑑識人員小心翼翼地擱上號碼牌。

不知怎地，看著這小巷景物，我突然有種既視感，眼前的一切跟昨天在新莊的畫面重疊了起來。呂天河應該有特別研究過剖腹狼的犯案現場，才會布置得這麼相像。

但不一樣的是，當下有種難以名狀的死亡氣息繚繞在其中，以及空氣中一股刺鼻難聞的鐵鏽味道，揮之不去。

三分鐘過後，兩位鑑識人員開始收拾裝備，提起箱子退出現場，和在場員警打了招呼後就朝車上走。隨後穿著紅背心的殯儀館人員走進封鎖圈，其他的記者爭先恐後地一哄而上。我也身不由主地被往前推擠著。

距離命案現場三公尺不到！員警們靠攏，怒喝、推擋，試圖維持秩序，記者們忙著卡位取景，閃光燈此起彼落。

殯儀館人員將遺體抬上擔架，然後立起輪架朝巷外推出。現場的記者有人高喊著「打開白布」、「拍一下就好」。應該是手腳較慢的同業們，希望能補拍些「第一手畫面」。

也不知道是出於意外，還是為了迎合記者們的要求，在擔架要收合上車前，輪架似乎卡住無法疊合，後頭推送人員力道過猛，使得屍身突然滑動，半邊覆蓋的白布就這樣滑落了。

記者們不管三七二十一，擠上前猛按快門。我透過相機的觀景窗，看到了也許一生都磨滅不去的恐怖景象，肯定是未來頻繁出現在我惡夢中的素材之一：

那過分慘白的女屍臉上，是一副揉雜了驚恐、憤怒、不甘願的複雜神情。而從鎖骨以下到小腹處有一道筆直傷口，而且入刀極深，腹部有片外翻的皮膚，顯示這刀口可以掀開直視內腔，足見凶手力道驚人。

還有，戲劇、小說裡常用的「死不瞑目」形容詞，也是確有其事。那喪失光采、瞳孔放大的雙眼，就這麼瞪視著所有人。不管你身在哪個方位，那充滿怨氣的眼睛似乎總鎖定你不放，讓人身上猛起雞皮疙瘩。

推理小說上沒寫出來的，還有現場瀰漫著的恐怖氣味！那是混合了鮮血、汗水、臟器、排泄物還有死亡在內的，一種生腥難聞噁心的氣息。

離開現場後，不知怎地，我腦海裡一直盤旋著不相干的回憶映象：那是在高中生物課時，試著解剖青蛙的畫面。鐵盤上的青蛙被開膛剖腹了，但因延髓穿刺不確實，使得劇痛中的青蛙在教室裡活蹦亂跳，試圖逃離這活體解剖的恐怖煉獄。

●　●　●

「這是什麼怪兵器？」

在三重市重新路上的一家美而美早餐店，徐海音遞給我兩張電腦列印出來的圖片，看起來像是網路拍賣店家的商品頁面。

畫面中是一把長約二十公分的黑色鋼刀，刀身有著一體成形的流線弧度，呈現出完美的半橢圓形，單邊開鋒的刃口像是下彎的尖嘴鳥喙。刀把末端延續刀身打造了一個粗大圓環，刀把上也纏繞墨綠色的傘兵繩以防滑手。

第二張則是用刀示意圖。一位臉上塗有戰鬥迷彩的特戰士兵，將右手食指穿過刀把末端的圓環，手掌反握刀把，將刀身斜舉在眼前，搭配那犀利眼神，散發出讓人喪膽的凜凜殺氣。

「我一開始還以為這就是武俠小說裡頭的『圓月彎刀』哩！」徐海音說：「後來有個玩刀的同事說，這叫『爪刃』，也有人稱它為『鷹爪刀』或『熊爪刀』，從印尼、菲律賓一帶傳來的。」

「熊爪刀？」我仔細端詳一下圖片，整把刀子設計的確很像猛獸的利爪。這刀子光是隨便擱在桌上，就充滿了暴力張揚、血肉橫飛的氣息。相較之下，「劇團總監殺妻案」根本是文藝小品等級了。

「這位被害者跟前面兩位一樣，都是脖子先被割一刀、然後再被一刀俐落地剖開腹部。」徐海音道。

我感到身上一陣惡寒。「就算是這種利刃，但要一刀把人開膛剖腹，這得多大力氣？凶手是人類嗎？」

徐海音說：「普通外科醫生說不定也沒辦法這麼俐落。法醫說，凶手可能是反握這種刀子，用力插進被害者胸口，然後另一手抓住腳踝將其倒立過來，借助被害者自身體重，加上凶手腕力，手一鬆再這麼一勾……嗯，就是這樣。」

這匪夷所思的行凶招數，讓我聽得目瞪口呆。別說是現實生活了，就算是小說、電視，或是最誇張的好萊塢動作片，我也從沒見過、沒想過天底下會有這種殘忍的手法。

兩個熱騰騰的豬排漢堡送上桌。徐海音拿過一個大口咬下，津津有味地吃了起來。但我看著那鮮嫩多汁的漢堡肉，卻怎麼也鼓不起咬下去的勇氣。

我悻悻然地把漢堡放回原位，用吸管慢慢喝著冰柳橙汁。

「雖然最近紅衫軍議題當道，但都出現第三具屍體了，警方很難再壓著消息不發，我看午間新聞應該就會開始炒作這案件的細節了。」徐海音試探地詢問：「對了，阿唐，剛剛在現場，有沒有看到什麼一些不尋常的啦、或是可能怪怪的地方？」

「我有那麼神就好啦，真的當我是名偵探柯南啊！」我沒好氣地說道。要是站在十公尺開外就能瞧見破案線索，那要看出沒刮開的刮刮樂有無中獎也不成問題了吧！

徐海音無奈道：「沒辦法，誰叫阿唐你上次表現太優秀，電視臺上下看到這成績都士氣大振，只是接下來幾集都要做出這種水準的話，製作團隊的壓力可就大啦！」

這就好像今年五月份，洋基隊的臺灣之光王建民，在對戰水手隊時差一點投出了完全比賽，於是接下來的每一場，電視機前的觀眾都巴望著他能創造奇蹟一樣。

「當然啦，老闆也知道剖腹狼這案子，目前根本是一點頭緒都沒有，不會真的要我們搶在警察前頭去破案。但咱們就是先立個打拚目標，好筆直地往前衝嘛！」

徐海音鼓勵道。然後她指著我的漢堡好奇地問：「阿唐，你還不開動嗎？等等不是還要去趕打卡？」

「早上那畫面太有衝擊性了，搞得我現在都沒啥胃口，妳要嗎？」我把漢堡推向她那邊。

「哈！生平第一次請男生吃早餐居然被退貨。本小姐帶回去當午餐！」她半開玩笑地將漢堡放進包包裡，邊好奇地問道：「我也看過你的《第五名死者》，裡頭都是一堆斷臂殘肢、血肉橫飛的獵奇情節，還以為你們這些寫偵探小說的，對這種場面都司空見慣了呢！」

「你沒聽過葉公好龍嗎？這種場面寫寫可以，真要碰上心臟會受不了啊！不然那些寫鬼故事的豈不是自己都先嚇死了。」我苦笑道：「對了，妳之前不是說，這頭剖腹狼作風大膽，在現場留下很多跡證，警方怎麼會至今一點頭緒都沒有呢？」

「這匹狼真的很奇怪，會穿雨衣、戴手套犯案，可是卻大大方方地把精液留在現場，不知道在想什麼。」

「看來應該是有當過兵，可是沒前科的人吧！」我理所當然地這麼想。照理來說，服過兵役後都會留有指紋紀錄，而有刑事犯罪紀錄的人才有DNA檢體可比對。

還有，徐海音能把敏感字眼講得這麼專業自然，也讓我頗為佩服。「對了，我有聽同事說，這隻狼在犯案後，還會在現場跳舞？是真的假的？」

徐海音點點頭說：「傳言是真的！應該是有看過現場監視畫面的人傳出來的。剖腹狼要逃跑前，會故意背對最近的監視器，在那邊扭腰擺臀一通。警察覺得這是一種挑釁，但我覺得這頭狼八成是有精神病吧！」

這年頭真的是什麼瘋子都有！「既然沿路都有監視器，應該也不至於一點頭緒都沒有吧？」

「他每次犯案前都會騎一輛偷來的摩托車。目前發現那三輛都是同樣型號，可能是找了機車萬能鑰匙來打開的。」徐海音說：「還有啊，他棄車的地點都選在人潮多的地方，像這次又是騎到寧夏夜市附近，只要人一走進裡頭，找個空檔把雨衣、安全帽脫了，根本沒辦法繼續追蹤下去。」

眼看早餐吃得差不多了，關於剖腹狼的話題也都聊完，我準備起身去趕打卡，雖然已經註定要遲到了。說實在的，我完全不想幫電視臺去追蹤這帶著嚇人爪刀的瘋子。

徐海音笑著遞來一個印有電視臺名號的水藍色信封。「阿唐，謝謝你昨天的幫忙。這是顧問費，我們製作人還特別交代要多給你一些以資獎勵。」

我拿過來點算一下，總共也才一萬元，這還是「以資獎勵」的額度？我不禁有點灰心，但討價還價也不是我的專長，也只好微笑表示謝意，將它放進上衣口袋裡。

「對了，跟你說一下，因為這次難得有這麼爆炸性的效果，所以我們總經理決定讓《懸案追追追》提早一週上線，這禮拜五晚上八點記得看電視啊！」

「呃，這麼快？」我想起跟慧如父母的「看電視吃晚餐」的約定，忙問道：「那我什麼時候進棚錄影呢？」

徐海音一愣。「錄影？這不是現場節目喔。原本的設定就是希望你給一些製作方向的意見，沒有特別對你安排採訪。顧問嘛，就是這樣的功能。」

「啊？我還以為跟電視臺合作，可以多賣幾本書呢！」我強顏歡笑道。

大概是看到我的失望之情溢於言表，徐海音連忙補充：「跟我們合作，絕對會對你的知名度有幫助的。你看哦，節目後面的製作團隊名單裡，我特別交代要放有一個醒目的邊框、四行大小的『本節目由推理作家飄零公子擔任特別顧問』，這樣觀眾很快就認識你啦！」

我無言以對，彷彿剛吞下一把牙籤，嘴裡有種苦澀的味道。對電視觀眾來說，節目最後滾動名單的功能，是在提醒大家關掉電視機或是切換到其他頻道去吧！別說什麼特別顧問，就算是導播的名字恐怕也沒人會記得。

對我來說，為了準備一檔顧問所做的功課，往往會耽誤我好幾天寫小說的進度，雖然一萬元入袋不無小補，但如果同時沒有什麼名聲累積，似乎不太划算呀？

「對了，還有件事忘了說！」臨走前，徐海音想起什麼似地叫住了我：「《懸案追追追》下一檔的調查案件已經決定了，我下午應該可以把資料整理好寄到你的信箱。調查對象剛好也跟你是同行喔！」

這提示讓我心中一驚，我失聲問道：「難道是『密室太郎』的案子？」

徐海音食指朝我比畫一下，俏皮地眨了眨右眼，權充是「你猜對了」的回應。

● ● ●

跟「飄零公子」一樣，「密室太郎」也是個國內推理作家的筆名。因為同屬「臺灣推理作家協會」成員，所以趁著會員大會時有過數面之緣，但平常並沒有來往，也談不上什麼交情。

關於這位仁兄的案件，要從推理作家協會的「詭計銀行」開始說起。

大概一年多前，我的責任編輯寶哥跑來問我，要不要一起加入臺灣推理作家協會。

「呃，加入有什麼好處嗎？」我問。

「名義上是在臺灣推廣推理小說，順便跟其他作家們一起交流切磋，增強功力囉！」寶哥不負責任地猜測道：「至於實際功能嘛，我猜應該類似互助會那樣，比方有誰出書了，所有會員就統統買一本，這樣銷量不就馬上拉起來了嗎？」

此話讓我大感振奮。「原來還有這招！假如推理協會內有一千個會員，那不管換誰出書，不到一個禮拜就能夠馬上賣出一千本，直接躋身成二刷暢銷作家啦！」

「看來小眾作品在臺灣也找到生存之道了呢！」寶哥也欣慰不已。當下就立即去找管道，好不容易輾轉認識了協會理事，幫我們兩人都弄到了會籍。

直到去年召開第一次會員大會，我們才發現根本就不是自己想像的那一回事！推理作家協會總人數只有三、四十人左右，就算出書後每個人都買上十本也到不了二刷，更何況也沒規定要幫會員買書不可。「賣書互惠大家發財」只是我們一廂情願的想像罷了。

之後跟其他會員交流，我們總算明白，原來推理作家們加入這協會的目的並非為了賣書或切礎，而是全衝著「詭計銀行」而來的。

大家都知道，「奇謀詭計」之於「推理小說」，如同「絕世武功」之於「武俠小說」、「四爺胤禛」之於「穿越小說」般重要。但要找出一個讓讀者被騙得大呼過癮、又沒有前人用過的詭計，可往往就讓作家們想破頭。

於是，推理作家協會的網站上，便設計了一個「詭計銀行交易平臺」，將適用於推理小說的詭計分門別類，然後標價待售。分類包括有暴風雨山莊、原創密室、不在場證明、暗號解謎與心理詭計五大類型，底下各有數條至數十條不等的詭計謎團。

要進入這個「詭計銀行」也帶點解謎趣味。連到推理作家協會網站上，一般人根本看不出門道，必須按著電腦上的 Alt 鍵不放，然後將滑鼠游標移動至推理協會名稱旁的迷宮圖示上，游標才會變成可點選模式，點下後就會進入詭計銀行的購買頁面了。

這些詭計的來源有部分是作家會員自行交流的，但很多都是拉釣魚線、擺弄門閂的套路，所以行情大概只有數百元至數千元不等。而價碼最好、讓會員們垂涎的，則是由九〇年代流傳至今的「鎮店三十六計」，號稱每一計都是前無古人、驚天動地，若有雷同保證退款的最強詭計。

當然，這是官方的宣傳詞兒，實際上這三十六計仍然是高下有別的：

真正的鎮店之寶是標價十五萬元的「經典本格暴風雨山莊之完美犯罪」，第二、三名則是十萬元的「經典本格之臺鐵列車之密室殺人」與七萬元的「經典本格之公寓內的屍體消失之謎」，剩餘的「三十三計」都沒冠上「經典本格」名號，標價也都不超過五萬元，顯見在原創性上就沒前三名這般精采了。

只是對大多數國內作家來說，寫一本長篇小說頂多賺個一刷版稅約三萬元，因此別說是想買個前三名詭計了，即使買個三十三計之一，算一算恐怕也是門虧本生意，所以這些「驚天動地超強詭計」仍然乏人問津。

今年的一月十二日深夜，我正在家裡寫稿，寶哥忽然一通MSN訊息傳來：

「阿唐，推理協會網站有上去看了嗎？」

「沒，怎麼了嗎？」

「那個七萬元的詭計賣出啦！」

我心頭一驚，連忙打開瀏覽器查看。果然，上頭顯示在三個小時前，「經典本格之公寓內的屍體消失之謎」已經下架，原本的欄位變成「已售出」圖樣，底下的買家名稱是「密室太郎」。

「哇，這傢伙下了重本啊！」光這七萬元大手筆就讓我無比感嘆，他肯定是為了要參加什麼推理徵文大獎，還是要寫出一本轟動推理界的超級神作吧！

「你有他的MSN嗎？我想問問他的出書計畫，看有無意願來我們家出書。」寶哥一副想撿現成便宜的嘴臉。

「光是詭計有什麼用，小說要寫得好看比較實在啦！」雖然嘴硬，但我還是羨慕地回道：「只要讓我買到三萬元的詭計，我絕對就能衝上博客來的排行榜！」

只不過，我們並沒有等到「密室太郎」發表的任何驚天大作，或是他震動推理文壇的比賽消息。讓大家跌破眼鏡的，則是二月九日各家媒體的頭條新聞：

「偵探小說家學以致用？公寓中上演活人消失戲碼！」

新聞中說明有位「麥湘琪」（女，二十三歲），在一月十二日下午前往桃園市的男友公寓後，就這麼人間蒸發了。鄰居都表示入夜後有聽到兩人激烈吵架約大半個鐘頭，但男友堅稱之後麥湘琪就自行返家了。但問題是電梯、公寓大門以及大街上的監視器，都沒有拍到她離開的身影，手機最後一次聯繫基地臺的訊號也是鎖定在此處。

但無論警察、親友還有好事鄰居，把公寓上上下下，包括水塔、車位、雜物間等全翻了遍之後，還是完全沒有找到麥湘琪的蹤影。直到二月十六日，麥湘琪的左手臂在宜蘭太平山區被發現，全案才定調為「殺人分屍」案件。但當初麥湘琪的屍身是藏在何處？又是怎麼運送進山區的？這始終無法查明真相。

那位男友自然被視為頭號嫌疑犯，而其筆名赫然就是「密室太郎」！案發日期也跟「詭計銀行」的交易時間有著詭異巧合。

●●●

星期六一早，我將徐海音寄來的資料全都列印出來，大概有九十多頁A4紙。但在開始用功前，我先打了通電話給慧如，想說明一下聚餐當天的計畫變動：

「喂，還在忙嗎？」

她的聲音聽起來很疲憊：「還在公司加班。什麼事嗎？」

「喔，沒事啦，就是跟妳說一下。上次跟電視臺一起出外景，之前跟妳說的那個劇團總監殺妻案，結果沒想到運氣真好，讓我看出破綻，直接破案了呢！」

「……嗯，真是恭喜你了。」

「也因為我表現太好，出乎他們意料，所以他們總經理還特地把現在的節目給腰斬了，讓《懸案追追追》提早一個禮拜首播。哈哈，真是樂翻天啦！」

「真好。阿唐我……」

「啊，其實這跟上次說要與伯父伯母吃飯的事情有關啦！原本想說大家一起吃飯可以看八點首播，但沒想到他們把時間提早了。不過電視臺很可惡，竟然沒有拍我的鏡頭，只願意把我的筆名放在最後面的製作名單裡。唉，想說可以露露臉，給伯父、伯母一個好印象呢！」

「阿唐，真的沒關係。我爸媽只是想跟你談談事情，你不必刻意挑節目播出的時間。」

「所以真的不另外改時間嗎？我最近跟那些記者交情比較好了，說不定下禮拜有機會讓他們補拍些我的鏡頭，下次的題材剛好也是『推理作家』涉案，之前我們聊過的那個密室太郎嘛，也許到時候可以像《探索頻道》一樣，就是我後面掛了一張紅布，然後……」

「阿唐，阿唐！夠了！」

電話彼端突然提高音量，打斷了我的話頭。這激烈的反應讓我愣了一下。

「嗯？」

「對不起，打斷你了。但我現在手邊事情真的很多。你就照原先說好的，下週五晚上六點半，到那家餐廳等我們，好嗎？」

「喔……不好意思，我是求好心切，可是事情發展又不是像我預期的那樣。我知道了，就那天見吧！」

「嗯，再見。」

「等等！再耽誤妳一分鐘好嗎？不，三十秒就好。」

「……」

「妳是不是喜歡上別人了？」

陷入短暫沉默，接著是不耐煩的語氣：「阿唐，你不要想太多了。那天我們再好好談談，可以嗎？」

電話掛斷了，但一陣悵然所失的感覺襲來，我握著話機的右手無力地垂落身旁。

因為很害怕跟慧如談話間那突如其來的沉默，所以我變得多話，想在雙方冷場前一秒就接下話頭，維持高昂談興。但，也許是「人」不對了吧？那無論我再怎麼努力地談笑風生，依舊挽回不了敗局。

下週五晚上那場「鴻門宴」，著實讓人期待又怕受傷害，我的心情也變得五味雜陳。

案件三　遠在一五〇公里外、不可能的棄屍

為了平復心情，我打開電腦上的射擊遊戲，扛著重型機槍到莫斯科的國際機場對著旅客狂轟濫炸，同一個關卡重複玩了五次，沮喪的情緒才慢慢緩和下來。

「已經十二點半了！」退出遊戲後，我看了一下手錶，不禁嚇了一大跳！於是趕忙翻開案件資料開始研讀，後天一早又得請假出外景，不能再耽擱了。

「密室太郎」的本名叫徐彥輝（男，三十四歲），本業是某私立大學物理系的助理教授，曾經出版過三、四本推理長篇小說，也入圍過全國性文學獎項，在同好圈內算是小有名氣。

最讓我印象深刻的是他的「小聰明」。在他的新書發表會上，曾有讀者提問「密室太郎」這筆名的由來。他老兄倒是臉不紅氣不喘地表示，因為這筆名看起來頗「日式風」，店員常會不小

心把他的作品擺到日本小說區，對於整體銷售大有助益。

我也曾經在那場發表會上，看過他的女友麥湘琪幫忙站臺。聽說兩人是「師生戀」，但也因為年紀差了一個世代，價值觀差異也頗大，兩人間吵吵鬧鬧是常態。

「平常有事沒事就拌嘴，那還不如分了吧？」密室太郎的部落格上，偶爾會分享與情人相處的心情短文，底下有網友這般留言。不過密室太郎只簡短回覆：「諸君有所不知，小吵可怡情養性、大吵乃閨房情趣也！」

只是當初有誰料得到，吵到後來竟惹來殺身毀家之禍呢？

從這第一手的資料顯示，整起案件的主要情節，跟媒體上所報導的大致相同，不過警方一樣保留了一些訊息，如現場的採證結果與棄屍細節等，並沒有對外公開。其中最精采的，就是「三搜太郎公寓」這一段了。

麥湘琪失蹤後第三天，家屬跑去向警方報案，於是轄區員警便前往密室太郎的十五樓公寓查看。

負責處理的員警表示，密室太郎的態度很強硬，不願意配合搜索，但他應對時卻顯得格外心虛，依他當班多年的直覺，眼前這男人肯定大有問題。接著他調閱大樓監視器畫面，確認麥湘琪「有進無出」後，就回警局向上級申請搜索票了。

隔天十多位刑警大陣仗地進入密室太郎的公寓，對三房兩廳的空間進行搜索，但並無所獲。之後也把密室太郎給請回警局問話，雖然面對刑警的詰問有些支支吾吾，但他仍一口咬定麥湘琪已經離開公寓了。

「誰知道為什麼電梯監視器沒拍到她?也許她想減肥爬樓梯嘛!」

在偵訊時,密室太郎的情緒不太穩定,對於關鍵問題都保持強辯到底的態勢。任何人只要看過麥湘琪的照片,就知道身高一五七公分、體重四十三公斤的她,比較需要的是增重絕非減肥。

「晚上十一、二點想爬樓梯減肥?好,我接受。那為什麼大門口的監視器也沒拍到她呢?」刑警追問。

密室太郎硬撐到底:「我們公寓有前後門啊,後門那麼暗,也許有死角嘛!」

「平常她都是怎麼到你公寓去的?」

「騎摩托車或搭公車吧!」

刑警向他展示一張照片。那是一輛停在騎樓處的五十西西摩托車。「這臺小綿羊,你有印象吧?」

密室太郎點點頭。

「既然像你說的,她回家了,那為什麼這輛摩托車還停在你家樓下?」

「誰知道啊,說不定……」

「說不定她想減肥,三更半夜地也想走路回家,對吧!」刑警冷笑地搶過話頭道。

「真好笑。我是擔心,說不定她是碰上壞人,給歹徒綁架了,這是你們警察的職責啊!」

刑警又拿出一張通聯紀錄。「喔,那你做人家男朋友的,好歹關心她一下嘛!說說看,為什麼從那天之後,你一通電話都沒打給她呢?」

又甩出一張照片!「為什麼你廚房裡連把菜刀、水果刀都沒有?這個工具箱裡似乎少了把線鋸呢?你看看,這裡明明就有備用的鋸條啊,那線鋸的鋸把上哪兒去啦?」

……

……

看到這些讓人哭笑不得的對話，的確頗符合密室太郎的性格。我不禁想起他在自己的部落格上，老愛用歪理跟網友打筆戰，以及總是被嫌毒舌過頭的小說文風了。

不管密室太郎再怎麼強詞奪理，破綻百出的言詞根本無法說服任何人。因此警察兩天後組織了第二次搜索，這回範圍擴大，包括公寓天臺、地下室、外圍周邊，除了訪談鄰居外，也出動鑑識小組進行採樣。從這時起，本案就開始引起媒體的關注。

警察這次的搜索有了成效，在離公寓外二十多公尺的空地草堆裡，找到麥湘琪的襯衫、牛仔短褲，以及碎裂損壞的手機。

「我都說她可能返家途中碰到壞人了嘛！」密室太郎貌似難過地哭喪著臉說。

「誰知道這些衣服是不是你從樓上丟下來的？」一位老刑警冷冷地回敬。

在警方未釋出的諸多情報中，最值得注意的是，鑑識小組在公寓內幾個可疑位置進行了魯米諾測試，結果發現密室太郎的浴室裡，包括天花板、牆壁、浴缸與馬桶，都有大量漂白水清洗的痕跡。地板處反而沒處理得這麼精細。

「黑光燈一打，牆壁、洗手臺下面跟燦爛星空一樣，閃閃發亮，地板只有幾個小區域有反應。」一位蒐證人員這麼形容。

密室太郎繼續嘴硬：「女人嘛，有MC來啊！她常來我這邊，有時也血流成河，要處理嘛！」

「所以她換完衛生棉後，都全往天花板上甩？一滴都沒落到地上？不要跟我說又是什麼減肥新招耶！」

依據老刑警的看法，密室太郎很有可能就是在浴室裡鋪上了大塊塑膠布，對屍體進行處理，但低估了血液噴濺到牆壁與天花板的程度，所以事後再用大量含氯漂白水來進行清潔。但這種欲蓋彌彰的手法，反而更惹人起疑。

但問題是，要把一個人「處理」到完全消失，是靠化學藥劑來溶屍，還是剁碎後用果汁機攪爛沖馬桶？

密室太郎平常代步的工具是一輛老舊的一二五西西機車，刑警也大費周章地進行各種調查，完全找不到任何棄屍的跡象。換言之，麥湘琪很有可能就是在這棟公寓的十五樓被「毀屍滅跡」了。

找不到屍體，使得案情陷入膠著。但是麥湘琪的家人跑去觀落陰後，表示自己的女兒已不在人間，就是被密室太郎給害死的。而公寓鄰居也跳出來說自己曾「撞鬼」，有陌生女孩在樓梯間突然現身，泣訴自己在「山裡」感覺很冷，但一轉眼又消失無蹤。一時間鬼神之說甚囂塵上，談話性節目開始用此案做為新題材。

由於密室太郎是會員，「臺灣推理作家協會」的名字也因此被名嘴們提起好幾次。從另一角度來說，對於「推廣本土推理」算是有些貢獻就是了。

案情大逆轉發生在一個多月後，麥湘琪的遺體在意想不到的地方出現！不，精確點說，應該是「部分遺體」被發現了。

二月十六日，有一隊登山客在宜蘭縣大同鄉太平山區裡，發現了以大型黑色垃圾袋包裹的左臂斷肢，當時已經呈現腐爛見骨的狀態，袋內有個貼有「麥湘琪」名條的賣場DM。四天後，根據DNA鑑識結果，證實了這左臂主人的身分。

專案小組不敢怠慢，立刻組織大量人手進行搜山。連搜數天的結果，還真的找到了右前臂（含手掌）、左上臂、左小腿、部分臟器等部位，全都用多個黑色垃圾袋密封，但最重要的頭顱仍未找著。

這些垃圾袋的位置分布也很特殊。不但遠離大路，而且拋扔得毫無章法，有兩個較顯眼的是丟在步道旁的山坡地上，另外幾個則分布在人跡罕至的深谷、溪畔與草叢堆裡頭。

難不成密室太郎特地背了屍塊，大老遠地跑到宜蘭，然後賣力地爬上太平山沿路扔棄？有這種工夫的話，倒不如就近在桃園虎頭山上挖個坑掩埋，效果也許好得多。

雖然太平山是可以輕裝上山的郊山路線，但最大的問題是，從監視器來比對密室太郎案發後的行動，可以發現他一來沒有動用到他唯一的摩托車、二來在警方與媒體的緊迫盯人下，他也沒時間特地跑這一趟。更何況，過濾他之前出門的裝束，最多也只有背個小型背包，完全沒有夾帶屍體的跡象。

因為這個發現，讓檢警原本假想的「浴室毀屍滅跡」情節落空，後續的搜索行動也改以太平山區域為主。不過呢，從密室太郎公寓的排水管中，驗出人類組織碎片仍是事實，所以他還是無法排除嫌疑。

另外有一點特別奇怪：幾乎每個垃圾袋外都塗有少許豬油，這讓檢警百思不得其解。後來有刑警提出一個大膽且富創意的推論，會不會是當晚密室太郎將麥湘琪的屍塊往樓下拋，結果好巧不巧落在一輛運豬車上，當司機開到宜蘭忽然發覺後，再偷偷扔到山區去？不過查訪後，仍找不到足供佐證的人事物。

可以想見的是，這個案情轉折讓媒體、名嘴們見獵心喜，原本逐漸沉寂的舊案又被炒作起來。這回連立委都在國會上表達關切了，給了警方不少壓力。

所以過了一週後，警方集結大批人力，連鑑識科主任都親自出馬，包括鑑識小組、水電工等，開始進行密室太郎公寓的第三次搜索。這回挖開公寓的排汙管、化糞池、排水溝，將汙水全都仔細過濾驗證。

過程中，鄰居們還言之鑿鑿地表示，這個月來，後方水溝總有「奇怪浮油」，散發著不同以往的惡臭，更讓全案增添了獵奇談資與靈異氣息。這個案子又為全臺的談話性節目貢獻了將近一週左右的長紅收視率。

最後鑑識小組確認，汙水內確實有人類器官組織的碎片，但因為汙染嚴重，沒辦法做進一步比對。由於檢方掌握到的證據顯得薄弱，有名嘴表示上訴到最後有可能被判無罪。

總之，全案一直沒有出現決定性證據，雖然也有死不見屍、疑犯仍被重判的前例，但各界都預期密室太郎這件案子，將會演變成漫長的法庭攻防戰。

話說回來，臺灣推理作家協會網站的「詭計銀行」，那個價值七萬元的「經典本格之公寓內的屍體消失之謎」，就是最重要的破案關鍵了。

如果能破解這手法，應該可以掌握到確鑿的證據，當然也有機會找到遺體下落，這樣密室太郎就只能俯首認罪了。

雖然我跟他是同行，但為了我的前途……不，是為了幫麥湘琪申冤，大義滅親也在所不惜啊！

翻過一遍相關資料後，我發現儘管警察搜索過密室太郎的電腦，但應該還不知道「詭計銀行」這件事。

這不禁讓我更加好奇，這七萬元的本格詭計究竟是啥模樣。至少，本案已經證明，即使在現實世界裡，這詭計的可行性非常高了！

●　●　●

雖然昨天跟羅姊請假時，已經被嚴重警告，這個月再請事假就要準備回家吃自己了。因為越近年終，代班人力越加難找，千拜託萬拜託下，莊爺只好勉為其難地包攬我的責任區域。

今早一樣約在內湖碰頭，上一回的原班人馬組合。唯一出乎我意料的是，八角變得非常客氣了。

「嗨，唐老弟，你來啦！」八角一看到我就笑咪咪地招呼。

我心中悚然一驚。「呃，八角哥，早。」

「吃過了沒？有吃早餐嗎？」他上前來拍拍我的肩膀，還沒等我回答就轉頭道：「喂，徐海音，快拿一份早餐給唐老弟啊！今天還要靠他大力幫忙呢！」

我尷尬地笑著：「看來八角哥今天心情特別好啊，一定是升官加薪了。」

徐海音走上來哂道：「八角只接納自己肯定的人。呵，說難聽點就是現實，有利用價值他才看得入法眼哦！」

八角抗議：「喂，說那什麼話！我從頭到尾對誰的態度都一視同仁好嗎？」

我和徐海音相視一眼，笑而不語。

「阿唐，我們今天只跑桃園市的蝶戀花大樓，不過要預錄的內容比較多，所以還是會待得晚些。」徐海音解釋道。她今天穿了一襲蒂芬妮藍套裝，頗有幾分專業主播架勢。

「喔？那太平山那邊你們也會出外景嗎？」

「第二次出機的時候才會過去。」徐海音看向馬告：「馬告大哥可就辛苦了！」

「是回家！我們的家就在山上！」馬告一臉懷念的神色說道。「所以一點都不苦啦！」

往桃園的路上，我提起了「詭計銀行」的事，兩人全都開心地眼睛一亮。

「嘿，這個有梗！條子一定不知道。」八角拍著我的手背說道：「等一下唐老弟跟我詳細說說，主播用這個開場絕對夠吸睛。」

徐海音沉吟道：「從時間上來看的確說得通啊！密室太郎跟女朋友大吵一架，結果一時失控殺了她，但想到公寓內外處處都有監視器，該怎麼辦？病急亂投醫下，想起以前在網站上看過類似的詭計，於是就花大錢買了，而且還真的能用！可是密室太郎這事鬧得這麼大，推理作家協會沒去調查嗎？」

「我有寫電子郵件去問過會長了，他說推理作家協會內也進行過追查，但當初為了保密、公平起見，所以每個詭計是打包成加密圖檔，用了兩組密碼加密。有人下單完成轉帳後，才會由兩名保管者各寄一份對應密碼給購買者，這樣才能順利打開圖檔看到詭計內容。」

我把列印出來的電子郵件對話遞給徐海音過目。

「也不對啊，就算如此，那一開始總得要有個人去打包這些詭計，不會是蒙著眼做的吧？再怎麼避嫌，他應該或多或少也該有點印象才對？」八角問。

「是這樣沒錯，會長有提到這點，說當年為昭公信，請了一位非推理相關、孚有名望的文學界前輩來打包詭計，現場甚至還出動律師公證。雖然他每個詭計都有過目，但問題是去年這位前輩過世了，所以還是沒有人知道詭計內容究竟是什麼。」

我們不約而同地輕嘆一口氣。人生哪，就是不能事事順心啊！要是能夠知道這七萬元的詭計是什麼，那麼《懸案追追追》第二集肯定又能再創佳績了。

四十分鐘後，我們抵達了位於延平路上的蝶戀花大樓。附近有看到幾處工地圍籬，紛紛打出「全新二十層鳥瞰視野」、「二十六層住商混合」旗號，但十五層的蝶戀花是目前這一帶最高的大樓。

早在十分鐘前，徐海音已經先用手機聯絡了一位名為「陳太太」的住戶，因此當我們抵達後，在陳太太的指引下，將車停放到地下室停車場。一行人扛起攝影機、拿起裝備就直奔十五樓。

「這位陳太太就住在密室太郎隔壁。兩邊房間的格局其實大同小異，陳太太也同意讓我們在這裡拍攝。」徐海音解釋道。

有了前一回充當臨時演員的經驗，我對這樣的做法已經見怪不怪，甚至還覺得他們特地跑到這兒拍攝算是相當敬業了。喜歡看「類戲劇」的觀眾也該體諒一下，總不能要製作團隊親自去敲密室太郎的門，要求來個實境拍攝吧！

電梯裡顯得有些擁擠，兩邊廂板貼滿了公告、廣告與傳單，按鍵面板旁還有張天然氣的度數填寫單。我隨意瀏覽一番後，插嘴問道：「密室太郎還住在隔壁嗎？」

陳太太一副毛骨悚然樣。「說真的，我還不確定耶。那個人陰陽怪氣的，平常都關在屋子裡，聽管理員講，都上網訂泡麵、餅乾的，很少出門。我也不知道他有沒有住這裡。管委會有人提議要他搬出去，可是這公寓好像是他爸媽買的，也有過來說幾句話，說什麼小孩很乖不可能殺人，後來才不了了之。唉唷，要是隔壁沒住人，我們晚上還聽到傳來什麼動靜，那不是嚇都嚇死囉！」

「上次說有女鬼顯靈什麼的，該不會是陳太太妳傳出去的吧？」八角打趣道。

「阿彌陀佛喔！那是樓下講的啦！我們一看到新聞在報這件事，一家子嚇壞了，連夜搬回我娘家住，這大半年的也不敢回來，租又租不出去。唉，也不是說怕什麼靈異事件啦，光是想到隔壁就住了一個怪人，那個眼神……萬一他生氣砍我們怎麼辦？剛好徐小姐說你們要來取景拍電視，就想說也好啦，看看人氣會不會旺一些、熱鬧一點。」

徐海音用眼神朝其他人示意，右手在下方偷偷比了個五字，表示出這趟外景的租金就花了五千大洋。

出了十五樓電梯口，左側是逃生梯與通氣窗，前面的小空間擺上了滅火器與腳踏車、鞋櫃等住戶雜物。朝右手邊走，則是陳家與密室太郎相連在一起的公寓。

陳太太打開公寓大門，一股冷清的氣息撲面而來，一旁的鞋櫃上也積了一層灰，的確是有段時間無人居住了。大夥兒先隨著陳太太觀禮一番：

「之前剛搬來的時候，我們有去隔壁看過，都一樣是三房兩廳的格局，但兩邊房間位置剛好是對稱設計的。」陳太太比手劃腳地解說：「也就是說，以相連的這面牆為界，我們兩家的客廳是連在一起的，但廚房、臥室、餐廳就是分占兩頭，跟照鏡子一樣，這樣聽得懂喔？」
雖然解說得不怎麼樣，但我們還是聽懂了。陳太太指著客廳一堆雜物說：「拍片的時候，如果這些東西會擋路，你們就自己挪一挪吧！要是在裡面吃便當什麼的，盡量不要丟在房子裡喔！」
眾人點頭稱是。
「啊，我想跟隔壁不太一樣的地方，大概只有這裡。」陳太太一拍雙手，領著我們走到廚房後頭的小陽臺，約莫半坪太小，塞了一臺洗衣機與晒衣架，以及兩盆了無生氣的盆栽：「當初這裡是個可以喝下午茶的露臺，外面還有雕花欄杆，不過我老公覺得不太安全，雖然這裡是十五樓，但不是常看到有蜘蛛俠大盜出沒嘛！所以就把欄杆打掉做鐵窗起來了。」
我朝窗外探頭看向隔壁，那裡還保留著半坪露臺設計，蝴蝶與花的藍色造型圍欄相當精緻，頗切合「蝶戀花」的旨趣，只是可惜這棟大樓的用戶多跟陳太太一家一樣，把圍欄給拆了改裝鐵窗。
我發現，密室太郎保留了小露臺，還擺上了雙人座與落地陽傘，感覺有情趣多了。要是天氣好時抱個筆電在外頭趕稿，入夜後對著星空來個燭光晚餐豈不快哉！
「好啦，那差不多就介紹到這裡。我下午五點再過來鎖門，有事情隨時可打我手機聯絡喔！」感覺陳太太似乎也不想多待在自家一分鐘，交代了場面話後，就匆匆離開了。
「那麼，就開工吧！」你海音呼了口氣後說。

「等一下！」我出聲抗議道：「之前要我看監視器畫面、用單眼相機眺遠那也就算了，這回還是在跟命案現場完全無關的隔壁公寓，要我怎麼推理呀？」

徐海音聳肩道：「阿唐，這也沒辦法啊！不過你不也是推理作家會員嘛，需要的話可以去跟隔壁密室太郎打個招呼，順便參觀一下他的公寓。只是警察也去過好多次了，應該不可能查漏什麼。你還不如比對這邊的格局、看一下手邊的照片。」

邊說著，她遞來一個牛皮紙袋：「對了，這是今天早上才從聯絡窗口拿到的，是太平山區的蒐證照片，跟密室太郎案發前後的相關監視錄影內容，裝在隨身碟裡頭。你可以跟八角借他的筆電來看。」

雖不滿意但也得勉強接受。我看了一下手錶，十一點十分，得趕在下午五點前，試著挑戰那價值七萬元的「經典本格之公寓內的屍體消失之謎」了。

由於這次主要是在室內拍攝，所以馬告還另外帶上兩盞室內燈跟反射板。趁著他們三人在忙著架燈、補妝、拍照空檔，我在公寓內繞了一圈，特別去檢視一下浴室：

試著換位思考一下，假如我是密室太郎，剛剛失手殺了自己嬌小的女友，要怎麼在不引人注目的情況下，設法將屍體拋棄到山區？而且能使用的交通工具只有一輛老舊摩托車、作業時間可能還不到一天，還要瞞過重重監視器？

我打開牛皮紙袋，取出裡頭的四張照片與一顆隨身碟。第一張照片是在山區發現裝有殘肢垃圾袋的畫面。黑色袋子散開攤落在一個陡坡的草叢上，下方就是深谷。可以想見，當初搜山人員為了要取得這只袋子，恐怕還得綁著安全繩才能下去。

第二張照片是袋子被打開、陳列在平地的模樣，當然還包括那隻斷臂。比較特別的是，密室太郎竟用上四個大型黑色垃圾袋來包裝這隻斷臂？是因為特殊的運送需求，還是擔心腐敗後臭味外洩？

第三張照片應該是搜索隊在收隊前拍攝的成果照。他們將找到的右前臂、左上臂、左小腿、部分臟器等殘肢一次陳列出來。依照體積大小，各用四至六個垃圾袋嚴實包裝。

但這張照片比較能清楚看出，密室太郎並不是用「俄羅斯娃娃」一袋套一袋的方式包裹，而是將該部位放進其中一個垃圾袋後，另三至五個垃圾袋則以綁緊袋口的塑膠繩與其相連在一起，感覺上這些太過多餘的袋子，比較像是做為「緩衝物」或是「掩蔽」的用途。

第四張照片則是垃圾袋的局部區域，明顯看得到有油汙痕跡，應該就是鑑識報告上頭寫的「豬油」。

如果只是從垃圾袋上沾染了豬油，就聯想到或許有個「運豬肉車」的共犯，我覺得這想法也未免太天馬行空了。換作我是司機的話，肯定也不會大費周章地跑到山區棄屍，或許乾脆統統丟入絞肉機再送進顧客嘴裡會更有效率些。

為什麼要抹豬油？我第一個念頭想到的作用就是「潤滑」。也許密室太郎想在袋子上抹油，好讓它順暢地通過某些……管道？

我在屋內查看了排水孔、雨水管、冷氣孔等管道，看不出任何可能性。比較特別的是，在廚房流理臺旁邊，有個半人高的汙水管道維修小門，打開後裡頭可以看到有多條排廢氣、排汙水的管路，還有勉強約可容納一名孩童的不規則窄小空間。

我試著拿個鏡子伸進去探看，但管道裡一片漆黑，什麼也看不到。

之後我們詢問總幹事後得知，這棟大樓的每一戶，在相同位置都有預留這個維修小門，居家汙水（往下）、浴室廢氣（往上）等管線都在裡頭，但時日一久管線的氣密性變差，也常有住戶抱怨，不知樓下哪層常在浴室裡吸菸或吸食安非他命，搞得自家烏煙瘴氣的。

在一樓的電梯口旁也有個維修小門，管道直達地下室一樓的汙水管排放間。排放間有上鎖，鑰匙由總幹事保管，警察來搜索時也打開查看，並沒發現異狀。

也許密室太郎在一樓電梯旁的汙水管線間處先塞了什麼東西墊底，然後回到十五樓把屍塊打包好，塗些潤滑用的豬油，一袋袋地朝下扔，避開了電梯間的監視鏡頭？接著下到一樓後，再把屍塊放進背包裡帶出去？

不過這個想法也很快就被推翻了。我向八角借了筆電觀看隨身碟內的影片。警方已經將大樓內外共八支出入口監視器、案發前後一週錄有密室太郎的畫面，都按照日期整理好了。不過算算總共也才六天有畫面，平均一天不到三次，主要就是上、下班出入，還真的是個深居簡出的當代隱士。

讓我在意的，是一樓的電梯口外頭就裝有一支監視器，能夠清楚看到排汙管道小門，而密室太郎始終就沒有去打開過它。而樓梯口也在這監視範圍內，並沒有發現密室太郎有哪一次是改走樓梯下樓的。

（難道這回密室太郎用的是混淆犯案時間的手法嗎？比方其實是早於一月十二日犯案？）我心想。但這一點並不能成立，因為資料上有寫，一月十二日早上，麥湘琪的同學有看到她，彼此還約定了下週出遊時間。此外，案發前一週的監視錄影也沒發現有什麼異狀。

我持續檢視每一支影片，發現密室太郎出門的目的性都很強，一般是去上班，再來也許是出門買袋日常用品、或倒個垃圾之類的。而麥湘琪失蹤的一月十二日那晚，密室太郎甚至完全沒有下樓過。

（如果是我，肯定也不會在那節骨眼上跑出門買什麼分屍工具，不然這錄影畫面就會是現成的呈堂供證。）

仔細檢視過兩三次影片後，我跟警察們一樣，如墜五里霧中，找不出任何棄屍手法的蛛絲馬跡。如果我不知道有七萬元詭計這件事，我絕對會認定，有個我們所不知道的共犯，幫忙他完成善後工作。

徐海音開始把這公寓當作是犯罪現場，用戲劇性的聲音念起聳人聽聞的「公寓消失事件」了。八角甚至還即興發揮，安排了一段「國內最龐大的業餘偵探組織所精心設計的謀殺謎團」做為開場白。

下午一點十五分，腦袋無力運轉，肚裡傳來的咕嚕聲，提醒我該補充些燃料了。

● ● ●

徐海音在客廳、浴室各錄製了幾個片段，接著自己換上跟麥湘琪同色的襯衫，讓我跟她演出「對手戲」。馬告則是將室內燈橫打，拍攝我們在牆上「激烈爭吵下控制不住動手殺人」的動作投影。

這是我生平第一次演戲，雖然是沒正對著攝影機的「皮影戲」，但也挺講究演技跟走位，NG了好幾次，重複拍上幾輪伐就覺得挺累人的。

八角倒也沒閒著，自告奮勇跑下樓去幫大家買中餐，把我們都給嚇了一大跳。

「來，放飯囉！」八角提著兩個塑膠袋回來，將便當盒分發給大家：「有叉燒飯、三寶飯，自己挑。我想呢，唐老弟要動腦，挺耗費卡路里的，所以還特別幫你準備一杯大杯珍珠奶茶，半糖去冰。」

我受寵若驚地接過這份加強版餐盒，對八角的殷勤還是不太能坦然接受。

徐海音嘟起嘴抗議：「哇，八角哥這麼偏心，對同事就沒這麼照顧了。」

八角哂道：「還不是製作人有交代，對唐老弟的禮數要周到，節目第二集能不能再一鳴驚人就靠他啦！反正我有裝免費紅茶，你們將就一下，解渴就行了！」

看著大家分裝那塑膠袋裡的便宜紅茶，獨自喝著大杯奶茶的我不禁有些罪惡感。不過我也預期到接下來的問題會是什麼了。

打開飯盒才扒了幾口，八角就起了話頭：「咳，我說唐老弟，那個……」

「八角哥，我又不姓唐。還是叫我阿唐吧，比較習慣點。」

「成！那問一下阿唐，你早上一個人在那邊擺弄半天，不知道有沒有發現什麼可疑的地方？類似上回嫌疑犯髮型亂了的那種？」

「嗯，老實說，目前有看到一個，但我還不確定算不算關鍵。」

眾人眼睛一亮。徐海音喜道：「真的嗎？快說快說。我還真想見識這是什麼神奇手段。」

「怎麼做的我也還不知道啊！」我苦笑：「不過我想先問一下，假如我們今天還是沒辦法查出來他是用了什麼手段，你們打算怎麼做？」

八角揚揚眉道：「沒想過這個，我們製作人對你也太有信心呢！但要是今天你失手的話，比較保險的方式，可能還是演一遍警方的各種猜想，什麼運豬肉車啦、有共犯啦、故意混淆犯案時間等等的。」

徐海音催促：「唉唷，阿唐，別賣關子了，你直覺哪裡有問題就說出來，我們一起研究嘛！就算說錯了也不要覺得不好意思。不要像什麼名偵探一樣討厭，一路撐到最後才公布答案，又不是中秋猜燈謎！」

「好啦，好啦！」我放下筷子，拿起第三張「殘肢大合照」照片擺在桌上，說道：「我目前就只有看到這裡有問題。你們看……」

「等等，等等！打個岔！」八角又嚷嚷起來：「我要稱讚一下阿唐，他真的進步好快！」

「嗯？」我不解其意地看向他。

八角朝徐海音笑著說：「還記得嗎？跟這老弟第一次見面的時候，光看到那張車內焦屍的照片就快吐滿地的模樣嗎？你們看看，現在可以一邊看分屍照、一邊大口吃著叉燒肉啦！」

（喂，照你這說法，再折騰半年後，我膽子應該大到能去學《占星術殺人事件》挖六具屍體來拼出一具阿索德了！）我心裡頗不以為然地想著，但表面上還是附和大家一起笑了起來。

「好啦，說正經的。大家看看這照片，有沒有什麼想法？」我指著照片問。

「過度包裝！」

馬告用筷子比畫那一堆黑色垃圾袋，用上最近熱門的環保詞兒來形容，傳神地讓大家不禁笑了起來。

是啊，跟這些跑社會線的傢伙一起用餐，就是要搭配個屍體照片，然後一起開心地笑著大口扒飯才最對味吧！

徐海音細數道：「左臂跟內臟各用了四個黑色垃圾袋，右前臂用上五個，小腿甚至動用六個……嗯，我一開始看到現場照片，第一個念頭也是這垃圾袋未免用得太多了。」

八角謹慎地回道：「費事地包了那麼多層，應該是希望袋子不要太快破掉，免得被人發現？或者腐爛的時候味道也會被蓋著？」

「我覺得奇怪的地方在於，為什麼不同部位要用上不同數量的袋子來包裝？你們看，這每一個都是容量兩百公升的特大型垃圾袋，大掃除還是搬家才會用到的，就算要把小腿部位裝個嚴嚴實實的，其實用一個也綽綽有餘了，用三個已經太多餘了，何必要裝到五個？」

「而且如果照剛剛的說法，這樣的過度包裝是為了增加隱蔽性或防止臭味散出，也不大對。因為這張照片可以看到每個袋子並不是一層套一層的包裝法，而是把殘肢放進其中一個袋子後，其他袋子再綁緊袋口捆在一起。」

「是耶，真的是這樣。」徐海音仔細地端詳照片後，說道：「所以這樣綁的用途是什麼？只有一個垃圾袋裝有東西，其他的就跟花瓣一樣陳列在旁邊？是要防碰撞還是當固定繩用？」

大夥兒陷入沉思。而我表面上低頭在扒飯、試圖殲滅所剩無多的叉燒肉片，但腦子裡還在快速運轉著：

有位大偵探說過，用平常的思維找不到答案時，你就需要「破壞性思考」。不要被眼前的事物給迷惑，從最簡單的角度切入、用最直覺的方式得到答案。

但什麼是最簡單的角度？

破壞性思考、破壞性思考、破壞性思考……有了！

「哦？看來這位阿唐老弟想到什麼囉！」馬告看到我臉上的表情突然僵凝，出聲提醒其他兩人。

「別吵、別吵，讓他好好思考。」八角趕忙揮手阻止其他人打擾。

徐海音緊張地看著我，快速地把便當給吃完，然後專心地等答案。

五分鐘後……

「我可以說話了嗎？」徐海音看到我放下便當盒、表情轉緩後，小心地出聲問道。

我長呼一口氣，把珍珠奶茶一飲而盡。「可以了，我有眉目了！」

八角大喜：「就知道你有辦法，說一下吧！」

「我們目前都沒看到有共犯的可能性，而且根據公寓監視器影片，可以確定密室太郎也沒有把屍塊往樓下帶去的跡象……」

「所以？」徐海音催促道。

「所以，既然沒有下去，就只能往上去了！」

我比了比窗外的天空說。

解答二　根據計算，你真的能讓屍體飛？

徐海音不可思議地看著我：「你的意思是，屍塊是從桃園飛到太平山區？用什麼東西？直升機還是遙控飛機？」

我故意搖頭不說，只見八角沉吟了一會兒。

「類似天燈還是氫氣球的方式，對吧？」八角回道。

「對，這就是我想的！」我雙手一拍：「因為垃圾袋都是密封的，沒有燃燒的痕跡，所以我認為應該是灌進氫氣、氦氣之類的氣體，但我還不確定他是怎麼做的。」

「你的意思是，密室太郎把麥湘琪分屍後，接著朝垃圾袋裡面灌進氫氣，然後當作氣球一樣把各部位屍塊一個個地放飛升空？就這麼落到太平山區？」徐海音失聲道。

「是的。如果那晚沒有月亮，而且密室太郎『忙完』後也差不多是凌晨時分，那麼與其拖著屍塊下樓、冒著被監視器拍到的風險，還不如趁黑將屍塊綁上氫氣袋，從小陽臺陸續升空，這樣更安全多了吧！」

馬告皺眉道：「這樣真的行得通嗎？要把一整個人放到天空飛，有這麼簡單？」

我轉頭朝八角問：「你的筆記型電腦可以上網嗎？」

「接到我的手機就可以了。」八角著手準備。

「這只是目前我的想法。我們可以先查一下風向是不是有可能把飄在空中的垃圾袋往山區吹。」

八角連上中央氣象局的網站，查了一月十二日當晚的氣象狀況。那時節應該吹的是東北季風，但那幾天受到大陸冷高壓影響，桃園市連續幾晚吹起了西西南風。如果我的推測屬實，那按照密室太郎的計畫，應該是有機會把屍塊給帶到海上去，卻因風向轉變而往東飄。

而當晚雖是上弦月，可是雲層太厚遮蔽月光，因此是個名副其實的「月黑風高棄屍夜」。

接著就是讓人頭痛的數學計算了。我讓八角接著在網上查詢人體各部位重量、氫氣比重，順便開了Windows的「小算盤」開始計算：

人體內血液、體液等水分占了十三分之一，以麥湘琪四十三公斤的體重來計算，密室太郎應該會把「水分」都沖進馬桶，這也是警方會在排汙管、化糞池內找到人體器官碎片的原因，那麼密室太郎要處理的就只剩下二九．七公斤左右：

氫氣的密度為〇．〇八五公斤／立方公尺，而空氣的密度為一．二二五五公斤／立方公尺，兩者相減可得一立方米的氫氣在一立方空氣中的浮力，約一．一四〇五公斤／立方公尺。

經過單位換算後可以得知，如果先不計袋子本身重量，一公升的氫氣在一大氣壓力下，約可提供一．一四〇五公克的浮力。那麼在最理想狀態下，要完成三九．七公斤的棄屍行動，得動用多少個兩百公升的垃圾袋呢？

看著「小算盤」運算出來的結果，我不禁傻眼。

「答案是……你需要三四八〇九公升的氫氣，以及一七四個兩百公升的垃圾袋！」

眾人頓時笑彎了腰，徐海音拍桌笑道：「就算密室太郎家裡是開『每樣十元』的雜貨店，也不可能囤積那麼多垃圾袋吧！」

八角說：「我對化學不拿手，不過三萬多公升的氫氣，少說也得要好幾百支鋼瓶？總不會是搜索他公寓的警察全都瞎了吧！」

我訕訕地說：「是啊，要是賣我價值七萬元的棄屍詭計，但要我先準備一百多個垃圾袋，我應該會氣到吐血吧！」

「一七四個垃圾袋耶！」馬告呵呵笑道：「比元宵放天燈壯觀了哦！那些飛來國際機場的班機說不定都看到咧！」

雖然被大夥兒取笑，不過從當晚的風向，以及散落山區的殘肢，我的推論應該也接近部分事實。現在的問題在於，他到底上哪兒弄來這麼多氫氣跟垃圾袋？難道不是全部的屍塊都飛天了嗎？

等等，剛剛的計算結果有些問題！我繼續在小算盤上按了按鍵：「我覺得奇怪的是他用的垃圾袋確實多了些。假定以放血後的女子上臂重量約三五〇公克來計算，他其實只要用到兩個垃圾袋就綽綽有餘了，何必要綁到四個呢？」

「嗯？你想說的是，他用的不是氫氣？」八角問。

「是的，我在想他用的應該不是氫氣，而是這公寓住家可能都會有的氣體，不需要另外準備的。」我說道：「記得嗎？我們還有一個線索還沒用上，就是豬油呢！」

眾人恍然大悟。

解答三　七萬元的詭計還真複雜！

我們想起了貼在電梯口旁的那張「天然氣度數填寫單」！於是讓八角上網查了天然氣的比重是〇・七一七四公斤／立方公尺，換算起來一公升的天然氣浮力是〇・五〇八公克，大概是氫氣的一半。

這也是為什麼，密室太郎要動用到比我們原先計算中多兩倍的垃圾袋來棄屍的原因了。此外，當他看到眼前注入這麼多可燃性氣體的「大氣球」時，肯定很怕一個不小心會引起氣爆，搞得自己先成火人。

我想物理系出身的他，為了避免塑膠材質互相摩擦引起靜電火花，所以在相鄰的部位都抹上油——也許他只能找得到冰箱裡的豬油，就這麼處理了。

「等一等，就算他真的用天然氣來代替氩氣，那垃圾袋的問題還是沒解決啊！」八角提問道：「照你剛剛的算法，那得要多加一倍的垃圾袋，豈不是總共要三四八個了？」

我苦笑道：「我們手邊的材料就只能推論出這麼多的東西了。但我確定的是，那個七萬元詭計應該是走『複合型』路線的，不是光用天然氣棄屍這麼單純。」

「所以呢？你的意思是，那些屍塊可能只是個障眼法，大部分的屍身也許還藏在這公寓裡？」徐海音問。

「我想應該是這樣。但我不知道他是用了什麼手法，使得公寓搜索的時候都找不到。」我老實回道。「但他可能會採取類似的藏屍手段，比方漂浮在某個大家想不到的地方，畢竟是出自於同一個詭計嘛！等所有人的注意力被轉移到太平山後，他再設法把殘餘屍身取出處理。大概就這樣，這已經是我能推斷的極限了。」

基本上當天的行程到這裡就差不多結束了。之後《懸案追追追》的製作小組，向天然氣公司查詢了密室太郎公寓的一月份使用明細，赫然發現十三日凌晨的使用度數，比該戶年平均要高出四倍之多。當天上班後，他們還特地派員去檢查是否有漏氣等異常狀況。

雖然有很多問題未解，但製作小組認為已經有很大的突破了，於是以「駭人聽聞的棄屍詭計」與「驚人的天然氣使用度數」為兩大賣點，搭配模擬演出的垃圾袋氣球、山區實境拍攝，當然還有我與徐海音的皮影戲。

這一集在隔週播出，獲得極大迴響。檢察官也再次偵訊密室太郎，這次由於掌握到確鑿證據了，他終於百口莫辯，被突破心防後全部吐實，之後將其收押禁見。

當然了，由於牽涉到同行，以及推理作家協會的鎮店詭計，我對這個案子更是格外好奇。之後在徐海音的幫忙下，總算弄到了那份自白筆錄，這下子才搞清楚來龍去脈：

密室太郎在大學同學會上跟前女友死灰復燃，覺得麥湘琪的思想太幼稚，於是去年底就提出過要分手，但麥湘琪以「腹中有小孩」相脅，密室太郎後來知道此事是假，更增一刀兩斷的決心。

一月十二日那天，密室太郎已經請假在家，偷偷打包物品準備搬離公寓。但麥湘琪得知後，下午就跑來問罪，兩人又是吵得不可開交。直到下午五點多，前女友一通電話打來，麥湘琪去搶手機，密室太郎一怒之下掄起手邊的文學獎座打去，孰料力道太猛，擊中她額角後，她倒地時後頸處又湊巧地「卡」上床頭欄杆，結果當場就聽到「咔」的一聲，頸骨竟就這麼折斷了！

密室太郎一看麥湘琪軟垂下來的頭部、沒了氣息，頓時慌張起來。他設法做了人工呼吸，但一看就知道已回天乏術。於是他心存僥倖，期盼或許沒人發覺麥湘琪曾來過他的公寓，因而「什麼都沒做並在公寓內發呆」（筆錄原話），等到入夜後才想辦法棄屍。

「我絕對不會傻到在自己公寓內殺人的，我們公寓裡裡外外有那麼多監視器，我怎麼可能會不知道？這絕對是一時氣憤下釀成的意外啊！」密室太郎信誓旦旦地說。

他硬是發愣了三個多小時，沒想到任何好方法，倒是想起之前在推理作家協會網站看過一個「公寓消失之謎」詭計，所以死馬當活馬醫，花了七萬元下單，而網站也很有效率地從不同來源處寄來三份電子郵件，包括一份圖檔跟兩組密碼。

基本上，那個詭計的適用對象恰好是「你就是房內唯一嫌疑犯」，而基本策略則是「沒有人想到要抬頭看」。可以說是結合了心理性與物理性的複雜套路。

密室太郎將為搬家準備的大垃圾袋攤平，一一鋪到浴室地板與浴缸，用手邊能找到的刀鋸先進行分屍。而血液、脂肪、碎屑等統統倒入馬桶內，只是血液噴濺的程度超乎他的想像。

完成最艱難的任務後，已經是深夜兩時多了。接著他小心沖洗垃圾袋，拿到小陽臺，將連接瓦斯爐的天然氣軟管拆下，透過扳手開關對垃圾袋逐一注氣，放入一段手臂後，「真的可以飛起來！」密室太郎驚喜地發現，這詭計還確實可行！

於是他按照詭計安排，將屍身較輕的部位都逐次「放飛」，而且還故意放入可辨識麥湘琪身分的賣場DM名條，讓屍塊更快被發現，好轉移警方調查、搜索的方向。如果走到法庭攻防這一步，讓律師以「無罪推定原則」做後盾會大有可為，只是麥湘琪家屬通報失蹤的速度太快，密室太郎與警方的應對出現破綻，加上浴室血跡沒處理好，都成了整個計畫的敗筆。

被削去四肢並排除水分後的屍身，同樣用垃圾袋密實打包後，密室太郎再將一個空垃圾袋充飽天然氣，調整好角度後從廚房裡的汙水管道間放開，讓它自然地往上飄直到卡住為止。

接著經由沒有監視器的樓梯爬到公寓頂樓天臺，把裝有屍身的垃圾袋從汙水管道門向下投放，底下充飽氣的垃圾袋變成一個有彈性的軟墊，當重物由上方壓下時，袋子會下墜一小段距離，橫向撐開卡在樓層間的管道裡。

當警方搜索排汙管路時，頂多只會查看廚房、頂樓、地下室的汙水管道門，沒人想過要抬頭看看管道裡頭。其實那也不太可行，一來是裡頭光線太暗毫無能見度可言、二來成年人的頭很難伸進去朝上看——除非是被肢解後。

重點是，從來沒人想過竟有具屍體就這麼「漂浮」在大樓管道之中！

躲過了前三次搜索，又再等搜查重心轉向太平山後，密室太郎想把洗衣籃塞進廚房的汙水管道間做為承接之用，然後以一支綁有剪刀的長桿刺破充氣垃圾袋，讓屍身落下。不過這時候早因為氣體緩慢散逸，垃圾袋已緩緩下沉……

「沒想到那個裝有屍體的袋子，已經慢慢滑落到我那邊的管線上了。我一打開門，就看到湘琪的眼睛，剛好翻轉過來死死地看著我。」密室太郎餘悸猶存地說道。

雖然此時警察跟記者的注意力都暫時轉往山區，但他還是盡其所能地避開監視器鏡頭。他將殘缺的屍身塞入登山背包，走樓梯下到二樓，再以繩子透過氣窗把背包垂降到公寓後方空地，然後用機車載往市郊一處公墓去。恰好早上有人撿骨，留下一個空墓穴，他便將屍身給放進去再掩埋起來。

由於此時事情已經鬧大了，他期望這詭計能夠擾亂警方的偵辦方向。雖然麥湘琪在他的公寓「有進無出」的事實，使他無法開脫嫌疑，但「死不見屍」使得凶手終究無法定罪的前例也不是沒有，至少他當時還沒被收押，因此已經請父母找齊律師團，做好長期抗戰的準備。

只不過《懸案追追追》節目上線後，以異常增高的天然氣度數做為輔證，全盤粉碎了他的抵抗。次日，警方起出了麥湘琪的遺體，全案宣告偵破。

你問我正義伸張的感覺很好嗎？其實當晚節目播出後，我就收到了一封信，來自密室太郎的。裡頭沒有內容，只在主旨寫了這麼一句：「相煎何太急？」

這讓我的心情很是複雜。但……好吧，至少也證明了，原來節目後頭滾動的製作團隊名單還真的有人看。

「阿唐，還是要感謝你。雖然只推理出一半，但已經達到節目要的效果了，而且也讓真凶俯首認罪，還是算大成功啦！」徐海音甜甜地笑著對我說。

八角看向我，也微笑著拍一下我的肩膀。「老弟，一戰成名、二戰揚威囉！說真的，什麼時候，找你喝杯咖啡吧！」

徐海音聞言後，意味深長地看了他一眼，然後又看了看我。眼底似乎隱藏著憂慮。

雖然好不容易贏得眾人的信任了，但不知怎麼，我心中還是有種不踏實的虛浮感，猶如山雨欲來風滿樓的前奏。當然，我怎麼也預料不到，這竟會是我最後一次參加《懸案追追追》的錄影。

第四章

兩肋插「彈」！為友奉獻的推理沙米思

打從參與電視節目製作後，透過螢光幕旁觀自己參與的成品，人生裡也新增了一個如夢似幻的片段。雖然同樣是「上工」，但是送快遞是為謀生而做的「工作」，協助節目推理是出於興趣、追夢所做的「兼差」，投身其中時的心態有著雲泥之別。

當然啦，這樣的心境反差，在每天早起趕往速必得打卡時，更是格外明顯。

「喂，大作家，你上電視啦！」剛踏進辦公室，原本跟羅姊聊天的莊爺，立刻轉頭揶揄我了：「不過本尊怎沒現身，只出現你那該死的筆名而已！」

「阿唐不錯喔！那集我也看了。」羅姊也破天荒地稱讚了我。

「過獎，過獎。」我將卡片插上打卡鐘，邊說道：「我跟那些主播、編劇、製作人都很熟了，都已經說好，再過兩集就一定會增加我的鏡頭，跟《探索頻道》那些專家一樣，後面拉塊紅布，然後我仔仔細細地把推理過程從頭道來……」

不過我還沒有吹噓夠本，大夥兒的注意力就全被晨間新聞給吸引過去了。我轉過頭一看，果不其然，又是雨夜惡狼的新聞！打從前幾天再犯新案後，各家媒體都開始鉅細靡遺地報導犯罪手法，包括令人髮指的「剖腹」惡行，現在此案的鋒頭都快蓋過紅衫軍了。

尤其是蘋果日報把那屍體慘狀放大刊在頭條，儘管半頁版面都是一層層紅黑相間的馬賽克，但讀者們自行腦補的畫面恐怕會更怵目驚心。

「哇，哇！耶穌基督啊……你看過沒？」阿慢拿著頭版報紙，對著每個路過的同仁都演繹一遍：「你看看，我的天啊！這還算是人嗎？強姦完還給人家一刀開腸剖肚，一定要當場把他槍斃啦！」

「有夠惡質的，都殺了三人，連影兒都還抓不到。這些警察哦，就開交通罰單最強啦！」

「都是這個害的！現在我女兒補習完，我都叫老師兩眼給我好好盯著，我親自去接她回家。」

……

……

快遞員們議論紛紛。更不用說網站討論區上的留言、朋友間轉寄電子郵件相互提醒的熱度了。而新聞上也提到，各鄰里都加強了夜間巡守隊，尤其是下雨天時，更是全面繃緊神經、提高警戒。

果然就如徐海音說的，一旦公布命案細節，反而更引起公眾恐慌。

莊爺一本正經地看著我：「喂，要推理就該推理這種案子，為民除害哪！」

我苦笑地打哈哈：「這傢伙那麼凶殘，我也怕啊！要是有機會的話，我盡力而為囉！」

接著我用眼色示意他出去騎樓。莊爺會意，拎起水壺、郵差包往外走，裝作去整理機車上的裝備。

「嗯……是情路不順哦？」還沒等我開口，莊爺先一步說道。

看著我驚訝的眼神，他笑著說：「我是過來人，看你一臉苦瓜的樣子就知道。副業看來弄得不錯，應該也不是錢的問題，那就是情人有狀況了吧！你看我推理功力是不是也很高明？」

雖然明知他是好意，說些笑話逗我開心，不過當下實在開心不起來。我苦惱地把跟慧如互動不暢的事，向他全盤托出。

莊爺撫著下巴琢磨了會兒。「慧如的個性怎麼樣？假如她真要跟你分手的話，會當面跟你說嗎？」

「應該會。她這人就是直來直往的，性子很強。之前看到有人路邊打小孩，她還敢上前阻止，也會在捷運上叫人讓座給老太太的。如果要跟我攤牌的話，沒必要拉上爸媽一起壯膽。」

「嗯，那第二個問題，你有打過她嗎？」

我沒好氣地回道：「我疼她都來不及了，怎麼捨得打她？偶爾吵吵架是難免的，但我可不是密室太郎那種恐怖情人。」

「她爸媽之前沒看過你，第一次找你吃個飯，所以不太可能會直接談論到婚嫁的事情；慧如最近變得冷淡，你想套些她爸媽的性格喜好，卻不肯對你明說；你想要在電視上做點成績出來給她看，但她覺得這對與她爸媽吃飯這件事沒有加分效果……我猜呢，她爸媽應該是有話要對你說。」

「我知道啊，當然是有話要對我說，難不成叫我過去，是要對我唱歌嗎？」我嘀咕道。

「不是啦，我意思是，她爸媽這次可能想對你談條件。」莊爺說道。

「談條件？像是大聘小聘、要擺幾桌之類的？」

「當然不是！」莊爺說。他瞧著我，似乎仍有些話擱在心裡沒說出來：「嗯，我想是在追求他們女兒這事本身呢，設了一些條件，假如讓他們滿意的話，才會准許你們繼續下去。我覺得不像慧如那方面有新歡還是變心的問題。」

「你這有說不等於沒說嗎？」我不滿地回道。

「反正你總是要去赴約的吧！就別想太多，挑一件稱頭的襯衫加個西裝外套，搞得像個有為青年，吃相好看點，這樣下一次吃飯就可以談大聘小聘了。」

我朝他手臂上揍了一拳：「還說你有經驗，結果扯了半天，還不是亂講一通！」

「好啦好啦，別鬧了。醜婿總得見丈人，你就平常心應對，錯不了！」

此時，裡頭的快遞員三三兩兩地走出門，準備上工了。羅姊也大嗓門地指揮我去取件了。不過就在我發動機車出發前，壯爺卻又補上一句：

「喂，兄弟，你私人手機裡有我的電話吧？」

「有啊，通訊錄都記了。」

「那禮拜五要是事情不順利，打個電話給我，我開導人、安慰人都還挺有天分的！請我喝杯酒就好。」

我翻了翻白眼：「不用啦！有問題我直接打給張老師，人家還免費的呢！」

●　●　●

「計程車」這玩意兒，就是平常你騎車、開車在路上時，它們都會盡可能地慢慢開在你前頭擋著，三不五時還無預警地切你的車道；可偏偏哪天你拎著大包小包的行李，站在路邊急著想攔一輛計程車趕赴機場時，它們卻往往都躲得不見蹤影。

早上的送件行程不太順。接連被兩輛不打方向燈就右切的計程車搞了一肚子氣。另一件讓我在內湖堤頂大道上奔波了大半個鐘頭，才得知是新進職員叫錯快遞公司，白跑一趟了！

「唉，也許正職不順遂，副業就一路暢通啦！」碰到這種日子，也只能點播一首五月天的〈人生海海〉，然後如此自我安慰了。

正當我停在便利商店外的騎樓避風時，羅姊一通電話打來：

「阿唐，今天大頭請假，你下午來幫忙開胖卡。迪爾電腦有兩臺大主機要送玩家 GoGo。」

「好，知道了。」

「有點趕，盡量一點半前回來！」

胖卡是公司的三菱廂型車，碰到摩托車載不動的大型貨件時，就會出動這輛，但因為是手排車，願意開著上路的人不多。如果負責文山、木柵區的大頭請假，就會讓我上場了。雖然開大車在裝卸貨件時較麻煩，不過小黑會隨車幫手，加上一趟收費就四百元起跳，佣金是一般件的三倍，所以我也挺愛這差事的。

中午去路邊攤快速填飽肚子，大概一點出頭就回到辦公室。小黑正忙著清理胖卡的內部，試著騰出空間。

「唐、唐哥、午安！」

小黑照例停止手邊一切動作，兩眼看著我，大聲地問安。

「好，小黑你也午安。」我也照例地敷衍他一下。

不過這回小黑仍擋著我，兩眼看著我說：「唐哥、你、你今天、衣服、顏色、很搭。」

我莫名其妙地低頭看了一下，制服外套內就是我穿了多年的藍色T恤，不懂有什麼值得一提的。

「喔，小黑你今天的顏色也很搭。」

小黑臉上洋溢著滿足的笑容。「唐哥、我等等、等等在車上、車上等你。」

「這小子怎麼啦？今天的問候語又升級了？」我走進辦公室問羅姊。

「還不是他爸的社會化練習。現在每天除了看到人要問早，下午還多了要觀察、稱讚他人的優點。」

我不禁大笑起來。別說小黑了，就算一般人每天要想方設法地讚美別人，難度也很高啊！

羅姊不滿地說道：「我還指望每天有個小子會稱讚老娘漂亮、身材好什麼的，誰知道他只會說『羅姊、你的、氣色、好好』。」

我笑著回道：「要讓小黑升級講好聽話，我看他的近視度數也要一起升級才行吧！」

羅姊沒好氣地用原子筆敲了我的頭，並把寫上地址的簽收單塞給我。

我注意到辦公室的背景音樂，又是實力派女唱將的精選集。不過這回聽著卻有點怪怪的，我狐疑道：「這聲音聽起來有點像王菲的。她也有翻唱過《夢醒時分》這首歌？我怎沒印象呢？」

羅姊臉上出現一絲喜色：「不是王菲啦，是最近一位歌壇新秀叫『飆音蜂后』，有參加歌唱比賽，我好喜歡她的。」

「沒聽過。咳，這年頭想靠唱唱歌走紅的人，比路上的野狗還多。是說這聲音聽起來還可以啦，不過我還是喜歡聽原唱的，畢竟山寨版終究是唱不出那種味道嘛！」

羅姊的臉垮了下來。「不喜歡就算了，快去做事啦！那件三點半前一定要給我送到！」

我邊應允邊朝外頭走，小黑已經正襟危坐地在助手座上等著了，他手上似乎還拿著一張白紙猛瞧著。看到我走近，手忙腳亂地將白紙折了幾折，塞回脖子上的護身符袋子裡。

「呴呴，小黑，在偷看什麼啊？被我抓到了喔！」我一邊爬上駕駛座，一邊取笑他。

「沒、沒有。沒有。」小黑一本正經地搖頭否認。

「還說沒有，我都看到你偷偷塞回去你脖子上的袋子了。來，偷偷跟唐哥說，是不是美女照片，沒穿衣服的？還是誰寫給你的情書啊？」

「不是、不是照片。不是、情書。」

「那是什麼？」

「不、不能、說。」

跟他這麼老實地一問一答還挺能殺時間的。我發動引擎朝市政府方向開去。

「這麼機密啊？唐哥猜猜看，是你爸給你的對吧？」

「嗯。是、是訓練。」

光看看白紙上頭的東西就能訓練？難不成是背英文單字？這可真讓我好奇：「什麼時候要看啊？」

「每天、每天起床。中午。睡覺、睡覺前。覺得、難過也看。還有，覺得害怕。也看。」他還真的數著手指頭算了起來。

「你爸很愛你喔！不過啊，跟唐哥出來送件，究竟有什麼好害怕的啊？」

小黑低頭想了一會兒。「怕、怕我不夠、不夠好，你們、你們會、會、失望。」

趁著停等紅燈時，我看了他一眼，那張小臉上滿是惶惑與不安的神情。我心疼地拍拍他的頭，說：「不會啦，小黑這麼努力，大家都有看到，不會失望的。」

小黑戰戰兢兢地笑了下。但似乎誤會我想搶他的護身符，像小狗護食般地，一手緊握住它，然後拉開領口，將護身符塞得更深。

「小黑你很三八耶！唐哥是好人，不會搶你的東西好嘛！」

小黑愣了一下，暫停手上的動作，囁嚅道：「不是、不是怕、唐哥、搶。是我、我想要、放好。」

我無意間從小黑的領口看進去，赫然發現他的胸膛上有三、四處瘀青的圓印，每個大概有一圓硬幣大小。

「小黑，這是怎麼回事？誰欺負你啦？」趁著下一個等紅燈的空檔，我問道。

小黑臉色不自然地拉緊領口，身子朝另一邊縮去。

「吼，唐哥不是要非禮你啦！」我不顧他的反對，將他領口掀開，不禁倒吸一口氣！

他右半邊胸口有幾十處同樣大小的紅腫傷口，一直延伸到右手臂去。但那些傷口狀況不一，有的是鮮紅癒合狀態、有的則是青紫一片，另外一處則還破皮滲血，皮下瘀青隱約可見。

看來應該不是同一時間受傷的，但彼此間隔不會相差太久。可要是有人故意天天這麼打他一次，那就很有虐待的嫌疑了。

「小黑，你跟唐哥說，這是誰弄的？」我義憤填膺地問道。

小黑驚慌地猛搖頭。

「該不會是……你爸？」

「不、不是、不是。」小黑驚慌地否認，接著忽然哭了出來。「不能、不能給爸、爸爸、知道。」

沒辦法，一時間問不出什麼名堂。我只好先完成任務，去指定地址收了兩臺電腦。那兩臺號稱「電競主機」的大玩意兒，每臺近三十公斤，個頭跟瓦斯桶差不多。送件人還一直叮嚀每臺要價約二十萬臺幣，要我們好生照顧。

還好，小黑雖然心情不平靜，但他又抽空看了護身符後的訓練字條，稍微穩定下來，有他的幫忙下，總算在三點半前把任務給完成了。

羅姊沒再派送新件給我。我看了看錶，估計還有點時間，夠我管一下閒事。不然晚上夢到小黑那張哭喪委屈的臉，一定會害我失眠。

考慮到他畏畏縮縮的個性，我打算來個「棒子」與「胡蘿蔔」齊下的戰術，用速戰速決的方式套出口供。

我將車停在一家麵包店前，下去張羅了「胡蘿蔔」。

「小黑，你吃過這家沒？他們的波蘿麵包很有名喔！不過最厲害的還是……」我把一袋麵包遞給他，然後送上一支甜筒冰淇淋。「這個！」

小黑的眼神一亮，興奮地接過冰淇淋大口吃了起來。

「不錯吧！特別幫你做的巧克力跟香草口味的。」

「謝、謝唐哥。等、等一下、給你、錢。」

「我請你的啊，不用給錢。你今天幫我搬電腦，當作我謝謝你的禮物。」

「唐哥、真、真好。」

「好了，小黑。」等他吃到了一半，我換上凶神惡煞的表情，給他當頭來上「一棒」：「你老老實實地給我交代，你身上的傷到底是怎麼來的？仔仔細細地說清楚，不然我等等馬上打手機跟你爸爸說！不，是跟警察說！」

天壤之別的待遇，讓小黑的腦袋頓時錯亂起來。他茫然地看著眼前快融化的冰淇淋，又害怕地看著我，整個人陷入「當機」狀態。

●　●　●

好說歹說地，總算從小黑口中套出了一些情報。他顛三倒四的講話方式，本就讓我聽得很吃力，而他不靈光的小腦袋裡也在盤算些複雜東西，得讓我重複問上好幾遍才願意吐實。目前問出的情況是這樣：

小黑家住永和，父親在附近的小學擔任校工，他每天早上六點都會跟父親步行到學校做資源回收，拿去回收站賣些錢貼補家用，大概七點左右再獨自走路返家。

小黑回家路線上有一棟「永貞大樓」。過去兩個多月來，每當小黑行經大樓對街，就會被「不明物體」襲擊，專打他的右側胸口、手臂一帶部位。而每次被打中後，他就會倉皇地跑到馬路對邊，循著大樓下方的人行道走就沒事了。

被那物體擊中後，除了當下會感到一陣刺骨劇痛外，之後那部位也會留下一大塊瘀青，要過個一週才能恢復。小黑不希望父親為自己擔心，每次回家也都一直提醒自己要貼著永貞大樓底下走。偏偏這小子費盡心思過了十字路口，直到大樓對邊街道上，就只勉力記得「走路要靠右邊」這規定，直到再狠狠挨上一記後，記性才又回來。

假如天天被打一次，也許小黑就會記得。偏偏對方是不定期發動攻擊，也因此小黑身上留下了三十多道疤痕。

「他只打你嗎？」我問。

「不知道。」

「用什麼打的？」

「圓圓、圓的。橘色，很、很漂亮。這麼、大。」小黑指著車上後視鏡掛著的佛珠說。

有幾次打中他的物體落在身旁地上，他撿起來後都用衛生紙給包好，藏在家裡抽屜。

（應該是ＢＢ彈打的！）我尋思著。以前高中也很迷空氣槍，男孩們的成長過程中，少不了都得挨過幾發ＢＢ彈，但要隔著衣服還能打出這麼深的傷口，這槍的威力該有多大呀！

看一下錶，這趟「問訊」比我預期得還要長，都已經快四點半了。但得知至少不是「家暴」後，總算是讓我鬆了一口氣。畢竟要是家務事的話，外人不太好插手，而且要是想到為兒子付出那麼多的小黑爸，竟然是幕後大魔王，肯定也會讓我很難受。

「唉，原來是這樣。小黑，你下次走路要小心點啊！乾脆拿原子筆寫在手背上『前面大樓要繞路』，不然每天都要被白白打一次啊！」

小黑摸摸頭，尷尬地苦笑著。

當我搶在下班車流增加、全速朝辦公室開回去的時候，羅姊的催命電話就來了。

「沒事的，是迪爾電腦那員工手腳太慢，車都到樓下了才在那邊打包，多拖了幾十分鐘。不要緊，我們快到公司了！」

「不要好的不學，光學阿慢啊！」羅姊嘀咕幾聲：「大河傳播有一件要送 Neo19 影城，你要跑嗎？還是要給其他人？」

「給我、給我，我回家順路呢！」

收線後，我在心中不斷地問自己：究竟要不要幫小黑出頭呢？依這小子的記性，肯定每個禮拜都要挨上兩、三發BB彈。但自己跑去現場看有幫助嗎？這好像也不是光憑推理能解決的問題，我自己還有很多事要煩心呢！

我轉頭想問小黑家的地址，打算先抄一下，也許去跟小黑爸談談、或是幫忙報個警之類的，多少盡點人事好了。不料，他卻扭扭捏捏地不肯給。

「爸爸、爸爸說、住哪裡、不能、對、陌生、陌生人說。」

「陌生人？哇咧！小黑，你說這種話，剛剛才請你吃冰淇淋耶！跟你一起做事的唐哥很難過喔！」

「爸爸、說、要問、問他、才能、才能說。」他還是很堅決不肯透露一字。

沒辦法，我只好叫他把學校跟永貞大樓的相對位置畫在紙上，之後有空的話再去那邊看看情況好了。

我將車開回辦公室，跟羅姊對完帳，然後背起郵差包準備去送最後一趟件。臨走前，看到剛整理完車子的小黑，又躲到車旁看著那張紙條喃喃自語，進行「自主訓練」了。

●●●

週五晚上跟慧如一家的約會，像顆沉甸甸還帶銳角的大石頭，一直重壓在我心頭上、偶爾還示威似地刺我一下。所以送完件後，我特地繞到通化夜市吃晚餐，打算順道買些稱頭衣服。當年剛北上想應徵本科工作的時候，大哥也是帶我來這裡買面試服。

昨晚我特地到網路上的「時尚討論區」爬過文，網友建議這類場合應該穿上「稍微正式點、但不會太過拘束」的衣服，穿正裝顯得太嚴肅了，最好是淺色襯衫搭牛仔褲，不但簡約輕便，也更能顯出年輕人的朝氣。

「可是這樣搭，你前面感覺不會空空的嗎？」服飾店的老闆娘說道。

「呃，是還好啦……」

「我看你再搭一件小馬褂怎樣？這樣襯托身材，萬一你吃太飽還可以擋肚子。」老闆娘拿過一件深藍色的馬褂在我身前比了比。

我疑惑地問：「這樣搭不會很像酒保嗎？」

「哪會！這叫英倫風紳士裝，最近都沒在看韓劇喔？裡面的大明星都是這樣穿的好嘛！」一邊說著，她又看了我的牛仔褲一眼：「喂，先生，你該不會跟我說，你要穿這件牛仔褲去跟女朋友爸媽吃飯吧？」

「呃，這件還好吧？」

「還好？我看是很不好！先生，有誠意點啦！你襯衫、馬褂都買新的，偏偏穿件老舊褲子？你不覺得好像是買了一臺超大電視機，結果卻捨不得裝第四臺嗎？」

「好啦，老闆娘，我都一口氣買這麼多了，這個月薪水都快被妳搾乾了。」

「喂，先生，想想喔，人家養大一個女兒要花多少錢？你今天要去把她騙回家做牛做馬一輩子，多少也下點成本嘛，怎麼算最後還不都是你最賺！」

在老闆娘犀利的話術攻勢下，原本只打算買件新襯衫的，這下連小馬褂、卡其絨褲外帶兩雙新襪子全都買了。因為現金不足，結帳前只好先跑到街上找提款機。

雖然花這錢有些心痛，但老闆娘說的也不無道理呀。於是我一咬牙，把上禮拜徐海音給我的「顧問費」給領了出來。本來是打算拿這錢來償還下一季的助學貸款的，看來得再加把勁了。

「不要說老闆娘騙你，我幫你拍張照，你寄去給女朋友審核，她只要一點點不滿意，你就隨時拿來換！」她讓我穿戴整齊後，用數位相機幫我拍張照寄到我信箱。

為了避免店內的鏡子會騙人，因此回到家後，我又再把一身行頭穿戴起來，鏡子裡的阿唐看起來確實是人模狗樣的。瞧！小馬褂左胸口前，還有個可以拿來掛懷錶的褡褳，左手不知該擺哪兒時就這麼一把揪著，也挺有趣的。

我喜孜孜地打開電腦，想把照片寄給慧如，聽聽她的意見。只不過文字都打好了、圖片也附檔了，但偏偏滑鼠游標移動到最後那「傳送鍵」上，我卻怎麼也按不下去。瞻前顧後、猶豫良久，最後我還是打消了念頭。

我強迫自己別再胡思亂想。這曖昧不明的狀況，直到禮拜五後才能見真章了。

「阿唐，在嗎？」

電腦左下角的MSN圖示閃動，彈出了寶哥的對話訊息。

「是。」

「上禮拜的《懸案追追追》我看了，表現精采啊！」

我送出一個吐舌微笑的害羞表情貼圖。

●●●

「喂，出一場外景，他們給你多少錢？」寶哥問道。

我語帶保留地回道：「就幾千元而已，談錢俗氣啦！幹麼問這個？」

「裝什麼高尚啦！沒別的意思，只是希望你莫忘初衷，節目要上、小說也要記得趕一趕。」

「會的。」

我又送上一個笑臉貼圖。

「還有，我親戚那邊想找人幫忙，也是社會案件類的，想說有空看能不能請你吃個飯，一起聊聊，你給點意見。」

「好啊，但要先說在前頭，我可不一定每次都能幫上忙。電視節目上只是碰巧運氣好，瞎貓碰到死老鼠。」

「唉喲，自己人謙虛什麼，你阿唐公子的實力，我們又不是不知道。反正讓你們見個面我就算完成任務了，OK？」

「OK。」想到上回被他騙去世貿書展的「獨腳戲演講」，心中不禁有氣，剛好想到之前有件事也曾請他幫忙，於是我就趁機提了出來：

之前我的《第五名死者》剛上市時，出版社有發給幾位部落客試讀本，好寫幾篇心得文在網路上宣傳。不料，有位不上道的傢伙，居然在部落格上「反推薦」這本書，還洋洋灑灑列了一堆「不該出版」的缺點，氣得我去他留言板上打了七、八頁的筆仗，也要求寶哥去處理，但直到今天都還沒有下文。

「對了寶哥，上次那個亂寫書評的部落客，你們還是沒處理啊？」我把連結丟給他，語氣強硬地質問著。

「沒辦法，你也知道那人，好惡很分明嘛！他說不會為了拿到試讀本就只挑好話講，那是他個人偏見，你就別放心上，我們後來也沒再發書給他了。」

「那好歹叫他把那篇個人偏見給撤掉啊！他那該死的部落格每天有三、四百人造訪耶！」

寶哥送來一個愁眉苦臉的表情。

「阿唐你就當作是反面行銷囉！重點是有人罵、代表有人會去看。會看的人不全然都覺得不好吧，那也許有人就會因此這樣成了『飄零公子』的粉絲，對吧！」

「我真希望有你一半樂觀就好了。」我順帶送出一張火大生氣的紅臉。

「阿唐，那我問你，你喜不喜歡那些藝人的三分鐘美妝書？組隊打怪的西洋奇幻小說？阿邦師教你用電鍋做料理？」

「都不喜歡！都爛透了！」

「可是我跟老闆都很喜歡，尤其是通路商、書店都愛死了。所以你看，不管什麼書，都不可能討好所有人，對不對？」

對啦對啦，站在你們的立場，只有能賣錢的才算是好書，一整個老生常談！我忿忿地送出一個眼珠亂轉、不予苟同的表情。

誰知寶哥話鋒一轉：「我認為，你也應該喜歡這些書。雖然我知道它們其實沒啥看頭。」

我忍不住快速敲鍵盤回應：「都說沒啥看頭了，幹麼我非得喜歡不可？」

「因為有這些賺錢的書讓公司的帳務好看些，所以我們才能一本又一本地持續出版你們這些不賣錢的小說，讓你們有機會等到發光發熱的那一天。吃果子拜樹頭，做人不能不懂得感恩啊！」

「哇靠！說起來，好像我得靠這些爛書才有出路就是了？」

寶哥送出一個臉紅表情：「講難聽一點，是這樣沒錯。」

當下我感覺熱血衝腦，差點沒一拳把螢幕給砸破了。不過想到窮人如我，可沒本錢擁有這種洩憤風格，這才硬生生地忍了下來。

寶哥最後還不忘補上一刀：「所以啊，我真的不懂你幹麼那麼在乎那篇罵你的文章。愛的反面是什麼？不是恨，是冷漠！所以網路上有這樣一篇說你壞話的，我覺得反而是好事，萬一要是沒人理睬你，書評都懶得寫，那你才應該要擔心！」

我徹底投降了！連什麼表情圖示都懶得選了，直接電腦關機，上床睡覺！

感覺我好像才被賞了根胡蘿蔔，但才一轉身，後腦卻立刻又挨了一棒子。

儘管明天設了六點整的鬧鐘，但卻翻來覆去地，怎麼也睡不好。腦子裡開始縈繞一些「人生哲學」的問題，諷刺的是，每次牽扯到「功利」這兩個字，就特別容易把這些問題給引導出來。

想著想著，突然覺得自己很愚蠢。就拿幫小黑出頭這件事來說好了，明明自身的處境都水深火熱了，但還一直花大把時間去幹這種沒產值的事。好吧，就算真的能揪出偷襲者，但也許苦主小黑過兩天就把這些破事兒全都忘得一乾二淨了，值得嗎？

還是把鬧鐘調回來，睡到八點半再老老實實地去上班打卡吧！自己的日子順順地過比較重要。

偏偏心裡還有另一個聲音在嘮叨著：儘管你沒有超能力、沒有酷炫裝備行頭，但身邊明明有個弱勢無援的人被欺負，怎麼可以袖手旁觀，只會說兩句「以後走路要小心」之類的風涼話，就站在一邊看戲呢？

等一等，話說回來，弱勢無援的人，不也正是我自己嗎？為朋友兩肋插刀很熱血，但要是朋友記性太差連這事轉頭就忘了，那還有「被插」的意義嗎？

唉唉，人生不能每件事都想圖回報、得好處吧？還有正義、良知、無私、互助這些美德，偶爾幹幹當作積些陰德嘛！

亂七八糟的想法，像走馬燈似地在腦海裡彼此糾纏、相互辯駁，折騰了好久我才陷入夢鄉。但夢裡仍在不斷反問自己：

我說，「飄零公子」這人生，究竟是在追求什麼呢？

案件四　無差別攻擊！永貞大樓之早安狙擊手

早上六點二十分，我呵欠連連地騎上往永和市的永福橋。天際正濛濛亮起，微溼的空氣中帶有涼意，使得我的鼻子老是抽搭著。路上車流稀疏，穿著制服的學生們無精打采地走過，街角早餐店時不時冒出一股股蒸騰熱氣。最近一次接受這樣的晨光洗禮，是何月何日呢？似乎久遠到連我自己都想不起來了。

有快遞任務的時候，我最怕的就是中永和這一帶，不但道路狹窄難停車，而且路名很亂，明明看似該銜接在一起的路段，也許過了個十字路口後，路名就換一個了。之前幫其他人代跑過一次，結果害我迷路了大半小時，搞得那天還送不到五件。因此這回我先詳細查過了地圖，下了永福橋後，沿著福和路直走，第六個路口處，右手邊是竹林路、左手處則是永貞路。

左轉後再往前騎了七、八分鐘，就看到左手邊的永貞大樓了。當我看到那棟大樓時，頓時明白這趟任務的艱鉅程度，跟「大海撈針」恐怕是相去不遠了。

這是一幢占地極大的十八層住商混合大樓，正面寬度就有一條街這麼長。我看了一下馬路對邊的單數門牌號碼，約從一十三號至一三三號，加上含「幾之幾」這類的門牌編號，大概近七十來戶之多。以此推算雙數門牌這邊的住商大樓，少說也有六、七百戶以上的住家。

而這大樓也絕對是最佳的優先都更對象了。斑駁汙黑的外牆，間雜著多張由右至左的楷體招牌字，還有大樓周邊約二十處的警示帶，上頭標註「小心瓷磚掉落傷人」等，毫無保留地展現了從民國四十四年落成以來，處處被歲月嚴重侵蝕磨損的痕跡。

幾個穿著制服的小學生，騎著腳踏車從我面前經過。朝他們前行的方向望去，在前面路底看到了小學校區，看來單數門牌號碼這邊，應該就是小黑遇襲的地段了。

我將機車停妥後，先梭巡一下附近的店家，想找個方便觀察對街的落腳處。這兩邊都是典型的社區生活圈商店街，有自助餐、小火鍋、服飾店、日用百貨、五金行等等，不過這麼早開門營業的只有便利商店與早餐店。

現在是六點三十八分，眼前能蹲點的地方只有兩處：對邊街尾處有家感覺很舒適的連鎖早餐店，沙發椅、空調、集點券一應俱全，不過坐進那兒就沒辦法看到單數門號前的動靜了。看來也只有永貞大樓下面沒招牌的家庭式早餐店符合需求了。恰好騎樓底下的座位沒人，於是我就點了漢堡跟大杯冰奶茶，坐在那兒好整以暇地開始觀察。

我的懷裡有兩大祕密武器，以前夜市買著玩兒的十倍小型望遠鏡，以及某屆股東會贈品、做簡報用的雷射筆。望遠鏡是打算等確認ＢＢ彈的攻擊範圍後，再到對邊安全地段逐層搜索；而雷射筆則是來自《ＣＳＩ犯罪現場》的彈道檢測靈感：

既然子彈不會轉彎，那麼只要把雷射筆放到彈著點上，筆直打出的雷射光盡頭處，不就是槍手開火的地方了嘛！

此時路上趕著去上班、上學的行人變多了。我仔細地觀察對街，發現異常動靜。對邊騎樓的行人要比永貞大樓這邊少很多，大多數的人都會在七十三號處等紅綠燈，走往永貞大樓下後再繼續前行。如果有人沒這麼做的話……

一位高中生匆匆忙忙地行經九十五號門前，突然停下腳步、右手按著左側肩膀，然後看向永貞大樓樓上某處，嘴裡喃喃罵著什麼，接著快步回頭跑開。

兩位小學女生似乎非去那間便利商店不可，她們應該也吃過ＢＢ彈的虧。於是兩人使出「交替掩蔽」的經典戰術：兩人各自躲在前後的騎樓柱子後方，接著倒數一二三後，一起往前衝向下一支柱子，藉此擾亂槍手視線。不料前方的小女孩動作慢一拍，側腹挨了顆ＢＢ彈，「哇」地一聲尖叫起來，後方小女孩趕忙衝出搶救同伴，但這麼緩了一緩，左腿上也挨了一槍。

雖然我很想稱讚這狙擊手的神準槍法，但躲在暗處偷襲老弱婦孺，實在是太令人火大了。

直到七點前，大概有十幾個人經過八十九號至九十九號那八間店面前，都會挨顆ＢＢ彈，而且彈無虛發。其中不少人應該是首次遇襲，大都是愣在當場猛罵髒話，徒勞地抬頭搜尋一陣，然後忿忿走人。倒是有個上班族被打後，站在騎樓柱子後方，掏出手機似乎在報警。不過等了半天警察也沒來，他只能悻悻然離開。

七點零八分，我用望遠鏡看到小黑已過了紅綠燈，正要踏上一三三號前的騎樓上。我趕忙掏出手機撥了他的電話，不料響了老半天，居然沒人接。

小黑沒帶手機出門！

好吧，別的不說，今天我好歹可以幫他擋下這一彈！我扔下手中的漢堡，沿著永貞大樓下的騎樓快跑，直接跨越四線車道馬路，不料小黑的腳程飛快，這時已經走到一〇五號前了。

「小黑！」衝到對邊一〇三號的我，趕忙脫下身上速必得的外套，朝前攔截他。不料小黑竟恍若未聞，繼續往前快走。我高舉外套幫他遮擋時，他這才認出了我：

「唐、唐哥？你、你、怎麼、在、這裡？」

就在他結結巴巴回應的同時，腳下居然仍不停，又走過了兩間店面。

「你停一停！你忘了走在這邊會被……」

我話還沒說完，左手背就傳來一陣火辣劇痛，我反射性地縮回手，但高舉的外套一落下，第二發BB彈又打到我的肋骨部位，然後第三發又飛來擊中小黑的胸口。

我對狙擊手的準頭跟策略感到無比驚訝。這是玩空氣槍的奧運國手嗎？

被BB彈擊中的部位，會清楚感到一股強大又尖銳的螺旋力道，沿著角質層、表皮層、真皮層一路鑽進骨髓，緊接著如餘波蕩漾般，那股痛楚瞬間擴散至全身，痛到讓人頓時起了雞皮疙瘩。然後腦內啡分泌，讓人有種「痛苦卻舒爽」的錯覺。幾秒鐘後，那部位破皮見血，周遭泛起一層淡淡的瘀青。一整天下來，疼痛都會隨著脈搏節奏、一跳一跳地發作著。

我在原地連聲「幹」了幾句，自然而然地抬頭看向永貞大樓上，但從那個角度，大概有四至五層密密麻麻、掛滿雜物的生鏽鐵窗，每一扇後面都很有可能是狙擊手的藏身處。

對方也算是「盜亦有道」，只要中了一彈後，就不會再追殺。於是我把落在地面的BB彈撿起來，頓時明白想用「雷射筆追溯彈道」這策略未免太天真了。因為BB彈又不是真的子彈，可以穿透店家牆壁還是鐵門，而是擊中後滿地亂彈跳，根本無跡可尋。

小黑中彈後一臉無助的苦瓜相，不停搓揉著中彈部位。我陪他走了一段路，但他還是惶恐不解地偷看著我，不曉得我怎麼會跑到他家附近來。兩人只好小心翼翼地有一搭、沒一搭地隨便聊著。

這時我才注意到，有好幾支騎樓柱子的兩邊，都貼上了這樣的公告：「早上六點至八點間小心流彈，行人請繞道」。

為了不讓小黑感覺太彆扭，因此我送到七十三號路口處，就讓他自己回家了。然後我再回到早餐店，尋思下一步該怎麼做。

居然有人活得不耐煩，敢狙擊本「飄零公子」？好啊，這下子想幫小黑出口氣的「仗義相助」，馬上升級成「國仇家恨」等級了。我當下以本公子的名聲發誓，非得把這傢伙揪出來毒打一頓不可！

●　●　●

「老闆娘，不好意思，剛剛看到認識的朋友經過，追上去打招呼，絕對沒有要吃霸王餐的意思喔！」

回到永貞大樓下的早餐店時，歐巴桑已經把我那張桌面收拾乾淨了。我朝在煎臺上忙著翻煎漢堡肉、荷包蛋的老闆娘打了招呼。

「沒事啦，我還以為你是看到漂亮小姐，趕去搭訕哩！」

老闆娘百忙中還能說笑幾句。她看起來約四十多歲，臉上總掛著親切笑容，感覺人似乎不錯的樣子，加上她天天面對著「狙擊手熱區」，應該也可以套出些情報。

只不過，上班、上學的人潮漸多，老闆娘跟歐巴桑兩人都快忙不過來，眼下不是套口風的好時機。因此我把前帳先結了，然後又坐回原來位置，再加點一盤蔥抓餅跟柳橙汁繼續觀察。

對街仍然持續上演零星的「打活靶」Live秀。感覺常行經此地的路人們似乎養成默契了，大部分都會特地繞道永貞大樓的騎樓行進，偶有外地人或記性差的過客，才會不小心踏進狙擊熱區、被BB彈問聲「早安你好」。

這場「早安狙擊」持續到七點半才停止。我腦海中不禁浮現那藏身在永貞大樓的狙擊手，正滿意地檢視今晨的戰果，然後刷牙洗臉吃早餐，準備上學／上班去了。

眼看早餐的尖峰時刻將告一段落，我先觀察一下店內布置，打算一開始找些場面話來卸下老闆娘的心防。嗯，老實說，這店面沒啥裝潢、座位也不舒適、口味頂多只能算是普通，硬要稱讚幾句恐怕連老闆娘自己也噁心。比較特別的大概都是些細節的地方：

例如煎臺前有個頗陽春的自製油煙過濾器，用上八個大型的電腦散熱風扇來吸入油煙，然後透過一根風管導入裝水的麵粉袋裡；餐桌上的面紙盒是用瓦楞紙板貼上牛仔褲布料DIY的；最有趣的是櫃檯前的零錢盒，將一把零錢投入時，五十元、十元、五元、一元等硬幣就會按照精心排列的粗細管道往下掉，自動依不同的幣值分類好。

話說回來，早餐店注重這些手工巧思，頂多節省個器材成本，但生意就會因此變得比較好嗎？就店內的忙碌狀況來看，也許算是有些幫助的吧？

快八點時，老闆娘出完手邊最後一份餐後，鬆了一口氣。她將口罩摘下，走到櫃檯邊跟歐巴桑聊天。我看準時機，走過去結帳，順便用剛剛的觀察來做開場白。

「啊，你也看出來啦，很多客人都說我們這些手工藝很有創意呢，還有幾個人想買回家喔！」老闆娘聽到稱讚後，果然心情大好。

「這些都是妳做的嗎？真的好厲害。」

「不是啦！」老闆娘笑得花枝亂顫。「是我兒子做的，他很聰明，有這方面天分。他很孝順耶，看我早上顧店辛苦，一直說要幫店裡的生意，我跟他說，不要他分心，國中生的本分就是好好唸書，他還是趁暑假幫店裡做了這些小東西。」

國中生？嗯，這是個切入話題的好機會。

「阿姨，我剛剛追出去找的那個人，其實是我表弟，他也是國中生。」我裝作很哀怨地說道：「他搬到附近沒幾天，都是搭公車去學校。但他說有時候走到你們對面那條街時，就會被BB彈打到，已經被打三次了，怎麼會這樣？」

聽到這兒，老闆娘的臉色黯淡幾分。「是啊，這事情已經發生兩個多月了，不知道我們這邊樓上，是誰家小孩這麼頑皮，偷偷躲在裡面亂打BB彈，很多客人都有反映了。你記得叫你表弟上學就盡量靠我們這邊走啊，那人好像只有早上會亂打。」

一旁的歐巴桑插嘴說道：「就是說啊，這個社會喔，早上有人亂開槍、晚上有人亂剖肚子，還讓不讓人活了！」

「呃，那個BB彈打到很嚴重耶！我剛剛就被打到兩發。」我把手背上的傷口出示給她們看，兩人都驚叫起來：

「哇！好嚴重，我們這邊有藥箱，拿個OK繃給你。」

「怎麼這麼沒天良啊，打得這麼深！我都會跟客人說，早上就盡量靠我們這邊走，比較安全。」

歐巴桑熱心地幫我簡單處理傷口，我一邊問：「這麼誇張，你們這邊的警察都不管的嗎？」

老闆娘無奈地說：「一開始每天都有人報案，警察有來看過幾次，可是那人也很狡猾，看到有警察在就不會打。我聽說他們有一家家去查訪過，三到七樓這幾層最可疑，可是好像都沒查到什麼。」

「喔，不要說警察沒做事啦！」歐巴桑指著對街騎樓下的一個巡邏箱說：「多了那個箱子，兩個騎摩托車的會定時去那邊簽簿子，不過有沒有用，天知道喔！」

大家相視苦笑著。

「我偷偷跟你講，你不要去亂說，」老闆娘湊近我低聲道：「我覺得最可疑的就是住五樓靠樓梯間，那家大人經常不在，他兒子是高中生，有在玩槍戰遊戲，客廳牆壁上也掛了好幾把槍。」

我心中一驚：「那老闆娘妳沒跟警察說嗎？」

「有人去報啦，我也是後來才聽說的。警察還特別去找那家談過了，可是好像他爸也找議員去講，後來就沒事了。」

原來是有政治力作祟！我聽得超火大。沒關係，本公子可是有媒體撐腰的，等我抓到狙擊手的狐狸尾巴後，一定會直接上電視公布出來，讓你找總統來關說都沒用！

情報打聽得差不多了，店裡也開始忙碌起來，於是我向兩人道謝後走出店外。這時已經是八點過後，對街再沒人中彈了。五金行、自助餐店半開鐵門營業，行人變多，街道恢復了生氣。

我走到對街一〇一號的騎樓柱子旁，掏出望遠鏡往永貞大樓第三層起逐戶觀察，尤其是最可疑的五樓邊間，但始終看不出什麼異樣，也沒發現任何偽裝空氣槍的可疑物事。

我想，既然狙擊的範圍不大，估計對方應該不會大膽地將槍管伸出窗外，而是從房間內直接打出來。但就算這樣，能從有限的角度擊中「熱區」的，至少也有二、三十戶以上。比較麻煩的是，在這時冷時熱的季節，幾乎每戶都開著窗子，或至少留扇氣窗，要用「排除法」進行過濾也很有難度。

如果能夠站到同樣高度來觀察，應該更容易揪出室內的可疑活動吧？可惜在單數門號這邊，最高樓層也才三樓，我跟這裡的住戶沒有任何交情，沒辦法借到什麼制高點。

為了讓今天有點收穫，不至於白白挨上兩發ＢＢ彈，我決定進入永貞大樓晃晃，把可疑的戶號都給記錄下來。我用膠帶將雷射筆固定在騎樓柱子上，讓紅點打到大樓內的三樓樓梯間，當作參照點。接著進入沒有任何管制的大樓內，將三至七樓間可鎖定狙擊熱區的戶號都抄了下來，一共有二十八戶之多。

眼看時間所剩無多，我急忙跨上機車，趕著去上班打卡。

●　●　●

當天中午剛好有一份快遞送士林，我沒跟其他人換件，趁著送完件的空檔，到以前認識的槍械模型店去，徵求一些專業意見。

說真的，這些生存遊戲的裝備，推陳出新的速度驚人，之前跟同學去廢棄的眷村開戰時，大都是配備半自動瓦斯步槍跟拉一打一的空氣手槍，偶爾有個口袋夠深的傢伙拿把電動連發步槍出來掃射，大概就算是最猛的終極戰士了。

至於後來出現的什麼狙擊槍、CO_2動力、喇叭彈、加重彈等等，我們就沒有躬逢其盛了。

我把今早擊中我的橘色ＢＢ彈拿給老闆過目。

那執業二十多年的老闆，先掂了掂掌心中的彈丸重量，然後掀起眼鏡，一雙小眼睛從鏡框下端詳一會兒。

「〇・四五克，〇・六釐米的加重ＢＢ彈！」他從背後的櫃子拿起一包同型號的白色ＢＢ彈遞給我看。

尺寸跟狙擊手用的相同，個頭明顯比一般ＢＢ彈要大，用手秤一下也能感受出重量差異。

「這都是什麼槍在用的？」我問。

「ＡＫ、Ｍ４、狙擊槍系列，也有人用在大左輪或沙漠之鷹上。」

我把手背上的ＯＫ繃撕開，讓老闆仔細看一下傷口：

「假如大概隔了四、五十公尺，從高處往下打，還能用這ＢＢ彈打成這樣，而且準度超高，這可能是什麼槍？」

「哇，這麼厲害！」老闆意外地睜大眼睛看著：「應該是CO_2狙擊槍，而且我敢說一定有改過，不然就算是加重彈的威力也不會這麼大。」

老闆走到店門口，指著那支長一百二十公分的鎮店之寶說：「我們這支巴雷特Ｍ82反物資狙擊槍，沒改槍的話可能就有這種威力。其他便宜點的長槍大都要改過才會這麼強啦！」

我看了一下上頭的標價，這把空氣槍竟高達新臺幣三萬八！看來要過濾永貞大樓內的可疑人士的話，應該先看誰的口袋最深、買得起這種高級長槍，或許會來得有效率些。

下午跟徐海音約在內湖電視臺樓下碰面，順便跟她借了口香糖攝影機。她遞給我上一集的顧問費，我也拿目前碰到的難題請教她。

「我之前有看過報導，有小屁孩買了空氣槍後，對著屋外路人亂打。這種情況，警察是怎麼抓到犯人的？」

徐海音想了會兒。「我有跑過一次類似的新聞。是兩個夜店少爺合資買了把瓦斯槍，深夜對公寓外的路人打靶。那次倒是挺好抓的，因為那兩個人會把長槍伸出窗外比畫，打中後還嘻嘻哈哈地笑鬧一下，而且晚上那棟公寓也沒幾戶有亮燈，所以路人報警後，警察查訪一下就抓到人了。」

「抓到人會怎樣？」我問。

「一般就是沒收槍枝，然後依照違反社會秩序維護法罰錢吧！除非是有人被一槍打瞎，不然這種頂多是皮肉傷的，要走民法向他求償也不太容易。」

聽到這兒我不禁頭痛起來。原來就跟一般犯罪一樣，玩BB槍隨機傷人也是有分「弱智型」跟「智慧型」兩種的。要抓到後者的難度更要高上千百倍。

徐海音笑著說：「話說回來，你這案子倒是挺特別的。這玩槍的傢伙堅持天天早起對路人打靶，是不是有什麼目的啊，比方想練槍法參加比賽還是去打獵什麼的？」

我忽地一怔。是啊！我光是想到要早上五、六點起床，就感到痛苦不堪了，但永貞大樓那位狙擊手，卻天天努力不懈地早起練槍法。除了打人取樂外，他應該還有別種目的吧？

想到這兒，我忽然覺得，硬要將這狙擊手貼上「小屁孩」的標籤，不盡然公平。就算非得這樣分類的話，也該是個「堅忍卓絕」的小屁孩吧！

徐海音拍手說：「啊，阿唐，我想到了。你可以用『測試排除法』。比方一個人去敲住戶的門、另一人觀察對街，要是某個人在應門的時候，對街沒有發生槍擊，那就表示某個人很有可能就是狙擊手啦！」

這法子對我行不通啊！我苦笑著。一來找不到另一位願意無償跟我幹這件事的傻蛋，二來永貞大樓的隔音也差，依狙擊手的滑頭個性，大清早一家家敲門詢問，肯定會先打草驚蛇。

「呃，其實我在想，說不定可以像上次一樣，借張記者證去逐戶探訪一下，說不定會有收穫。」

「這肯定是最爛的方法。」徐海音搖頭道：「換做是你，一大早六點多就被吵醒了，然後一位看起來很年輕、只憑脖子上掛了張狗牌自稱是記者的傢伙，嘴上說要查訪狙擊手的下落，但一雙眼睛猛朝屋內打量，你猜猜會有什麼下場？」

●●●

跟狙擊手對決的第二天！

早上五點五十分，同樣是歷經一番天人交戰後，最後在「這時候放棄，對決就輸了」的念頭驅動下，總算勉強爬起床了。

我這人的個性，就是不會坐以待斃。因此昨晚我已擬定了新戰術。哼哼，在哪裡挨槍、就從哪裡反擊。飄零公子絕對不會輸的。

又迎著晨風騎了大半個小時來到永貞大樓。我直接將摩托車停到早餐店前面，先點份餐占了老位子，老闆娘也熱情地招呼我。然後我從背包內掏出祕密武器：口香糖攝影機、雙面膠與筆記型電腦。

是的，我打算架起攝影機拍攝對面大樓動靜。透過電腦一格格慢動作播放，我就不信看不出BB彈是從哪個窗口飛出來的！

「你安全帽不脫啊？」老闆娘看著我仍全副武裝，問道。

「我先去對面辦點事，五分鐘回來。」我借了點餐畫單用的奇異筆，在舊雨衣背後畫了一個同心圓靶眼，然後中央寫了一個大大的「幹」字。接著我戴上厚手套，把雨衣當披風擋著，朝對街走去。

從樓上狙擊手的角度看下來，應該就是個無懈可擊的摩托車防禦套裝吧！頭頂著全罩式安全帽、雙手戴上厚實的防寒手套，高舉一件厚雨衣當護盾。別說是BB彈了，就算拿彈弓來我也不怕！

狙擊手應該是看到雨衣上那挑釁的圖案了。連續三發ＢＢ彈破空而來，一發打中安全帽彈開了，另外兩發無法穿透雨衣，隨著塑膠布料擺動而被卸去力道，兩顆ＢＢ彈軟弱無力地先後落在馬路上。

我兩隻手豎起中指，朝後方來個勝利示威。狙擊手再神準，我就不相信他能像電影上演的那樣，讓彈著點都落在雨衣同一個地方將它打穿！

這時我已毫髮無傷地走到對街了。我將雙面膠黏到口香糖機後方，貼到九十五號騎樓的柱子上。然後以雷射筆做輔助瞄具，在口香糖機後方下半段處塞些餐巾紙微調，確保鏡頭能對準永貞大樓的三～七樓進行錄影。

眼看攻擊無效，狙擊手改變策略，接連兩發ＢＢ彈擊中我腳邊，第三發打中我的高筒靴彈了開去。哼哼，當我沒看過《希臘神話》嗎？阿奇里斯的腳踝是弱點啊！

我把雨衣擋在身前，沿著原路走回早餐店。狙擊手轉移目標到口香糖機上，接連幾發有打中機身，但沒有效果。對方可能意識到這樣的作為反而會暴露自己的藏身處，因此暫時停火。

我邊啃著漢堡、喝著大杯冰豆漿，邊欣賞自己的傑作得意地微笑著。

填飽肚子後，接下來是第二招。

假冒記者的身分逐一去盤查住戶，風險實在太大，不但容易打草驚蛇而且效果也差。所以我改變策略，針對最可疑的二至七樓住戶採用「排除法」。

簡單來說，也就是在這段上班、上學期間，住戶會陸續出門，我只要守在電梯門口，對那有嫌疑的幾間住戶進行過濾：只要確定對方家裡沒人、但同時狙擊手又朝對街開火，就能排除這間住戶的嫌疑了。

因為我只能單兵作業，所以只能一層層地逐戶往上問，但我相信大部分住戶的出門時間應該頗為固定，頂多花個一兩天我就能鎖定最有可疑的那幾戶了。

只不過，當我在三樓電梯口守候，朝第一個要下樓的上班族問話時，我就發現這個策略行不通。

「你好，請問你是三四六號的住戶吧？我想請問一下，府上還有其他人在裡頭嗎？」我同時拿著筆記本準備記錄。

當住戶們聽到這問題、看到我的架勢時，都是一臉驚懼的表情。大部分的人一言不發、快步走進電梯；有的會下意識回應「有喔，我家裡有好幾個大人在」。甚至還有一位快步走回去，確認大門是否有鎖緊。

（這年頭詐騙集團這麼猖獗，人家怎麼可能老實告訴你家裡正空著呢！）我發覺自己想得太天真了，感到十分懊惱。

不著要領地問了幾個人後，我深感這是吃力不討好的活兒，決定放棄，回到早餐店繼續等待。

六點五十五分，對街傳來女生的驚叫聲，我抬頭看去，果不其然，狙擊手又開始打活靶了。好，你就繼續打吧！我在心裡恨恨地想著。打越多槍，被我抓到的機率就越高！

七點零三分，小黑又從路底過了紅綠燈，一路往前行。而且儘管我昨天在辦公室裡千叮嚀、萬交代，但他還是沒帶手機在身上。不要緊，今天唐哥有備而來，完全不把那玩具槍放在眼裡。

我把摩托車裝備全上身，拿起雨衣，大方地橫越馬路。那狙擊手學乖了，不再做徒勞無功的事，一槍都沒開。我站到一〇一號前迎接小黑。這小子總算長點記性了，不再質疑我怎麼又出現在他家附近，而是誠懇地對我鞠躬道：「唐、唐哥、早。」

「小黑你也早。」

「你、你今天、的、雨衣、很棒。」

「小黑，那我們就躲在這雨衣裡，看看誰還能用槍打你！」我呵呵笑著，高舉雨衣擋著對街方向，沿著九十九號往前走去。

啪！一發BB彈呼嘯而來，擊破自助餐店門的海報後墜落。

乒！一發BB彈擦身而過，擊中五金行的鐵門後彈開了。

乒唰！一發BB彈勁道十足，擊中五金行的貨架再反彈到雨衣上。

呵呵，狙擊手似乎自暴自棄了，朝著我們行經的路上亂打一通……咦，有點不對勁，聽這雨衣中彈的聲音，BB彈的反彈力道其實還挺強勁的，難道說……等我想到關鍵處，卻已然遲了！

乒！一發BB彈橫空飛來，擊中五金行的鐵門後彈開，接著「啪！」的一聲正中我的下體。力道之大，還以為是誰狠狠地在我褲襠上踹了一腳。

我一個踉蹌，委頓半跪在地，右手下意識地放開雨衣摀住痛處。趁我還來不及反應之際，第二發、第三發BB彈又直飛過來，正中我的脖子跟小黑的大腿處。

這下子疼得我眼淚都流出來了！

哇靠！我跟你是有殺父之仇嗎？居然下了如此重手？我拉著小黑躲到柱子後方緩了緩。心中那股憤怒爆發出來了。我讓小黑先走回家，自己不用雨衣遮擋了，大步走到柱子前把口香糖機拆下，再回到早餐店。

我打開筆記型電腦，檢視口香糖機內的錄影檔。它連中了好幾發BB彈，錄影的角度偏移了近三十度，加上解析度也很差，一放大來看，影片粒子都快比BB彈還粗了，不管我怎麼放慢播放速度根本也看不到BB彈軌跡。

又失敗了！看來，或許模型店老闆給的建議可以一試。直接打聽樓上哪一戶的口袋夠深、有本錢可以買槍或改槍來打活靶玩兒的，說不定能更快鎖定嫌疑犯呢！

我餘怒未消地跑去煎臺前提問：「老闆娘，妳知道樓上最有錢的是哪一戶嗎？」

這問題似乎讓老闆娘不知從何回答起，看著我的臉色也很古怪。

就在此時，兩輛警用機車疾駛而至，停在隔壁騎樓邊。一名警察對著朝他們招手、另一手拿著手機的住戶問：

「是你報案說有小偷嗎？」

我看向那住戶，竟然是在電梯口旁我第一個問話的那位上班族！那上班族一臉緊張地偷看我一下，然後擱在胸前的右手食指暗暗朝我一比！

兩名警察如臨大敵般，小心翼翼地按著手槍柄朝我走來。

看來，跟狙擊手的第二次對決，我又落在下風了！

解答四　想揪出狙擊手，得用狙擊手的思維

跟狙擊手對決的第三天！

我前一晚把鬧鐘設在五點整。今早鈴聲一響，我毫不遲疑地立刻起床。

我可是協助電視臺偵破兩樁懸案的飄零公子耶！比起前兩次複雜的案件，這次只是找出一個亂打玩具槍的傢伙，有這麼難嗎？

此外，我今天一定要解決它，不能耽誤明晚跟慧如一家的重要飯局。我應該要全心全意投入我未來的人生大業，而不是浪費時間跟吃飽太閒專打路人的狙擊手糾纏到底。

昨天由於永貞大樓的住戶們，覺得我形跡太可疑，於是找來警察。警察比對了我的身分後，還盤問了出現在此地的動機等等，雖然最後沒把我給請進警局喝茶，但還是害我打卡遲到了一小時。

下午時分，我偷閒半小時，跑到網咖上網，搜尋解決狙擊手的良策。根據多位資深軍事專家表示，對付狙擊手最好的戰術，就是設法讓對方移動，離開他的藏身處，這樣我方才能有機可乘。

比方說波斯灣戰爭中，要是有狙擊手在一公里外偷襲美軍的話，那麼他們就會呼叫戰鬥直升機對可疑地點大規模地狂轟濫炸。而資本沒那麼雄厚的一般部隊，會採用火力掩護，讓幾位隊友

迂迴前進到狙擊手藏身處掃蕩。萬一是單兵作戰，就丟出煙霧彈干擾狙擊手視線，搶進有利位置進行反擊。

但要是在城市都會裡，單兵對付ＢＢ彈狙擊手呢？沒有人傳授任何有用的策略。

不過我苦思整晚後，仍想出了一個或許可行的戰術：我還是可以讓狙擊手沒那麼容易打到路人，如果他要打的話，就得留下暴露彈著點的代價！

因此今天一出門，我先到速必得辦公室拿了一大捲透明膠膜。這膠膜是用來固定棧板堆箱用的，把它想成尺寸大十倍、更堅韌厚實的保鮮膜就對了。

接著我趕往永貞大樓，將車停在對街九十三號前，看看錶約是五點四十七分，狙擊手應該還在睡夢中。我把膠膜拉伸開來，以店家兩邊的柱子做為固定端，將位於狙擊熱區的八十九號～九十九號騎樓處，全都拉起兩層「膠膜圍牆」。

當然啦，膠膜高度不足，沒辦法把整片騎樓給封住。我盡可能將膠膜往上固定，下方還留有一公尺多的空隙，但這樣已經大幅限制了狙擊手的射擊角度。

簡而言之，當狙擊手看到射距被膠膜給擋住時，要嘛就打消開槍念頭、要嘛就持續攻擊，但只要他發出一彈，就會在我拉起的兩層膠膜上，製造出兩處貫通的彈著點，我就可以用「雷射筆測彈道」的方式，確認ＢＢ彈的發射位置。

當然，如果我是狙擊手，應該還會使出其他招數，而這就是我接下來要防堵的第三個可能性了。我拿出充飽電的口香糖攝影機，走進永貞大樓五樓，用雙面膠將它暗藏在走廊牆上的消防栓後方，恰好可以拍攝到五樓與四樓的樓道畫面。

接下來，就剩等待了。等狙擊手上工吧！

我回到早餐店，歐巴桑看到我就笑著打招呼：「早安啊，小偷先生。」

我苦笑：「我真的不是小偷，昨天警察有記錄我的資料了，大家不要擔心啦！」

老闆娘哈哈笑著：「你剛剛又跑去樓上逛囉？沒看到布告欄嗎？管委會還是覺得你很可疑，把你的照片貼在上頭，要住戶們多加小心了。」

歐巴桑指著對街說：「小偷先生，你今天下重本，把對面都圍成這樣，是要擋警察哦，我們都看到了，真是聰明呢！」

她們兩人手下忙碌著，但嘴上倒是不斷地取笑我，我也只好舉起雙手投降了。

一樣坐在老位子，邊啃著燒餅油條跟豆漿守候。六點半了，狙擊手一點動靜也沒有。我想他應該看到眼前這陣仗，也清楚這是陷阱，不會貿然跳入。但他一定不會善罷甘休的。

七點了，好幾個行人走過去，狙擊手還是一槍未開。反倒是我沉不住氣了：要是這傢伙今天休假，那我這案子不能了結呀！難不成明天、後天都跑來拉膠膜嗎？

反正等對街店家開門後，膠膜終究要撕掉的。因此我決定「物盡其用」，激對方出手。我跟早餐店借了麥克筆，慢條斯理地走到對街去，把沿路看到的「小心流彈」布告撕下，面向永貞大樓，一張張地貼到膠膜上。

然後我用麥克筆，在每張膠膜上寫下斗大的「激勵」標語：「小孬孬，你只敢躲在窗戶內開槍嗎？」、「槍法超爛！我阿媽都打得比你準！」、「懦夫！有種快來射我一槍！」、「你爸媽是怎麼交配出你這種愛打槍的垃圾？」

想提高激怒對方的機率，因此我謾罵的對象盡可能擴展，同時為了確保狙擊手看得懂，每個字都得反過來寫，浪費我許多時間。

七點十分，小黑來了，今天他倒是記得要繞道永貞大樓前。因此狙擊手仍然一槍未發！

七點二十分，街上人潮變多，每個人都安全通過狙擊手熱區了，但都用嘲弄的眼神，看著站在騎樓前像是瘋子的我。

豁出去了！我乾脆把上衣脫了，像是示威似地朝永貞大樓敲著胸膛，不斷地豎起中指。混蛋！有種就開槍啊，對著我這一身不設防的肌肉，儘管放馬過來！

獨腳猴戲耍了五分鐘，我望穿秋水的BB彈終於迎面飛來了！因為受到膠膜阻擋，所以失了準頭，從我頭上飛過。我一個箭步躲往柱子後，緊接著像是鞭炮連響，膠膜上劈里啪啦地被連打出十多個孔洞，數秒後狙擊手停火了。

幹得好！我開心地掏出口袋內的雷射筆，對準一組被貫通的槍孔投影過去。接著是第二組、第三組……非常好！反推這些槍孔的最終落點，都指向五樓的樓梯間！

我回到早餐店拿起筆電，衝往永貞大樓五樓，把藏在廊道的口香糖機拿出來。接著把錄影畫面讀到電腦裡播放。

影像中，有個國中男孩手裡拿著一根白鐵管，管子末端接上了一堆線路，以及一個粗大的奶粉罐，走到五樓的樓梯間。他先將一個鐵夾夾上樓梯把手，然後用束帶捆住白鐵管。接著用某樣器具瞄準對街，並校正白鐵管方位。然後人退到奶粉罐旁，按下某個按鍵，就看到白鐵管快速震動了幾下。最後他將這些設備拆下，往四樓方向走了。

我將影片畫面停格在那男孩的正面。然後走到四樓，聆聽哪一戶傳來電視聲音。最後我敲了敲門，向前來應門的中年住戶展示了影片畫面：「我要找這男孩，他住這裡吧？」

那中年人瞧了一眼，往左方一比：「過去兩間就是了。」

我走到四二四號門前，敲了敲。不多時，國中男孩前來應門。我將電腦畫面轉向給他瞧，一臉凶神惡煞地緊盯著他。

當他第一眼看到我、眼瓜流露出驚慌失措的神色，我立即肯定這男孩之前曾看過我。也許還是從狙擊鏡裡看見的？

解答四　不能報警的理由：狙擊手也是有苦衷的

首先分析一下，我為什麼要把口香糖攝影機放在五樓樓梯間。

如果我是狙擊手的話，當我看到一直是槍靶的區域，忽然間被拉上一面透明圍牆時，第一個念頭就是「這絕對是陷阱」。我當然不會再傻到像以前一樣朝那邊猛開槍。

但若是沉不住氣或是被激怒了，想回擊對方一下，我會怎麼做呢？等等，既然對方想預測彈著點，那乾脆來個將計就計，我換個地方對他開槍，不但能挫他銳氣，同時還可誤導他。

但該換哪兒呢？就算有認識的住戶，也不好意思跑到他家裡開槍，栽贓給他吧！於是有窗戶的樓梯間是最好選擇。當然不能選在住家同一層，也不能離太遠，不然這通勤時間點上扛著槍亂跑，容易被其他人給看見。

啊！大家都知道五樓某住戶嫌疑最大，那當然就選五樓樓梯間來開火，應該是最佳地點吧！

憑藉著同樣的思維，我順利地用藏起來的迷你錄影機錄下了「狙擊手」的身影，就是眼前這個國中小男生。但他仍堅決地不肯認罪，大吼道：「你走開！我要叫警察了！」

我不甘示弱地吼回去：「好，快去叫警察！你每天早上開槍亂打人，絕對讓你在少年感化院關兩年！你爸媽呢？快叫他們出來！」

那死小孩一把將門用力關上。

「吵什麼啦！」隔壁鄰居探頭問。

我指著這戶大門說：「被我抓到了！就是這家小孩每天開槍亂打人！他的家長呢？我要跟他家長談談！」

「沒搞錯吧？這小孩子很乖很孝順耶！他只有跟他媽住啦！他媽就在樓下賣早餐啊，我看你去跟他媽說比較快啦！」那鄰居事不關己似地把門給關上了。

我愣了一下。我完全沒想到，原來狙擊手的母親，竟然就是我都快混個臉熟的早餐店老闆娘！

後來等早餐店的尖峰時刻過了後，我把原委跟老闆娘說了，請她回四樓家裡處理一下。當然，老闆娘還是一臉不可置信的模樣：「我家小偉很乖的，他零用錢也不多，不會亂買槍的啦！」

我把電腦畫面轉給她看：「這就是小偉，躲在五樓樓梯間開槍。」

小偉放聲大哭，抵死否認：「是有人叫我這樣做的啦！我只有今天才做，之前開槍的都不是我。」

「是誰？告訴媽，是誰叫你這麼做的？是不是被霸凌了？為什麼要這樣做？」老闆娘震驚不已，追問道。

小偉口風很緊，完全不肯透露「幕後指使者」究竟是誰。不過就如同徐海音說的，這個狙擊手如此努力不懈，一定是懷有某種目的。而剛剛我已經猜到這目的是什麼了。

「好啦，不要再騙了，老實說吧！不然我要叫警察的。你把我跟我朋友都打得很慘！」我故意恫嚇道。

老闆娘哀求：「不要啦，先生，不要叫警察。不要讓我家小偉有案底啦！要多少醫藥費我賠給你們，好不好？」

我嘆了口氣，問：「老闆娘，斜對面那家連鎖早餐店開多久了？」

老闆娘怯生生地回道：「……大概三、四個月吧，怎麼了？」

「那家早餐店一開，你們家的生意是不是變差？」

「是有影響啦！畢竟人家裝潢好、食材好，可是也比較貴一點呀！」

「那兩個多月前，狙擊手開始朝對街亂打時，你們家的生意是不是又變好？」

「是……啊？」老闆娘頓時想通其中關鍵，驚訝地看著小偉。

「對街那些小心流彈的公告，該不會就是小偉去貼的吧？」我故意這麼說。小偉低下頭，不發一語。「你要小偉別插手早餐店的生意，不過他一直想幫忙，希望可以挽回流失的客人。但人家連鎖早餐店財大氣粗，門面、設備、餐點就是有優勢，所以他能想到的方法，就是讓上班、上學的行人盡量靠你們這一側走，人流帶來金流嘛，總有人懶得再過個馬路繞去連鎖早餐店消費，你們的業績自然就有幫助了。」

老闆娘一副哭笑不得的模樣。接著我要小偉把「狙擊槍」拿出來，這傢伙真的是有工藝天分，憑著從資源回收區找來的零件，竟然就拼出一把威力頗大的氣槍。

他用衣櫃白鐵架當槍管、從洗衣機上拆下的電磁閥當槍機、用汽車電池供電、舊的遊戲機手把當扳機，甚至還有個結合雷射筆與電腦攝影機、可連接電視的自製內紅點瞄準器。而CO_2鋼瓶跟BB彈耗材很便宜，則是從網路上買的。

小偉表示，他花了一個多禮拜組裝，又耗了五天進行調試，總算做出一把威力夠大的「狙擊槍」了。只是模樣很難看，他不好意思帶出門跟同學玩。他平日朝外打「活靶」時，是把整組裝備架到雙層床上，用棉被蓋好，只露出槍管在外。然後把攝影機放在陽臺，自己看著電視機螢幕，用遊戲手把來瞄準、開火。

「難怪連警察都抓不到！」我心想。這根本與想像中露出半個頭、伸出槍管的狙擊手形象相差太遠了。

我提出要將裝備沒收來交換不將此事報警。雖然小偉一臉不甘願，但老闆娘同意了。其實我看在他也是出於一片孝心，原本打算就這樣放過他們，但當我不經意間看到小偉哭泣的表情下，竟藏有一絲得意的笑容時，頓時覺得就這樣放過這頭小惡魔，實在太便宜他了：

「那你打我這傷口、還有我那朋友的傷，怎麼算？」我惡狠狠地逼問。

「那……給你們打回來嘛！」小偉回道。不愧是國中生的想法。

「你們是要醫藥費嗎？等等我們再去樓下談，好嗎？」老闆娘緊張地插話道。

「老闆娘，之前我跟你提過，被小偉打傷那國中生，其實家境很清寒的。他每天都跟當工友的爸爸從你們店門前經過，去小學作資源回收。如果可以的話，你們就當作做公益吧……」我趁機提出條件道。

雖然結局不甚完美，但還算差強人意。早安狙擊手案件告一段落，路經此地的行人總算有免於恐懼的自由，而小黑一家也撈到一些小小福利。至於我賺到什麼呢，除了那天的早餐錢沒跟我收外，還有些破案成就感，至少能讓我全心全意應付明晚的飯局就成了。

「大哥哥，我覺得你比那些警察厲害。他們只會裝模作樣地在樓下擺儀器或找人問話，結果還不是抓不到我。」

事後，我押著小偉一起去拆除對街騎樓的膠膜，小偉有感而發地這麼說。但我知道這自戀的傢伙，明著是在捧我，但暗地裡還是在自鳴得意。

「小子，你大話別說太早。就算警察抓不到你，像我這種會推理的傢伙滿街都是，很多人還是可以擺平你的。」

「喔。我才不相信。一般人都是笨的比較多。」他嘟著嘴說，接著一臉壞笑道：「不過抓到我又怎樣？在之前你還不是要先挨上好幾發子彈！」

「哼哼！」我冷笑著說：「但你跟你的拼裝槍，最後落在誰手上呢？你跟你媽還是要乖乖接受我的條件不是嗎？哪天你要是再作怪，我可是會把影片跟這爛槍交給警察，你好自為之啊！」

小偉一臉不以為然，埋頭繼續做事了。

真是後生可畏呀！我在心中暗自感嘆。這小傢伙實在有當大魔頭的潛力，也許長大後會是哪個名偵探的宿敵吧！

第五章

追求夢想？先來個治療失戀的藥方

禮拜五，早早起了床。今天肯定會是我生命中格外值得紀念的日子，我迫不及待地先一步按停鬧鐘，精神抖擻地迎向晨光。

晚上最重要的行頭，我都小心翼翼地折好放進防水袋裡，生怕起了一絲縐褶。九點剛過，我已經先一步打好卡、在辦公室裡整裝待發了。

「阿唐，你今天這麼早？」羅姊一進門後，驚訝地問。

「晚上要跟女朋友爸媽吃飯，我要提早半個小時下班，所以早上就先過來啦！要請羅姊多幫忙了。」

「好啦。難得要見岳父岳母大人了，好好表現，等吃你喜酒喔！」

「哈哈，沒那麼快啦！」我一邊打著哈哈，一邊朝陸續進門的同事打招呼。沒多久小黑也進來了。

「唐、唐哥、早、早安！」他行禮如儀地完成道早任務。

「小黑你也早啊！」我注意到他手上的漢堡紙袋，打趣道：「唉唷，小黑，你的早餐也升級囉！不吃果醬三明治，改吃漢堡啦？」

「不、不是。」小黑認真地搖頭道：「是我、今天、今天早上、跟爸爸、去學校、路過、早餐、早餐店、老闆娘說、說我孝、孝順、獎勵、獎勵我的……」

我不禁莞爾。小黑簡單的腦袋，自然猜不到這個免費漢堡背後的複雜因由。昨天老闆娘同意我開出的條件，每週會挑兩天送小黑父子各一份漢堡當作賠罪。而小黑爸也捨不得吃，常會留作兒子當天的午餐。

「什麼看你孝順？我想一定是老闆娘看上你，想招你作女婿啦！」莊爺剛好也走進來隨口起鬨，一邊輕拍我的背部道：「幹得好！」

小黑倒是認真地思考起這玩笑話的可能性，還一邊羞赧地偷笑著。

這兩天也多虧莊爺早上的掩護，才沒浪費我太多的年假，我朝他點頭示意。「幫市民除害，還順便解決小黑的早午餐，讓他吃得更營養，幹得漂亮！」

我得意地說道：「除暴安良，正是小弟的夢想之一啊！」

莊爺哈哈大笑著去打卡。我轉頭看著小黑，隨口亂問：「小黑啊，你有沒有什麼夢想呢？」

小黑用力地點頭：「我的、夢、夢想、就是不、不要讓爸、爸爸、擔心。」

「哈哈，這叫裝乖，當好寶寶，哪叫什麼夢想？」

小黑有點難過地低下頭說：「是、是夢想、因為、努力、努力還、還是、做不到、所以、是、夢想……」

我有點心疼地看著他。小黑活得那麼努力了，但還是以不讓爸爸擔心自己做為目標，儘管是單純又卑微的夢想，但我對他的這份堅持也肅然起敬了。

「喂、喂，你還有空擔心別人？」莊爺打完卡繞了回來：「晚上要見岳父岳母了，我看你多擔心自己一點吧！」

我無奈地苦笑著，拎起郵差包出門上工了。

●　●　●

不知是否「好事多磨」，還是因為腦子裡都給今晚的約會盤踞而無法專心？這天的收送件狀況不是很理想。雖然七小時內送出八件勉強算達標，但其中有一件因為送件人把「三段」寫成

「一段」多繞了冤枉路；另兩件因為無電梯／電梯故障等狀況，讓我共足足爬了近十二層樓（快遞員的惡夢）；更糟的是還碰上送貨糾紛：我不小心把某公司的ＬＥＤ燈泡樣品給碰裂了，不得不花錢賠償……

之後回頭想想，假如我會梅花易數的話，當這些壞兆頭接連出現時，便能先「課上一卦」，也許就知道不該去赴晚上這個約啦！

傍晚時分，趕回辦公室繳了收執聯、換上新買的行頭，然後塞在小週末的下班車流裡往約定地點艱難前進，偏偏那兒又特別難停車，抵達指定的和菜餐廳已然遲了十多分鐘。

我進入餐廳內四處張望，仍不見慧如的人影。當我退到騎樓外，準備掏出手機撥給慧如時，後頭一聲銀鈴般的呼喚傳來：「阿唐，在這裡！」

我轉過頭去，慧如正從路邊臨停的車內跨出，揮手招呼著。

我的心情頓時放鬆下來，快步朝她走過去。多日不見，感覺她的笑容有些勉強，眉宇間似也多了份冷漠。

還來不及說話，旁邊車內駕駛座的車玻璃緩緩降下，一位穿著 POLO 衫、木質粗框眼鏡與勞力士錶的中年男子，微笑著朝我點頭示意。

無須多加介紹，光看他那笑起來如慧如般的單邊酒渦，我馬上朝對方鞠躬問好：「伯父你好，我是李宗唐，請叫我小唐就行了。」

「你好、你好。」伯父笑著回禮。之前聽慧如說過，他是某大科技公司的部門經理，「治軍甚嚴」，但初見面的印象還挺和善客氣的，我彷彿先吃下了顆定心丸。

「阿唐，我媽今天下班晚了，等一下我先進去點菜，你跟我爸一起去接我媽，好嗎？」

（咱不能一起在餐廳等著嗎？有需要我在車上幫忙接人？）這是我腦子裡浮現的第一個念頭。但轉念一想，或許伯父伯母希望在這短暫車程中先跟我聊一下，探探彼此的脾性，免得待會兒上了餐桌破壞氣氛？

「好啊，沒問題！」我開心地回道。伯父俯身幫我開了助手座車門，我坐上了車，然後從後照鏡看著逐漸遠去的慧如身影。她的臉上沒有絲毫笑意、帶著幾分不安，車走遠後她仍佇立在人行道上，沒有走進餐廳的意思。

「外頭很熱嗎？我把空調開大點。後座有面紙，你擦一下汗吧！」伯父看了我一眼後建議道，還順手點亮了車內小燈。

我這時才發現自己的襯衫幾乎都被汗水浸溼了。雖然步入深秋，但臺北的天氣還是悶熱，多穿上一件小馬掛實在太失策了，只是礙於「整體造型」，也不好意思先脫下，只好依言取了面紙擦擦汗。

趁機打量著伯父，的確是很有主管架勢的一個人。推估年紀應該在五十開外，但頭上不見一絲白髮，身材也保持得很好。

伯父沿著博愛路往前開，在寶慶路口右轉。

「怎麼樣，我們第一次見面，不會太緊張吧？」伯父呵呵笑著。「有需要的話，你前面手套箱裡有口嚼錠，這祕訣是我底下工程師跟我說的。那些小朋友啊，開會、做簡報還是被主管訓話的時候，嘴巴老是嚼啊嚼的，說是能放鬆心情呢！」

面對未來的岳父岳母還在嚼啊嚼的，成何體統呀！我笑著婉拒道：「我不用了。可能是慧如跟伯父長得像吧，我有一見如故的感覺，不是很緊張啦！」

伯父莞爾一笑。

嘿嘿，這臺詞說得漂亮吧！這可是我費盡心血從網路上蒐羅的數百則「岳父岳母相見歡經典臺詞」之一，我已經在家熟背好一陣子了。

「小唐你真是有趣的人。慧如常提到你，我想，她心底呢，也是希望跟你擁有共同未來的。為人父母嘛，有些小心思總會看得懂。」

「是。」我陪笑著。

「不過呢，這年紀的女孩子，出社會工作一陣子了，認識的人多了、眼界也開了，她對未來另一半的看法也會有……更多期待。」伯父像是小心翼翼地選詞用字，時不時偏過頭看著我說：「好啦，也許有人說這就叫『現實』、『勢利眼』什麼的，我不否認啦，哈哈！但這就是人性嘛，做父母的呢，誰會希望女兒下半輩子過得很辛苦，對吧？」

「對。」我還是沒骨氣地只能傻笑。雖然我約略猜到伯父的意思了，但卻不知該怎麼回應比較得體。經典臺詞裡好像沒有哪一句適用這情境的。

車子在懷寧街左轉，於二二八公園旁找到了空停車位，伯父停車後熄了火等待著。人行道旁亮起暈黃的路燈，趕著下班回家的人潮，或騎著自行車、或步行地行經車旁。

看到伯父好整以暇地等著，我好奇地問：「伯母在這附近上班嗎？」

「其實我們不是來等她的。她自己可以到餐廳去。」

「嗯？」

伯父解開安全帶，半轉身子懇切地看著我：「小唐，是我希望先來跟你談談。這事是我獨斷地強迫她們母女答應的，你要是感覺不舒服，伯父在這裡呢，先跟你說聲對不起。我是這麼想的，也許彼此有了共識後，你跟慧如再繼續走下去，這對大家來說都比較好。」

我感覺到大事不妙的前奏了，左手下意識地握緊了馬褂搭褳，但仍勉強地笑了下，問道：「伯父……你說的共識……是怎樣的共識？」

他沒正面回答我的問題，自顧道：「你之前在世貿書展的那場演講，其實我也去看了。」

我的心口彷彿挨了一記重拳。好吧，這下子真的大事不妙了！

●●●

全程只有一個聽眾坐著聽完、那位聽眾還是自己的女朋友……想起那場慘烈的演講「盛況」，至今還讓我餘悸猶存，更不用說其他人是怎麼用「看笑話」的心態在旁觀了。

當下我的臉色應該不是很好看，因為也不想說些「臺灣喜歡閱讀的人口本來不多」、「開場時間太早難怪沒人」之類的場面話，所以只能低頭沉默。

倒是伯父自己尷尬地笑了笑。「我聽慧如說，你是有夢想的，想在臺灣寫小說？是偵探類、犯罪類那一種的？」

「嗯，是推理小說。」

「喔，對，是推理小說，看我這記性……我大學時也沒少看啊，只是後來出社會工作忙就擱下了。不過我每次這麼一路看下去，倒是沒一次猜出兇手，那時總會想，哇，寫這種東西的人該有多聰明啊！」伯父邊說著還邊瞅著我。

「嗯。也還好。」

「小唐，我認為年輕人有夢想是值得尊重的事，不過要實踐夢想，是不是也該看看時機呢？」伯父的語氣又轉為小心翼翼模式：「慧如告訴我，你是國立資工系畢業的，因為想當個小說家，所以退伍後就一邊當機車快遞賺生活費、一邊找時間在家寫作吧？」

「是。」

「哎，怎麼說呢……大環境不景氣啊，別說寫書賣書的，就連我們電子科技業都快撐不下去了。小唐，我本身不是做這行的，可是也有幾個老同學在出版界工作。我問到的每個人，幾乎個個都跟我說，這書市真的做不下去了，除了那個什麼九把刀還賣得動外，檯面上那些搖筆桿就算搖出名堂的，為了不餓死，還是得找個正職做。這不用我來說，你應該比我更清楚吧！」

「是，伯父，你說得沒錯，所以我也不會單純地想靠寫書養活自己。跟伯父報告一下，我也很注重創新開發、擴大市場，像是最近跟電視臺也展開跨業合作，電視節目收視率還拉升不少呢！」

我自以為抓到對方的思考模式了，試圖加些商業管理術語來說服對方，不過伯父只是搖搖手說：「小唐，這些我都知道，真的，我都知道。但你的書有因為這樣多賣出幾刷嗎？有因此增加你的知名度嗎？如果沒有，那很遺憾，就叫白忙！沒別的收穫了。」

「………不是，伯父，話不能這樣說……我也不是那種傻傻在家埋頭寫、光等書大賣的那種老派作家。雖然現在書市不景氣，但像是電視、電影、劇本還是需要有小說原著來支撐，創意能相輔相成……」

「不過一般人還是只會去看電影啊！」伯父直指問題核心：「你覺得他們還有這份閒情特地去買你的書來看嗎？臺灣人看的只會是商業管理這些有用的書，有閒錢時頂多買個國外翻譯的暢銷書。你去問問周遭朋友一年會買幾本書？會買幾本臺灣人寫的小說？現在網路上不都可以免費看了嘛！」

「不……我覺得這夢想對我來說不是太遙遠，我有這個才能的……我現在只是在等待一個機會而已，所以我覺得自己還可以多摸索、去多方嘗試。」我搜索枯腸地辯解著：「我未來的收入不光是靠賣書啊，比方有些演講、部落客、網路行銷之類的，也都算是……」

「行了、行了，那我這樣說好了。我們部門現在新進的工程師，大學剛畢業的，月薪大概三萬五上下。哪，你覺得自己寫到第幾本後，才能達到這個水平？」

我苦笑以對。「……我覺得不能這樣衡量的。創作這東西……」

「你不要跟我解釋，你要跟慧如解釋啊！如果你連自己都養不起了，你要怎麼給慧如幸福？更不用說買房、買車、生了這些……不要說伯父的想法現實，我只是希望你認清現實，早點醒過來、像個男人一樣負起責任。」

聽他這麼一說，我的火氣也上來了，口氣強硬地回道：「伯父，先不管我的夢想能不能實踐，至少我自食其力不行嗎？機車快遞雖然要在外頭跑，但我拚一點一個月也有四、五萬，要養活一家我想也不會辦不到。還是你覺得我這過渡的職業不夠體面，所以阻止我跟慧如的交往？」

「小唐，我沒有要阻攔你跟慧如交往，相反地，我樂見其成。」伯父誠懇地說：「但是，我希望那是在你覺醒的前提下。你花這麼多時間在追逐你的夢想，比例是不是可以調整一下，先把事業做穩再說呢？我在公司人面還算廣，如果你願意，明天就可以到我部門來上班。你是資工系的，有一定的底子，伯父罩你，從基礎做起，不出五年你絕對可以獨當一面的，月收入肯定是你現在四、五萬的好幾倍，這樣不好嗎？」

心頭有把火熊熊地在燃燒，我盡力壓抑將對方飽以老拳的衝動，這明顯是極度不智的行為。

我咬緊牙關、緊抓著搭褳，不發一語。

伯父見我臉色不善，也覺得自己的話說重了，嘆了口氣，說道：

「小唐，你不要誤會，我不是要取笑你的夢想。只是你這夢想沒有產值、不切實際，就算千辛萬苦總算圓夢了又怎樣？到頭來還是養不活你的老婆孩子。你聽不出來嗎？我從頭到尾，一直在強調的重點是時機啊，夢想很重要，但能不能暫時緩一緩？就算你不想等退休後再來寫，那能不能等你升上個小主管，也許四、五年後事業基礎穩了，至少老婆孩子們的衣食無虞了再來寫？」

我無奈地放棄溝通了，轉過頭去嘀咕了句：「那不就跟你一樣了嗎……」

「什麼？」伯父沒聽清楚，反問道。

「沒什麼。」我無力地搖頭回應。（那不就跟你一樣註定是個市儈的中年人嗎？）這才是我心裡想吶喊的話。

「唉，你當然會覺得老人家講話不中聽，我不敢自稱這是什麼忠言啦，但伯父真的覺得，你這樣浪費你的才能、虛擲你的大好年華，實在是太可惜了。我說過，會寫這種東西的人，都很聰明，我想你父母花大把資源栽培你，不會是想看到你每天要這樣奔波討生活吧？你想走一條別人不敢走的路，但等到你發光發熱的那天，我女兒要等多久呢？你真的覺得臺灣這環境……」

我感覺伯父不像是個嘮叨沒完的人，他願意跟我說這些，也是番苦口婆心。但當下受訓的我，卻只覺得熱血衝腦，那一字一句彷彿都狠狠地敲在我心上，擊打出斑斑血痕來：「閉嘴，不要說了！」我失控大吼道。

伯父是見識過大風大浪的人。他愣了一下，但沒被嚇著，沉默了一會兒後方才放緩語氣道：

「好好，不說，我言盡於此。這是你一輩子的選擇，你自己要想清楚。她們母女還是希望大家和氣地吃頓飯、慢慢來開導你，可這不是我的作風，鄉愿解決不了問題。如果你答應伯父，下禮拜去快遞公司把辭呈遞了，我們現在就馬上回頭去餐廳，一起規劃你們的未來，好嗎？」

我沒有吭聲。但下意識地，右手卻放上了車門把。

他再度嘆了口氣。「我不是要拆散你們，慧如其實也還喜歡你的，只是她覺得再這樣下去，看不到未來。我尊重你的選擇，但伯父還是要再囉唆一次，沒有前景的夢想，你根本沒有必要堅持下去，也不要擔心別人的眼光而不敢回頭。人生還很長，你什麼時候去圓夢都行，但要趁年輕有本錢的時候，好好在職場上打拚才是正途啊！」

不能不承認，這番話多少動搖了我的意志。一路走來，身旁類似打擊我士氣的閒言閒語從沒中斷過，但從沒有人是正面直視著我、滿腔善意地試圖說服我，還押上了他的職場本事與寶貝女兒。

他說得一點都沒錯啊！為什麼你現在不放棄那個沒有產值的夢想，走上別人想幫你安排的一片坦途啊……等等，通往地獄的路徑不也是一番善意鋪成的嗎……沒達成夢想是地獄？但至少你不會落魄餓死或送快遞時被車撞死而先上天堂啊……這幾年都熬過來了，也許成功就在不遠前……別鬧了！想當本土暢銷作家？你自己看看這幾年有誰做到過啦……

心中有幾股不同的力量在彼此拉扯著。我定定凝視著車窗外，那片路燈光影在眼中暈散開來、行人如默劇演員般走過，日常影像突然變得陌生難辨，我有種想大哭一場的衝動。但我提醒自己，千萬不能在這個人面前落淚。

如果承認失敗了，我的人生就此按下 Reset 鍵，一切都將從頭來過。當年對自己的期許、心中不肯熄滅的火焰、向外人炫耀的豪情豪語，還有無數個孤燈無眠對著電腦寫作的努力，都在當下的一念之間，轉頭一場空。

我想要的，真的是那種從現在就能看望到退休的人生嗎？

伯父雙手放在方向盤上，雙眼直視前方，有風度地不再開口，等待我最終的決定。

就這樣僵持了七、八分鐘左右，我開口打破了沉默：「伯父，我不會再去打擾慧如了。有緣的話，會再見面的。」然後我拉開車門，走出車外。

伯父沒有丁點情緒反應，他彷彿也預見了這結果，只是淡淡地點了點頭，接著發動引擎，迅速將車開走了。

●●●

一念天堂、一念地獄！

其實，早在伯父開車絕塵而去的那一刻，我就已經後悔了，悔恨到心頭都在淌血。

嘿，在平行宇宙的另一個阿唐，也許就選擇了這個更美好的前途不是嗎？他現在正坐在那輛轉過路口的車上，跟未來的岳父愉快地交心，等著與女友一家和樂地吃個晚餐，然後下禮拜洗心革面地去老實當個上班族……

事實是，我這輩子或許再也沒辦法找到像慧如這麼漂亮、貼心的女朋友。當我再一次陷入絕望悲傷的情緒時，她總會在一旁微笑著鼓勵我。

我自己在堅持什麼，其實也說不出個具體的緣由。為了一時的意氣之爭，就這樣放棄了唾手可得的幸福。

我現在想做的，只是好好大哭一場！

我全身乏力、頭好重，感覺全身都在發著高燒。我踩著蹣跚的腳步，往公園內走去，試圖找到一個隱蔽些的地方好好大哭一場。不然眼角的淚水不知何時會完全潰堤。

好不容易地，我躲到了一片無人的灌木樹叢後，再也支持不住了，整個人仰天成大字形躺在草地上，狠狠地痛哭一場。

也許偶爾經過的路人會被我的哭聲嚇著、也許會有幾絲好奇的眼神飄來，說不定還會有人去報警，但當下我正遭受失去戀人、追夢受阻的雙重打擊，除了讓淚水盡情流淌外，沒辦法再顧慮太多了。

也不知哭了多久，只記得哭到後來腦袋都恍惚了。還好沒有像電視、電影演的那樣，會有個多管閒事的路人甲跑來亂安慰一通。倒是放在口袋內的手機時不時地震動一下，提醒我還有封未閱讀的新簡訊。

哭累了，無力地躺在草地上，這是我仰望臺北天空最久的一次了。誰說臺北夜空沒有星星？如果有誰像我這樣躺個大半小時緊盯著，在眼睛沒被淚水模糊的片刻間，總能看到幾顆微弱閃爍的星星呢！

又躺了好一陣子後，我長嘆一口氣，緩緩地坐起身來，撥落身上的草屑、泥土，然後掏出手機一看，是莊爺一個多小時前發來的簡訊：「還順利嗎？想找人聊就打給我」。

看到這段文字的當下，心中頓覺暖洋洋地，又湧起一陣想哭泣的衝動。我連忙定下心神、深呼吸幾次，把這陣衝動壓抑下來。要是淚水又不受控制地狂流，不知道又得在這草地上躺多久才能擺平了。

唉！回家吧，現在的我，只想進入失憶狀態，好好地窩在被窩裡睡上一覺。我把手機放進口袋，打算去找摩托車，這時才赫然想起，那該死的摩托車還停在餐廳那裡！

萬一慧如一家還在那邊吃飯，好巧不巧地碰上我像喪家犬一樣，夾著尾巴走了幾公里回去，正費盡九牛二虎之力把硬塞進停車格的機車給挪抬出來的狼狽樣，不曉得會不會對今晚的分手戲碼額手稱慶呢！

算了，橫豎都得搭兩回計程車，不如先去聽聽莊爺怎麼安慰失戀的人吧？晚些再回來把機車騎回家。我掏出手機，回撥給莊爺：

「喂，還好吧？」響了十來聲，他接起手機，劈頭就這麼問道。

「我……」不料我才說了一個字後，喉頭又哽咽起來，沒辦法再出聲。唉，沒辦法，這是我有記憶以來哭得最慘的一次，還沒辦法從多愁善感的情緒切換過來。

莊爺嘆了口氣。「好啦，你不必說話，你老哥我是過來人，喝過的醬油比你喝過的可樂多，失戀都快失到成專家了。相信我，我超會安慰人的，包你下禮拜快快樂樂去上班。我把地址用簡訊傳給你，搭計程車過來吧！別省錢搭公車還是走路的，我幫你出車錢，盡快啊！到了後再打手機給我。」

掛了線後，他用簡訊傳了個臺北小巨蛋附近的地址給我，我在路邊攔了輛計程車趕過去。

十多分鐘後，我在一排商店街前下車，回撥了莊爺的手機，沒過幾分鐘，就看到他穿著一身藍色運動服，從一間地下室階梯爬了上來，朝我揮手。

那地下室外邊的騎樓，安置了一個畫有斗大箭頭的藍色霓虹燈招牌，上頭寫著「熱血豪情PUB」。莊爺熱情地迎上前對我勾肩搭背，說道：「兄弟，你多心痛我都知道，老哥今天帶你來這裡，好好地玩一玩，絕對能把那些不愉快的事都忘得乾乾淨淨！」

腳才剛踏到樓梯口，底下陣陣喧譁聲、電子搖頭樂、濃重菸酒味、七彩絢爛光影，還有包廂特有的沙發皮革味兒，全都撲面而來。

好吧，這時候來幾杯威士忌、跟老友談談心，也許再去搭訕幾個女孩兒，會是治療失戀者的最佳靈藥吧！

但當莊爺領著我推開PUB大門，走進場中，我才發現自己完全想錯了！

●●●

那間PUB跟一般夜店一樣，有條長吧檯跟大舞池，一片烏煙瘴氣，炫光霓虹燈在頂上亂閃，搭配震耳欲聾的電子樂。

不過不大相同的是，原本的座位區桌椅都被挪到角落去，所有人都圍在舞池四周，像是打了興奮劑似的，此起彼落地忘我吶喊著：「打！打！打！」、「擋、擋、擋」、「用力、小心、閃啊！」之類的打氣語。

我好奇地走過去觀望，一陣充斥汗水、荷爾蒙的氣味越加濃重。隔著人牆看過去，舞池中有兩人戴著拳擊手套與護具在對打，另一位穿著直條襯衫咬著哨子的裁判，裝模作樣地緊盯著兩人的動作，一纏抱在一起就立即推開雙方。

不過這拳擊賽打得也很業餘，左邊選手看似上班族，穿著一身襯衫與西裝褲，右邊選手則穿著汗衫搭運動褲，彼此個頭差了十來公分、體重目測也有二、三十公斤的差異，應該也沒有認真分量級。兩邊揮拳攻防都打得毫無章法，要是真上了職業擂臺，應該撐不到十秒鐘就會慘遭K

O。

而裁判也顯然不是專業的。當西裝男左臉挨了一記重拳，一個踉蹌倒地後，汗衫男又撲上去補了好幾拳，而裁判非但沒有上前阻止，反而鼓譟群眾大喊：「呼伊死！」、「呼伊死！」，眾人一陣歡欣躁動。

我看得目瞪口呆。這是哪門子治療失戀的祕方啊？

莊爺拉著我朝吧檯左方走。那裡是留給演出人員的簡陋休息室，此刻權充作選手們的更衣室。廊道旁貼有「鬥陣俱樂部」的前十大鬥客排行榜，排行榜第二名的「神行太保」看來很眼熟，我定睛一看赫然發現竟是莊爺！他半邊臉龐隱藏在陰影中，凝視鏡頭的眼神綻放凶光，散發出一股凜冽殺氣，跟平常溫和的他大相逕庭。

「下一場就到我了，我得先換個裝。」

走進休息室後，莊爺邊說著，手上不停地纏繞起繃帶，手法還相當嫻熟。

我好奇地拿起梳妝臺上擱著的拳擊手套，湊到莊爺臉旁比畫一下：「好吧，我現在總算知道，你平常臉上的那些傷是怎麼來的了。」

莊爺得意地獰笑著：「我這算毫髮無傷的好嘛！你等一下有機會開開眼，看我的對手是怎麼被我十倍奉還的。」

「切！」我不以為意地哼了聲：「莊爺啊，您老都一把年紀了，幹麼還要打這個？去慢跑還是打個太極拳什麼的不好嗎？」

「每個男人心中都有個夢，老子的夢就是上擂臺當個強者！你自己還不是老把你的夢想掛嘴邊。」

我忍不住拿剛聽來的教條朝他唸道：「問題是這夢想沒產值啊！你要打的話，也去打個正規拳賽，還是爭奪個什麼武林盟主的，才能揚名立萬吧！」

「哈，我這年紀都坐四望五了，這年紀去打正規比賽叫自殺啦！天天要訓練的，老婆孩子誰來養？我也只能來這邊圓夢了。」莊爺戴上拳套，對著鏡子擺出防禦架勢，練習快速揮拳。

「讓你打到這家PUB第一拳王又能幹麼？」我繼續吐槽他。

莊爺反脣相譏：「那讓你寫成臺灣推理小說王又能怎樣？」

我們沉默一會兒，然後指著對方哈哈大笑起來。然後不知怎麼地，一股悲哀情緒又浮上心頭，邊笑著呢，然後我又大哭了起來。莊爺默默地搥一下我的肩膀。

「選手準備！」有人敲門來催促。

「老弟，多想無益。先出來幫我打氣，等等換我來幫你療傷！」莊爺披上一件紅色披風，豪氣地說道。

這傢伙大概真的在這裡打出點名堂了。當他一步出休息室走廊後，就聽到場中主持人喊道：「……現在左方出現的，就是我們排名第二的超級鬥客、不敗的火焰傳奇，『神～行～太～保』！」

眾人目光投射過來，一陣鼓掌歡呼，彷彿迎接個超級巨星一般。莊爺龍行虎步，大步地走進人牆，眾人自動讓出一條通道，時不時還有閃光燈亮起、有人向他擊掌打氣。

走進場中的莊爺解開紅披風，隨意地朝人群中一甩，雙拳互擊打出一聲悶響，整個氣勢頓時攀升到最高點，眾人忘情地尖叫起來。

「刺激刺激刺激，神行太保氣場驚人，我都不敢直視！等等他要一拳打醒夢中人啦！這次我們的黑馬刺客『三重狂龍』，有可能撼動太保的威名嗎？各～位～觀～眾，要不要開打了！」

「打！打！打！」眾人像是嗑了藥似地吶喊著。

「今晚最驚天動地的一戰！真正的世紀之戰、龍爭虎鬥，開場啦！」主持人手一揮，示意雙方上前準備開打。

這前幾名的選手，看起來就是玩專業的，雙方都自備拳擊短褲跟齒套，如果不是因為這場地的關係，以及雙方選手的鮪魚肚，猛一看還讓人真的以為是專業的拳擊賽事。

那三重狂龍的年紀至少比莊爺年輕十歲以上，足足高了他半個頭，而且二頭肌粗壯，我開始為莊爺擔心起來。不料他卻一副老神在在的模樣，居然沒怎麼把對手放眼裡。

當主持人揮下右手，狂龍立即來個矮身衝刺，連續三個刺拳猛攻，但莊爺居然在間不容髮之際，左右擺頭閃過兩記刺拳、再加一個阻擊輕鬆化解對方攻勢，然後略微退一步躲過對方真正的下鉤拳殺手招。

但對方仍緊追不捨，朝莊爺來個右拳假動作、然後準備蓄勁來記左鉤拳前，莊爺忽然跨前一步直擊對方腹部，趁對方來不及換招之際，又再一記重拳直擊他的左頰。

對方齒套飛出、當場倒地暈厥，連讀秒都省了，直接ＫＯ！這結果讓主持人在內的眾人全都傻眼！現場陷入一片靜默。

然後只看到莊爺高舉雙手環視全場，朗聲說道：「爽嗎？這樣爽嗎？你們一定看得不爽，對不對？」

這時眾人才回過神來，此起彼落的掌聲、歡呼聲響起，但更多的是附和莊爺的說法：「對！對！對！」

莊爺走近主持人旁，拉起他的麥克風說道：「今晚想不想再HIGH一點？想不想再看一場大戰？」

「想！想！想！」

「我派出我的得意弟子、超級殺手，推理之神！來為大家加碼一場終極決賽，大家說好不好！」他用食指朝我這邊比了比。

「好！好！好！」所有人的目光齊唰唰地朝我望來。

基本上抓住群眾的「單字回應」心理後，對答大概就是這麼無腦。只是這回輪到我傻眼了！我最近一次的格鬥紀錄，大概是發生在幼稚園中班時期，現在居然還來個「終極決賽」究竟是什麼情況？

重點是，我才剛失戀耶！

「大家不要走開！二十分鐘後，大戰開打！」扔下這句話後，只見得莊爺又是一副威風自得的模樣，在眾人歡呼中大步走出，一把抓住正要轉身落跑的我，露齒笑道：

「推理之神，換你上去好好地打一場啦！」

●　●　●

「你瘋了嗎？你到底有沒有搞懂，我他媽剛失戀耶！現在還要我上擂臺找陌生人幹架是哪招啊？」

一回到休息室關上門，把那些還在沸騰的喧譁聲隔絕在外，我氣急敗壞地對莊爺吼道。

他一邊卸下拳套、護具，一邊從運動背包裡掏出一組新的繃帶扔給我，但我無動於衷，任由那繃帶擊中我胸口後掉落在地。

「唉呀，老哥我會害你嗎？就是知道你失戀了，才要好好幫你治療啊？」

「藥方是跟別人打架？華陀再世啊！你是去波蘭學來的醫術嗎？」

莊爺哂道：「阿唐你個頭這麼大，怕什麼呀？我特意幫你找個出氣筒，讓你發洩怨氣用的。你對手的身高還不到一百七、體重才六十公斤，你一拳隨便都能把他打飛！你就當作是老哥幫你安排的餘興節目，上場好好玩玩就對了！」

莊爺的意思是，他早知道我跟慧如一家的飯局肯定會悲劇收場，所以就跟主持人先講好了，先快速解決自己的對手來爭取時間，然後再安排一位初學者跟我對打。

根據他在情場打滾多年的經驗，提升自信心是對抗失戀的不二法門（？），所以才用這種半強迫的方式逼我上場。

這麼說起來，我反倒該感謝他的用心良苦了？

「你不要亂搞啦！想要開導我，還不如隨便灌我幾杯威士忌就算了……喂，你幹麼呢？」

莊爺看不下去，走上來撿起繃帶，胡亂地朝我手上纏繞起來：「你就繼續廢話，沒問題，但還有十分鐘你就要上場了，我一邊幫你穿戴起來，一邊聽你抱怨，好嗎？」

說起來他倒也是出於一番好心，雖然這種失戀治療聞所未聞，但我也不好意思老衝他發脾氣，於是只好決定照他的苦心安排，就上臺對著那個無辜傢伙出出氣吧！

「但我最近一次打架是在幼稚園的時候，等一下那傢伙會像沙包一樣站著不動讓我打嗎？」

「放心，還有八分鐘。在我這武林高手的指導下，馬上讓你增加一甲子功力，你絕對可以輕鬆地KO他的，安啦！」

接下來莊爺快速教了我幾招戰鬥姿勢、出拳招數，然後又嫌我穿著太斯文，要我乾脆把襯衫脫了，只穿上小馬褂跟西裝褲，接著幫我戴上護具跟拳套。

我朝著鏡子擺了幾個現學現賣的戰鬥姿勢，自己都覺得很滑稽。

「等一下就聽我的指令，閃躲！防守！出拳！懂嗎？」

「選手準備上場！」又有人敲門來催促了。

我的心臟開始狂跳！

「走吧，我們先去觀察 下對手，讓你安安心！」莊爺拉著我走出休息室。

「你們上完廁所、喝完酒、把完美眉了沒？快快圍過來，今晚華麗麗的最後一戰開鑼啦！」主持人中氣十足地喊道：「首次出道傲氣十足，瞄準鬥客排行榜的閃電新秀！開山拳地虎登場！」

本來其他人看到這地虎的小個頭兒，都發出了鄙夷的開汽水聲。他看氣勢沒拉起來，於是幾個快速墊步後、來個俐落的鷂子翻身進場，頓時贏得眾人的滿堂彩！我的下巴差點掉下來。

「你看到了嗎？這傢伙的功夫好像很厲害耶！」我朝莊爺驚訝地喊道。這沙包的身手也太俐落了吧！

「唉呀，要猴戲而已啦！場上又不是翻跟斗定輸贏，他臉上吃你一拳還不是得躺平？你只要乖乖聽我指令，穩贏的啦！」

那位地虎登場後，用凶狠的眼神在人群中梭巡對手。迎上他老兄的凶光，我心中忐忑不安，忙轉過頭去。

「接下來是神行太保的得意大弟子，潛心苦練十年的終極殺手，推理……謀殺神拳！這位拳壇明日之星，也要在此時此刻挑戰鬥客榜排名。各位！你死我活、激動人心的時刻來啦！一起尖叫吧！」

「推理之神」的名號顯然不夠威風，於是被主持人即興改成「謀殺神拳」了。我被莊爺推攘著進場，看到我的酒保混混造型，眾人的呼聲也顯得零零落落。

「先擺出防禦姿勢，我叫你出拳，你就用力打出去！」莊爺耳提面命道。

主持人讓我們走到場中，雙拳互碰後湊近說了幾句。我以為會跟正規賽事一樣，交代些不能用肘擊或打後腦的規矩，不料他只說了「你們至少給我撐個五分鐘，別太快退場！」，就示意我們往後退開。

這究竟是什麼玩意兒呀？不過容不得我細想太多，在眾人鼓譟聲中，主持人揮下右手，拳擊格鬥開戰！

我擺出防禦姿勢，地虎猛然逼近，我見機不可失，飛快發動一記右直拳，不料地虎一矮身，一記右勾拳正中我胸口，結實地「碰」一聲，痛得我齜牙咧嘴。

「別亂打啊！先防禦……」莊爺大喊。地虎這拳激得我火氣都上來了，接下來莊爺喊些什麼我都沒聽清楚，只想把眼前這隻地虎給狠狠地砸扁。

我衝上前，雙拳左右開弓朝對方猛轟！

地虎往右閃過，一記左勾拳擊來！

我連忙豎起右臂格擋，不料竟是假動作！

地虎一記下勾拳正中我腹部！

我連續揮出好幾拳，但全都被擋下來……

地虎快速側身高速刺拳正中我鼻梁，三次！

我發狂地揮出右拳反擊！

地虎一記重拳格開我右拳，我中路門戶大開！又一記下勾拳正中我的下巴！

然後……沒有然後了。因為接下來的事情我就沒有記憶了。

……

……

不過，我後來總算懂了，為什麼打拳擊有助於治療失戀。因為當你的肋骨斷裂兩根、胃袋隨著呼吸隱隱作痛、鼻梁跟臉頰都瘀青紅腫時，你真的就沒有多餘的心力可以自怨自艾了。

第六章

誰是被害人？願為孤兒寡母一戰

一直到很多年以後，我在唐人全球新聞臺跟拍一件情殺案，凶嫌哭訴是因為女友在她家人的面前、譏笑他收入微薄，因此埋下殺機時，我才猛然明白，也許當天伯父故意先載我到公園旁來個餐前會談，只是為雙方所安排的一個比較不傷和氣的「退場機制」罷了。

其實那個晚上，不管我怎麼回答，結局都已經是註定的。差別只在於來得早或晚，對吧？

「療傷拳賽」結束後，莊爺叫了計程車把我送回住處。傷勢還沒到動用健保的地步，但我卻發了高燒，過了週末後又足足在家躺了兩天才能上班。當然，假如不是存款又要見底，我還真想再這麼多躺上幾天。

莊爺獨家的失戀治療祕方在隔天就失效了。雖然身體傷口的疼痛讓我分心，但我更多的時候卻是陷入回憶的漩渦，想著想著，傷口忽然不痛了，但一顆心卻疼得更厲害。

那幾天當然什麼事也幹不了，就這麼躺在床上，看著天花板或窗外發呆。把慧如的照片、手機號碼、電子郵件都刪除，但下一刻又後悔了，把它又復原回來。可是胡思亂想一陣子後氣憤難平，又將它們給刪除了，然後又復原……

我把家裡跟她有關的東西都拿去回收了，像是她放在衣櫃裡備用的外套、鞋子；當年一起排隊搶買的史努比杯子；電腦裡留下將近十GB的數位照片；好幾張她手工製作的情人節與生日卡片，還有一疊一起去看電影留下的票根。只是有一支去年她當生日禮物送給我的綠色鋼筆，上頭還刻了一顆愛心與兩人的名字，我捨不得扔，只好把它丟進書桌抽屜的最深處。

另外唯一有印象的，大概就是開了104人力銀行的職缺，想跟其他同學一樣，找個本職專業的工作來發展，但幾經掙扎後又關閉了。雖然之後還真的有幾家公司發來面試通知，但我都沒有前往。

接下來就是長達兩個多月、如行屍走肉般的「失戀復健期」。倒也不是說這陣子我沒幹勁，相反地，我比以前還更努力接件，甚至多吃了三張超速紅單。

之所以說是「行屍走肉」，是因為我的大腦切換成「自動導航模式」，每天就庸庸碌碌地上班打卡、奔波送件、回家發呆，生活一成不變，那段期間彷彿得了重度失憶症。

連遲鈍的小黑都看出來我不對勁了。有一天他把午餐的漢堡遞給我，我茫茫然地狼吞虎嚥吃下肚，接著才赫然發現，自己似乎有一陣子沒好好吃飯了。

在我暫時與世隔絕的這段日子，地球仍然持續運轉，周邊發生了很多事：

《懸案追追追》的製作小組沒再找我出外景了，不過節目並沒中斷，只是改走靈異路線，找了一位動不動就「哇塞！」、「天啊！」的浮誇男主持，還有一票名嘴們，對著「鬼影幢幢」的刑案照片加油添醋一番。

我也懶得去深究，不過徐海音倒是勤快地發了幾封電子郵件、簡訊給我，希望可以見個面聊聊，大概是想要解釋一下為什麼節目風格大改的原因。但我都沒有回覆，也拒接了她打來的幾通手機來電。

「我失戀後，哪管它洪水滔天？」我都自顧不暇了，哪還有心思去追追追什麼懸案呢？

而我也是在某天看著《懸案追追追》的節目時，才跟進了「剖腹狼」的最新動態：

這匹惡狼在十二月七日、深夜十點多的雨夜裡，於中山捷運站附近現身，跟蹤某位步行返家的女上班族，在靠近南京西路暗巷處準備下手時，卻遭遇到對方反擊，先是被防狼噴霧給噴得一頭一臉，倉皇落跑，而手機也不慎從口袋掉出遺落在現場。

那位女上班族很機警，邊大呼救命、一邊試圖撿起那支手機做為證物。剖腹狼旋即又返回現場，同時亮刀要攻擊她。所幸現場有兩位路人聽到呼救後前來相助，一起用手邊的雨傘擊退惡狼，女上班族甚至用鋼筆刺中他的左臂，但很可惜地最後手機仍被搶回，錯失了一個有力證據。

當然，這位女上班族頓時成了社會版的英雄人物。包括《懸案追追追》在內的幾家談話性節目都有邀請她參與。

「就差那麼一步、真的就差那麼一點點呀，各位！如果惡狼的腳步再緩一緩、見義勇為的人再多一位，我告訴各位，我們那一夜就可以逮獲這匹惡狼，終結全國民眾的夢魘了呀！」那位男主持人惺惺作態地說道。「天網恢恢、疏而不漏，惡人終有伏法時。如果各位發現身邊有可疑人物，左臂上有不明傷口，你要做的第一件事，就是立即向警方通報！」

當然，這句提醒又鬧出不少風波。聽說警方總共接到了一千多通電話，過濾了上百位「左臂有傷口」的人士，但最後仍不了了之。就差那麼一點點，就能逮到這匹剖腹狼。而自從此案之後他便銷聲匿跡，再也沒有犯案了。電視上有名嘴表示，剖腹狼可能因其他事件入獄或身亡才停止犯案，但這純屬猜想，沒有任何佐證。

就這麼渾渾噩噩地過了兩個多月。回老家過完農曆新年後，失戀症狀改善了許多。但一回到臺北，心中對未來的迷惑與惶恐，卻又瘋狂地滋長著。

●　●　●

重返熟悉的街頭快遞生活，讓我慢慢定下心來。我的新年願望就是，不再三心二意地想著要重返職場，今年就先努力寫出兩本傑作後，看看市場的反應如何！如果確定勢不可為，再來考慮我寫作生涯的退場機制吧！

雖然說我這夢想沒有產值，但也不能隨便捨棄啊！當年萊特兄弟因為試驗機一頭栽進河裡而被政府取消補助，假如他們因為缺錢就放棄飛行夢想，回老家專心賣腳踏車，那人類今天還怎麼飛向太空呢？

至於慧如就……努力別去想了吧！

從今天開始，認真打拚！第一天上班，我用力拍拍雙頰，對著鏡中的自己吶喊著。我也在想是不是該學小黑那樣，寫張紙條什麼的放在口袋裡，三不五時就掏出來自我打氣一下。

開春第一天上工，各公司行號正陸續恢復生氣，送件需求並不多。快遞員們裝模作樣地互拜個晚年後，看電視的看電視、泡茶的泡茶，阿慢甚至還偷偷跑去號子想賺個新春紅盤行情。畢竟上個月才發生股市暴跌五二八．二四點的慘劇，幾個同事連紅包錢都差點籌不出來了。

「最近那個雨夜惡狼都不出山，新聞變得很無聊喔！」有快遞員打著哈欠說道，頓時惹來羅姊的白眼：「無聊？你車子牽去保養沒？倉庫可以去整理一下、地板也可以刷一刷啊！」

剛放完長假的慵懶情緒還沒消退，眾人一陣嘻嘻哈哈，直到十一點多才陸續出門送件。

這天收送件的情況都還不錯，下午四點多我就完成了十件，開工第一天的好彩頭。當我正杵在光復南路上停等紅燈時，藍牙耳機響起，我立即按下通話鈕：

「喂，你好！」

「阿唐老弟，新年快樂啊！」話筒邊傳來八角討厭的嗓音，我開始後悔接起這通電話。這傢伙的態度前倨後恭，儘管多日不見，但心中對他的厭惡卻與日俱增。

「嗯，你也快樂啊！」我冷淡地回應。

「不好意思，一直想找阿唐你好好聊聊，可惜最近實在太忙，趁著今天也想跟你拜個晚年，不知道你有空嗎？」八角誠懇地問道。

所謂「伸手不打笑臉人」，加上我其實也對《懸案追追追》的風格轉變頗好奇，因此不置可否地說：「還好啦，但也未必得見面，不如你直接在電話跟我說說就行了。」

「哎，說來有點話長，總歸見面三分情嘛！何況咱哥倆好一陣子不見了，多少有點想念對吧！」八角持續遊說：「見這一面只占用你十分鐘，我保證要說的你絕對感興趣，能讓你發揮才華賺大錢的，如何？」

他這幾句讓我渾身雞皮疙瘩都起來了。嗯，雖然我不會把錢看得太重，但多少聽點補貼收入的建議也不壞！我回道：「好吧，你想約什麼時候？」

「擇期不如撞日，今天剛開工事情比較少，不如就現在吧？」

這麼快？好吧，這傢伙說不定還真的想念我呢！

「好，」我觀察一下附近，正好有家便利商店前有停車位，我便把地址報給他：「就約在這家便利商店見面吧！」

「行！我剛好在附近，二十分鐘後到！」

●　●　●

第十八分鐘，八角開車出現在我眼前，然後又花了十五分鐘才停好車走進便利商店。我跟他各買了一罐咖啡，坐在店裡的靠窗休息椅上聊了起來。

「我以為你打算先約在這兒，再去附近找個什麼咖啡店、簡餐店坐呢！」八角苦笑道。

「不用啦，我們這種跑快遞的，跟便利商店就是好朋友！不管外頭多冷多熱，想偷懶時就窩在這裡，超舒服的。」

八角說：「唉，說真的，你有這種才情，何苦要做快遞呢？喂，話說前頭，我可不是看不起這職業，但你該多動筆才能開拓未來嘛！做這一行對你一點幫助也沒有，而且阿唐你值得更高的地位、收入的。」

「算了吧，跟你們合作也才兩次，整個節目就已經名嘴化了，我一腳被踢開，再有才情還不是沒用武之地？」我故意酸他道。

八角驚訝地反問：「喔？我以為那個徐海音會第一時間找你解釋一下。怎麼，她都沒跟你說嗎？」

我聳聳肩，裝作不在意地說：「反正前陣子我有點事，也懶得回她信，你們不找我幫忙就算了，我其實也沒那麼在乎……」

八角拍拍我的肩膀：「我知道，你失戀了。」

「你怎麼知道？」我訝異地問。

「那陣子我也在找你啊，想先跟你聊聊。可是你又不肯回我的電郵、打手機又不接，我只好上網查了你們公司的電話，打過去是一位中年女士接的，我跟她說我是電視臺的人，她就很興奮地跟我聊開啦！」

該死的羅姊！不用說，這八卦消息的流傳，肯定是趁我請病假那天，莊爺拿著擴音器對著全公司的人宣布的。

我無力地一頭栽倒在長條桌上。八角繼續說：「咱們都是過來人，知道你那陣子心痛，所以我也不敢打擾你，這事兒才一路拖到今天！天涯何處無芳草呢？看開點，等你日後功成名就，那些美女還不都是嘩～啦啦地黏過來，嗯？」

嘩～啦啦？我就是被這不知打哪來的流行詞兒給害死了。

見我不發一語，八角說：「成啦，今天聽我說的，你就會振作起來。首先呢，跟你說一下《懸案追追追》為什麼改方向了。這還是要怪徐海音，當初這企劃案是她提的，本來她好好地跑她的社會線就算了，但她夢想當上主播，新聞部是沒她的份兒了，幾個資深主播卡在前頭呢，所以她才把腦筋給動到節目部去，主動跑去提案。」

「當然啦，她也動用了不少關係，同校學長姊什麼的，然後這企劃案也通過了。找個推理作家來破解懸案？這點子一開始沒人看好，結果誰知道你又做得不錯，讓那些原本想看笑話的節目部資深員工很眼紅，就開始搞鬥爭啦！搞到後來，節目就給逼得改方向了。」

搞政治迫害就別找我攪和啦，大哥！不過我還是挺關心徐海音的。「那徐姊她還好吧？」

「呵呵！」八角乾笑兩聲：「被抓去打雜坐冷板凳了，新聞部也沒她的位子，我看應該撐不了多久，等著結婚嫁人是她最好的出路。我跟你說，這娘們就是不肯安分，最近又捅了個大樓子，我敢說，六月前絕對會給掃地出門，你千萬別對她抱有太多期待。」

我心中一驚，反問：「她是得罪了哪位高層嗎？還是又碰上什麼麻煩？」

「麻煩？還不都自找的！」八角蹙著眉頭說：「徐海音這人呢，不會乖乖坐冷板凳的，老是在想找條獨家可以一夕翻身。哪，雨夜惡狼這案子你知道的吧？」

我點點頭。

「陳仲秋這人你聽過嗎？三重老議長的兒子，開建設集團那個？」

我想了會兒，這位最近似乎有上過新聞，開工破土之類的。我又點點頭。

「徐海音覺得，這位陳仲秋就是雨夜惡狼！」八角說道。

我差點沒把口中的咖啡給全噴出來。「……徐姊是有掌握到什麼證據，還是發現什麼線索嗎？」

八角冷笑。「要是真有這些東西就好了，那還說得過去，但偏偏就沒有！但那娘們還是一本正經地跑去找部經理，說要找專案小組來一起弄個獨家報導，說什麼可以去驗個血還是看他手臂有沒有傷口就能證明。乖乖，這樣搞政治世家？你要是她主管，拿她怎麼辦？還好哦，新聞部馬上有人就出來打臉了，說雨夜惡狼某次犯案的時間點，剛好陳仲秋也同時在參加一個公開活動，這女人才不敢再亂嚷嚷。」

我只能報以苦笑。轉換話題道：「對了，《懸案追追追》這節目不是收視率不錯嗎？電視臺不是最重視這個，怎麼會輕易地說換就換？」

「幾個問題，你看。」八角扳著手指說：「第一，你能保證之後的案子都能推理成功嗎？第二，這樣做爭議性很大，NCC、警察跟法務部都來關切過；第三，節目部一直反彈，就只會搞名嘴、類戲劇那套的老員工很感冒；最後，改用目前名嘴式製作的成本只要原先的三分之一，雖然收視率還差了一點多個百分點，但在攀升中。你要是老闆，會怎麼選？」

我無言以對。老實說，前兩次的推理都有些運氣成分在，光是他提出的第一點我就無從反駁起。

「嗯，山不轉路轉，我今天來找阿唐老弟你，就是想問問你，願意轉行嗎？」

「轉哪行？」我問。

「轉作編劇！這不但不會浪費你的推理才能，而且跟你的夢想也很貼近。畢竟這年頭沒人看書啦，要買小說也是買國外暢銷小說。如果你可以把自己的東西寫成劇本，先拍成影集、電影，這樣買你書的人不就變多了嗎？而且當編劇這行不但體面、收入也多，搞不好有哪個小模還願意跟你潛規則呢！」八角淫笑道。

說實在的，這提議讓我有些心動。能把寫東西當正職，還能踏足電視圈，這不就是當初我願意跟徐海音合作的最大原因嗎？

「等等，你不是做企劃寫節目腳本而已的嗎？」我問道。

「我也有寫些單元劇的劇本啊！編劇圈很小的，大家都會相互支援，這些門路我都很熟。」八角回道：「要是資深點的撈到一齣八點檔連續劇的劇本，雖然也要好幾個人輪著寫，但絕對夠你在臺北市買房了！」

（快說 Yes, I do. 啊！這不就是你最好的曲線圓夢機會嘛！）雖然心裡掙扎著，但我卻怎麼也無法輕鬆說出口。

「好啦，說不定你只是討厭我，不想跟我共事，對吧！」八角舉起雙手做投降狀：「我這人呢，就是不會搖尾巴討人歡心，但我也絕對惜才愛才。我找你進這圈子，會傳授你必要的知識，但也不是把你當徒弟、要你打下手，咱們是平等關係，只希望找人合作時你把我排在前頭就好，這樣的關係沒話說吧！」

我點點頭：「好啦，八角哥，給我幾天考慮一下。」

八角滿意地微笑，將罐頭咖啡一飲而盡：「我話說完了，這就走。你可別考慮太久啊，到時臺內這缺一放上網公告，隨便都幾百封履歷扔過來，搶破頭的呢！」

我萬分領情地鞠了個躬。

「有夢最美，希望相隨啊！」臨走前，他還拋下這麼一句。

我苦笑起來，仍坐在休息椅上，想得出神。我到底還在猶豫什麼呢？是擔心離自己的夢想越來越遠，還是純粹害怕踏出已經習慣多年的舒適圈？

算了，在回覆他之前，我還是找機會跟徐海音聊聊吧！畢竟我也不是很信任八角，誰知道他安的是什麼心呢？

我把咖啡喝完，起身正要去丟空罐時，手機又響起。我掏出一看，是我的責任編輯寶哥打來的。

我不禁嘆了口氣。新年後開工的第一天，也真是敘舊的好日子呀！

案件五　鍵盤神探再出馬！半間密室與一位忍者

週六上午十一點半，我在公館某間義大利餐廳，等著寶哥與他口中說的一位親戚會合，這就是三個多月前他在MSN上說的「幫個小忙」由來。雖然我們稍後鬧了個不歡而散，不過編輯、作者處於「特殊的錢與錢關係」狀態，算是彼此的半個衣食父母，所以不能打不可罵不想得罪誰，偶爾還得做做人情。

因此這就是我現在頂著冷風、杵在騎樓的緣故了。

不多時，就看到寶哥領著另外一位穿著西裝、年約三十開外的年輕男子走來。

「這位就是大名鼎鼎的飄零公子；這位是我的大表哥羅翊誠。」寶哥先幫彼此簡單介紹。

羅翊誠趨前，熱情地朝我握手，邊說道：「你好你好，飄零公子本人呀！久仰大名，我也是你的書迷呢！看到你的大名出現在電視節目上，我真的比中頭彩都還高興！務必請多多指教！」

「好說、好說。」我也用力回握一下。羅翊誠的個頭中等，梳著整齊的西裝頭、溫和得體的談吐。如果要我說出對他最深刻的印象，就是那副熱情笑臉跟他銳利眼神，給人一種不搭軋的感覺。此外，我也注意到他雙手齊上的特殊握手方式。

「羅先生是做哪行的呢？週末也要穿得這麼正式嗎？」相比之下，我只穿著風衣跟牛仔褲就來赴約，實在是太隨便了。

羅翊誠舉起手邊的電腦包，笑著說：「我是醫療器材業務員，晚一點還要跑一趟客戶，不穿稍微正式一點怕失禮嘛！純粹職業病，您千萬別介意。」

為了怕錯過訂位時間，我們邊客套幾句，邊進入餐廳點了菜。

「公子爺別客氣，盡量點，價錢別在意。今天能讓小弟做東，何其有幸？三生有幸啊！」羅翊誠呵呵地陪笑著。

老實說，被這樣亂捧有些不太舒服，但橫豎要出力幫忙，我也老實不客氣地點了道平常吃不起的套餐。緊接著，羅翊誠不浪費分秒，等著上菜的空檔，便把筆記型電腦架了起來。

「今天的來意，想必寶哥也跟您稍微提過了吧！」羅翊誠開門見山道：「主要呢，是想聽聽看公子爺對一樁社會案件的意見。這是發生在前年十一月份、新竹一間公寓大樓的殺人案，最奇怪的是，死者、凶嫌幾乎是同時間喪命……」

我恍然大悟：「喔，羅先生你是為了那件被媒體稱為『忍者凶殺案』來的吧？」

羅翊誠彈了下手指頭，看了寶哥一眼，笑道：「飄零公子您真的是內行，都有在關注社會事件，我就知道找對人了。沒錯，就是這案子。」

「當面叫筆名有些彆扭，還是叫我阿唐好了。不過羅先生你為什麼要特地研究這案子？認識裡頭的關係人或有其他原因？」我問道。

「嗯，其實那位被視為凶手的金人喜，我們這一夥都習慣叫他金喜啦，也是我前同事，他離職後還是有往來，算是好朋友。我覺得他不可能會是凶手，私下也打探過了，可惜都沒找到證據，沒辦法幫他翻案。這次我聽寶哥說，您推理能力高強，所以希望能聽聽您的意見，至少給個合理的說明，好安安金喜家人的心。」

羅翊誠帶著遺憾的表情說完，三人的餐點也都陸續端上。我看著眼前的高級套餐，有些為難地說道：

「羅先生，都承你破費請客了，可是我還是得把話說在前頭，我未必能幫得上忙喔！那些安樂椅神探什麼的都是騙人的，畢竟這年頭可不能光看新聞破案啊！現在電視、報紙每一家報的內容都不一樣，警察也不可能把線索都公布出來，就算我跟電視臺合作，也要到現場親自確認過，才有機會找出真相，還不是百分之百成功呢！」

羅翊誠眼中流露狡猾神情，敲打一下筆電後，將螢幕轉過來朝向我：「我明白、明白。所以我這大半年來就盡可能蒐集第一手資料，該放大、該局部、該有細節的地方都照顧到了，讓您不用親臨現場也能提高破案機率。瞧瞧，我連簡報都做好了，關鍵時刻還有動畫呈現，怎麼，這樣夠了嗎？」

好吧，我那用來搪塞「安樂椅神探」的話術肯定要改改了，老是被路人甲給輕鬆破解。別說是警方辦案卷宗，這下子連簡報檔都拿出來了，讓我推都推不掉！看看那 Powerpoint 首頁斗大的「金人喜冤情昭雪專案」字體，右下角還精心製作了一個金人喜的大頭照從枷鎖中釋放出來的小動畫。

我既驚訝且感動。為了洗刷死去的朋友冤屈，這位羅先生費盡心思蒐集資料、設計一份五十四頁的簡報還搭配三段動畫，這交情程度堪稱比山高、比海深呀！

●　●　●

也許有讀者會對這起離奇的雙屍命案還有點印象。那陣子各家媒體紛紛冠以「被害者、凶手同時喪命？」、「歹路不可行 現世報轉眼到！」、「半間密室與一位忍者！現實比小說誇張」之類的標題，可謂轟動一時。

而去年十月份這新聞又被炒了一次，主要是關家跟保險公司對簿公堂，大概就是保險公司認為案情很可疑，不願意全額理賠，在一、二審時保險公司都被判敗訴，輿論紛紛對其撻伐，但保險公司仍頂著壓力堅持上訴。

為了完整闡述這樁案件，藉著羅翊誠的簡報內容，我將案件的前因後果給重新整理一下，各位讀者應該更能了解來龍去脈。

當年的被害者是關培（男，四十五歲），他的老婆是江曼詩（女，三十七歲）。關培原先是在一家營造公司擔任工地經理，之後該公司因被轉包商拖欠工程款而倒閉。關培中年失業覓職困難，因此與另一位交情很深的同事金海誠（男，四十三歲）各出資五十萬，用虛灌銀行存款的方式，開了一家資本額八百萬的裝潢設計有限公司。關培擔任董事長，占股51%。

初期兩人合作還算愉快，也順利標得兩、三項政府工程，養了近十名員工。但關培這個人心機比較重、日常開銷也頗大，他常想方設法把公司的錢轉到自己口袋，也用過增資的方式來稀釋金海誠的持有股份。金海誠是純技術出身，人面沒有關培這麼廣，因此隱約知道自己吃虧些但也隱忍下去，直到公司會計看不過，偷偷把年度損益表寄給金海誠，他才明白這幾年來，自己根本就被合夥人給狠狠地壓榨了。

開業第五年，兩人在年終分紅時吵得不可開交，關培認為業務都是自己談來的，金海誠頂多發揮個工頭功能，兩者貢獻當然不能一概而論。不過金海誠的眼中，卻只看到幾十萬跟幾百萬的差別。盛怒之下，金海誠趁著下班時去喝了幾杯悶酒，越想越不是滋味，於是又開車回到公司停車場埋伏，趁著關培取車時衝撞他，導致關培重傷，之後下半身癱瘓，而金海誠也被依重傷害判刑五年又三個月。

而這個衝動之舉，除了導致合夥公司不得不解散外，也造成兩個家庭的破裂。關培的下半生離不開輪椅與助行器，使得他性情大變，脾氣暴躁、猜疑心更重；而金海誠的老婆原本就有重度憂鬱症，因為丈夫案子與後續的談判、賠償問題使得病情加重，在金海誠入獄後第二年，他的老婆便上吊自殺了。

而背有恐嚇、傷害前科，專跳八家將的金海誠獨子金人喜（男，二十四歲），就成了關培一家的夢魘了。由於金海誠長期向家人抱怨在公司受到不平等待遇，因此金人喜認定家裡一切的苦難，都該讓關培來負責。為了幫父母親「復仇」，所以他開始騷擾關培一家人。

金人喜認為，既然公司解散了，那麼依照股東持股比例計算，資本額有八百萬，父親的百分之四十九股權也該值三百九十二萬，這要做為清算債務的起跳基本價。儘管關培解釋過千百遍，這八百萬是灌水出來的「虛資本額」，何況公司結束時還有多筆工程款沒入帳，要他去牢裡找父親問個明白。但金人喜仍死咬著經濟部公文上的「白紙黑字」，怎麼也不肯罷休。

後來直至關培打聽到，金家父子關係很差，打從金人喜去跳八家將以來幾乎就沒再說過話，這兩年多也完全都沒去監獄探望過父親。關培這才明白，金人喜只打算趁著這個事件來撈一筆，整件事情絕對是難以善了了。

金人喜學習各種專業討債手段來騷擾關家，包括趁兩位女兒上班／上學時攔路恐嚇、在公寓外牆噴漆、凌晨打無聲電話或亂按電鈴，總是有辦法弄得關家上下提心吊膽、雞犬不寧。也許是擔心討回來的錢被瓜分，加上對手只有一個癱瘓的男主人跟三名弱女子，所以金人喜只有在前一、兩次找上狐朋狗黨助威，之後都是單槍匹馬前來。

金人喜出手時也很謹慎，在法律邊緣遊走著，絕不出手傷人或犯上「強制罪」法條，所以儘管關家申請了協調、報了警或申請保護令都沒用，警察反過來要關家自己設法解決這個「商業糾紛」。某次江曼詩趕著上班，又碰到金人喜在屋外徘徊，為了息事寧人，便主動上前給了他兩千多元，要他從此別再來生事。結果「用力鬧才會有好處」成了金人喜的唯一印象，整個事態於是朝向不可收拾的地步發展。

「鋪梗鋪很久了，現在主戲要登場，從這邊開始要仔細看喔！」羅翊誠點開下一張投影片，同時提醒道。

光是解釋這人際關係、恩怨情仇都用掉近二十張投影片了，我們的套餐也吃得差不多，但現在才正要進入主題。畢竟「謀殺」非同小可，對被害者、凶手來說都會面臨人生轉折點，而且無法回頭。要讓一般人越過這道心理障礙，一定是長時間點點滴滴累積而成的鋪墊，再加上一道衝動火苗而瞬間引爆的。

簡而言之，除非是沒來由的隨機殺人，不然現實生活裡的殺人動機，就應該是這麼落落長的。

我喝了口餐後咖啡，呼了長氣，說道：「好吧，我準備好了，咱們上主菜吧！」

●　●　●

關培一家住在新竹市北新街一棟十層公寓的七樓，公寓一樓有中醫、洗車、潮鞋等店面，算是相當熱鬧的住商混合區。入口櫃檯有管理員從早上八點開始值班十二個小時，整棟公寓在各出入口、電梯內、單數層樓梯轉角處，都設有二十四小時夜視攝影機。

這棟公寓的安全性相當高，落成十二年來從沒發生過墜樓之類的意外事件，一出事就是轟動全臺的「雙屍命案」，著實給一百五十間住戶一個震撼教育。

二〇〇六年十一月十八日星期六，早上十點二十分，金人喜又騎著摩托車來關家「串門子」。當然在多次頻繁的過招下，管理員也早已認識這號人物了。根據管理員事後描述，金人喜又自稱是關家主動找他來聊天的，當然管理員並不採信，只要求他在會客桌上坐一會兒，然後打內線上去給關家，看看是要報警還是要下來應付他。

接電話的是江曼詩，她表示正要出門辦點事，可以下樓安撫一下金人喜（小動畫貼心提醒：注意管理員的原話是「安撫」喔！）。十點三十三分，江曼詩到一樓大廳，向金人喜表示要出門領錢，十分鐘後回來，金人喜又坐回原位等待。

但就一路等到十一點半，江曼詩並沒有回來，金人喜走到大門口探看幾次，都沒見到她的人影。於是他趁警衛整理信件時，看準有位住戶正好坐電梯到一樓，在電梯門要關閉那瞬間，突然衝了進去，直接搭往七樓。

因為他已經不是第一次這麼做了，於是警衛只好又打電話給關家，這次是關培接的。他用無奈的語氣表示「上來就上來吧，就跟他好好講講。」警衛也勸他們把話說開，不然這位金先生老是鑽空子硬闖也造成他們的困擾，關培含糊地答應了。

（小動畫貼心提醒：這段期間有件奇怪的事）。在十一點五分，六樓的住戶表示有人打電話給他要下來見訪客，但到樓下、門外查看卻都沒人，他滿頭霧水地等了一陣、詢問管理員又查看手機號碼後依然無果，一頭霧水地又返回六樓。

「這個住戶的舉動很奇怪，我就先在簡報裡插播一下。警察也查過這位高姓鄰居的背景，不過看不出來他跟命案有什麼關係，而且清查他的通聯紀錄，也確實有通陌生電話打給他，但用的是盜拷的王八機，查不到來源。」

羅翊誠彷彿很怕我漏過了任一個疑點，一出現動畫就忙著提醒我，我擺擺手讓他繼續播放下去。以下的簡報還結合了電梯裡頭的錄影畫面：

十一點零九分，江曼詩提著大包小包的物品從外頭匆匆回來，看到金人喜不見了，詢問管理員後，連忙搭電梯返回樓上。當她抵達七樓、步出電梯前，為了要將那些物品分批拿出去，原本要長按開門鈕卻誤按了六樓按鈕……（「開門鈕跟六樓鈕很接近，她是跟警察說因為心急按錯了，但我認為也是個可疑的地方！」羅翊誠補充道。）

十一點十五分，江曼詩打電話報警，說丈夫疑似被人謀害，脖子纏了繩子卡在門邊，門框變形打不開，她沒辦法救他出來，他好像沒氣息了。

然後在十一點十七分，她神色慌張地衝到一樓，向管理員解釋了情況。當時管理員想先上去查看，但江曼詩擔心金人喜還在樓上，因此等到了二十二分，兩名員警抵達後，他們才回到七樓查看。

接下來簡報出現了一張樓層配置圖，這跟案件有緊密關聯。

關家這方向的大樓配置是這樣的：步出電梯後的左右方各有一住戶，關家在右方，而對邊的住戶是投資客「囤貨」用的，目前沒有住人。而出電梯口後往右邊兩公尺左右，則是普通樓梯。除了樓梯間有通風氣窗外，再沒有其他對外窗設計。由於顧慮到住戶隱私，所以除了「單數層往雙數層」的樓梯間，各樓層的公共空間並沒有安裝監視鏡頭。

這布局跟命案有直接關聯的，則是那個「過度設計」的樓梯。各樓層都採用鍛造扶手，看起來美輪美奐，但下方並沒有再加裝細欄杆。此外，階面設計偏窄，導致樓梯間的間隙變大，是家長會擔心兒童失足摔落的那種規模。站在十樓欄杆處往下望，能透過間隙直直看到地下二樓停車場的地面。

「當初有跟建設公司反映了，他們說這是建築師巧思、加上跟公設比有關，所以才設計成這樣。前幾年管委會還有設防護網，後來這邊都主要是投資客在買的，平常也沒住幾戶，因此防護網年限過了後，我們也沒再裝上去了。」管理員解釋道。

●●●

下一張簡報直接跳到警方的蒐證畫面。看到那麼慘烈的景象後，寶哥連忙把頭撇開、揚手遮擋視線。羅翊誠看到我若無其事似的，邊吃著焦糖布丁還能邊津津有味似地看著畫面，不禁朝我豎起大拇指：「就知道您是專業的！」

「看多啦，沒什麼。」我故做老練地打著哈哈。

第一張畫面是關培被勒斃的景象。關家的公寓是本地常見的雙層門設計，也就是裡邊有一道喇叭鎖木門，外層有一道紅色柵欄式鐵門，用的是較複雜的三稜鎖頭。

畫面中，木門是敞開的，關培倒臥在玄關內側，脖子上緊緊纏繞了一條橘紋登山繩，打了個八字結。因為其越拉越緊的特性，繩子都深深勒入肉中，脖頸處顯得異常地纖細，眼睛、舌頭都外露，整張臉也成為醬紫色。

他的身體擠壓得下半部的鐵門柵欄都往外爆開變形，可見拉扯的力道有多驚人。根據法醫事後鑑定，關培的頸骨都折斷了，他在被勒到窒息前就已經死亡了。

（這裡，這裡！很奇怪喔！）羅翊誠按個鍵，兩個紅色箭頭在照片上跳動。「我看見了！」我不耐煩地回道。

關培身下溼了一大片，水流到屋外，形成約一公尺多的不規則水漬。從關培身前有個被摔破的藍色花瓶，以及散落四周的洋桔梗來看，難道是他遇襲時手裡正好拿著花瓶？

「鑑識小組連這水也驗過了，是稀鹽水。江曼詩有說，他們習慣在花瓶裡加點鹽，這樣花朵在凋謝前能撐得更久些。」羅翊誠補充道。「平常這花是放在玄關處，警察認為，可能是關培脖子被勒住時，大為慌亂想反擊，手邊亂抓到花瓶就往對方砸，但砸到了鐵門框後破了。」

「這條登山繩是誰的？」我問。「這案件裡，誰有登山經驗嗎？」

「沒有，警察也調查過，有些水電工程會用到登山繩做確保，比方外牆要做防水處理之類的。但這應該不是金人喜帶來的，你從影片上也看到，他是空著手來的。」

下一張投影片是示意動畫。因為鐵門框變形，警察怎麼也開不了門，於是又呼叫消防隊支援。十多分鐘後，救援人員破壞了門框，警察入內搜索，但卻沒看到金人喜，江曼詩試著打他的手機也沒有回應。

十二點十八分，確認關培死亡後，警方準備封鎖現場，等鑑識小組與檢察官前來。但此時管理員神色慌張地衝上七樓，向警方表示，在地下室二樓停車場樓梯間，又發現一具屍體！

警方隨即趕下樓查看。在地下室的樓梯間，果然發現了金人喜的屍身，現場摔得血漿、腦漿四溢，慘不忍睹。值得注意的是，他身邊散落了一橘一綠兩條登山繩：

纏繞綁死在他右手腕的橘色登山繩斷口裂處，跟關培脖子上那條繩子是相吻合的；而金人喜的皮帶上有支斷開的葫蘆鉤，上頭有綠色染劑的摩擦痕跡，則符合那條綠色登山繩的特徵。

由於這樓梯間恰巧位於地下室監視器的死角處，一般住戶也多是搭電梯下來取車，少有人走樓梯。如果不是江曼詩打手機過來、恰好地下室二樓有住戶循聲來查看，或許他的屍體還不會這麼快被發現。

位於三、四樓層的樓梯間監視器，有拍到金人喜墜樓以及橘、綠兩條登山繩先後掉落的瞬間影像，所以確認金人喜是在十一點十三分墜樓的。但這裡會出現一個奇怪問題，十一點十一分時，江曼詩已經回到七樓了，難道沒看見金人喜嗎？

關於這方面的解釋是，江曼詩的注意力，第一時間被關培的慘狀給吸引過去，所以沒注意到懸掛在樓梯間的金人喜，正靠著綠色登山繩試圖垂降到六樓去。而當他失手墜樓時，落地點又是在地下二樓，所以沒人聽到劇烈撞擊聲。

綜合各家媒體的報導來看，普遍認為，關培是隔著鐵門跟金人喜對話的，之後兩人一言不合，金人喜恰好發現放在一旁的水電工具有橘、綠兩條登山繩與葫蘆鉤，於是用橘色登山繩偷偷做了個繩套圈，隔著鐵門柵欄突然套住關培的脖子，然後往後猛拉，但關培不住掙扎抵抗，兩方僵持不下。

此時金人喜已經退到樓梯旁，為了速戰速決，乾脆用綠色登山繩繞過樓梯欄杆，把葫蘆鉤掛上腰間幫自己做了確保，然後往樓梯間一躍而下，用自身七十六公斤的體重加重力，使得九十二公斤的關培脖子給硬生生扯斷，這個推論有樓梯欄杆的摩擦痕跡可為證。但這兩條登山繩本身因使用日久已脆化，在強烈摩擦與猛力拉扯下遂告先後斷裂，使得金人喜墜下地下室二樓而活生生摔死。

乍看之下這殺人手法簡直是匪夷所思，兩條繩子同時斷開也巧合到極點，但根據現場的情況來看，這勉強能列入合理解釋之一了，也因此這案子被網友謔稱為「半間密室與一位忍者」。但金人喜並沒有什麼武術、登山還是特種部隊的背景，這種解釋顯得太過牽強。

下一張簡報，特寫了金人喜的手掌部位，左右手的掌心與指節處有一道明顯燙傷的痕跡。像是觸碰了什麼高溫條狀物體，傷口中央有些焦黑、邊緣則呈現紅腫。警方認為這是他徒手抓著繩子墜下時，因為摩擦而產生的傷口。

「金人喜殺害關培沒意義呀？假如他跟父親的感情不好，是為了想拿錢而來的，更沒必要謀殺關培來復仇吧？欠債人死了豈不是更拿不到錢？」我納悶道。

「所以一般認為是一時衝動殺人的。也許兩人談了幾分鐘後，一言不合，金人喜衝動之餘就痛下毒手？不過我們都覺得不太符合他的個性啦！」羅翊誠在一旁敲邊鼓道。

「嗯，登山繩上的這葫蘆鉤怎麼這麼容易就斷了？一般登山型的不都能承重好幾百公斤？」我問道。

「後來查證過，這葫蘆鉤不是登山用的，而是普通工業用型，承受力還不到一百公斤，其實鉤身上也有印警告標語。應該是水電人員施工時掛工具包用的。不過金人喜可能沒注意到這件事，用它來垂降的結果，就是鉤子承受不住斷開、使得他摔下樓吧！」

我看著那葫蘆鉤上散發的閃亮光澤：「這鉤子看起來很新，感覺是不久前才換上去的。」

「那，還有沒有看出什麼奇怪的地方？應該有吧？」羅翊誠像是滿心期待零食的小狗，熱切的目光直盯著我。

「嗯，你覺得金人喜手上的傷很可疑吧？」我試探地問。

羅翊誠忙不迭地猛點頭。

我想了會兒道：「我也覺得他手上的傷口很奇怪。你看，金人喜墜樓時手上還抓著繩子呢！如果說，他是因為繩子突然斷裂而摔下的，根本來不及產生摩擦，那手上怎麼會留下這麼嚴重的燙傷痕跡呢？」

羅翊誠的眼中迸發出希望的光彩。

解答五　你忽視了現場有架起重機！

簡報的最後，還貼心設計了「懶人包」，不厭其煩地整理出本案所有疑點：

1. 關培遇害時，手上拿著花瓶是巧合嗎？
2. 江曼詩明知金人喜不懷好意，為何又要「安撫」他？
3. 有人故意設計讓六樓住戶跑到一樓，然後江曼詩也曾誤按六樓按鈕，這跟整起死亡事件有關嗎？
4. 有必要動用到兩條登山繩嗎？
5. 金人喜手上的燙傷痕跡是怎麼來的？
6. 金人喜為什麼要用這麼冒險的方式殺害關培？不但容易被抓，且就算殺害他也完全沒得到任何好處？

簡報結束。

「大偵探，要你大力協助啦！拜託拜託。」羅翊誠誇張地低頭朝我深深一拜，額頭都抵上了桌面。

「喔，我盡量、我盡量。」嘴上這樣說著，但其實我心裡一點頭緒也沒有。雖然這案子跟之前徐海音的面試一樣，出場角色沒幾個，但要找出真相卻很曲折。

（疑點就是突破點！）我凝聚思維，在紙上根據發生順序，畫出各疑點的產生時間。

為什麼江曼詩對金人喜的態度轉變？但如果是釋放好意的話，又何必放他鴿子，使得他直衝七樓，讓半身不遂的關培獨自面對他？隔著一道道的鐵柵欄，想用繩圈套上裡頭住戶的脖子有那麼容易嗎……斷裂的葫蘆鉤，一定有它的意義……

想著想著，我赫然發現突破點應該就是「六樓的異常舉動」。在整起案情中，電梯被停到六樓去，也就是案發地七樓下方。如果不是巧合的話，代表著什麼特殊意義呢？

這個意義絕對不會體現在電梯內，因為電梯內有監視器，有任何異常的話早就被舉報了。那這個特殊意義就必須出現在「電梯外」囉？

想到這兒，我心中一動，朝羅翊誠問：「你有沒有電梯裡頭的錄影畫面，大概在十一點零九分前後，也就是江曼詩要上七樓那時。」

羅翊誠猛點頭：「有的、有的。我那時可是費了好大一番功夫，把一整天的監視器畫面都轉檔存到電腦裡的。稍等一下！」

他挪過電腦，快速地在硬碟裡翻找起來。而我心中的疑惑又更加深了。假如今天我有個至交好友蒙受不白之冤，我會像羅翊誠一樣做到這種地步嗎？但我也應該會想方設法到處發聲，讓更多人看到這些疑點，一起聲援我才對吧？

我疑惑的目光投向寶哥，但他卻一副事不關己的模樣，百無聊賴地喝著柳橙汁，邊拿著觸控筆在手機上點來點去。

「找到了、找到了。就是這段！」羅翊誠開心地將電腦畫面轉向我。

十一點零九分，江曼詩按下一樓大廳的電梯鈕，電梯從六樓往下降，但經過四樓的時候，電梯內的監視畫面猛然震動了一下，接著燈光一暗，不到五秒後又重新亮起，才又降至一樓。

「這電梯在四樓時有暫停了一下，重新啟動後才又往下。」我暫停畫面，對羅翊誠說道。

感覺他好像早知道這件事了，卻故做驚訝道：「真的耶！但這跟案情有什麼關係嗎？」

我正色道：「有關係。因為這是解開案件的重要線索！」

「阿唐，難道你……」寶哥插話道。

「是的，所有謎底都解開了。名探飄零公子，又解決一樁懸案了！」

我自信滿滿地說道。

● ● ●

羅翊誠像是個得到新玩具的小孩，樂不可支地雙眼放光、嗚嗚怪叫，右手顫抖地攤開筆記本準備記錄，邊讚嘆道：「公子爺您真是比我想像中還要厲害、還要聰明啊！現代包青天、福爾摩斯呀！您快說說，解決咱們的困擾吧！」

我清清喉嚨道：「我覺得大家都忽略了全案中有一個很重要的道具，它發揮了起重機的功能，只是媒體都拿著什麼密室、忍者之類的術語亂宣傳，搞得大家見樹不見林，真相被遮蔽了。」

「哦？起重機？」羅翊誠問道。

「是的，就是那臺電梯！」我斬釘截鐵地說道。「為什麼案發前、案發後，這臺電梯都得停在六樓？而當江曼詩降下電梯時，中間曾出現短暫的當機、重啟現象？」

我故意賣關子似地看向兩人。寶哥仍是一臉不解。而羅翊誠則是面色凝重，筆記本上一字未落。

「我想這不是巧合。這是因為，電梯被人做了手腳，勒死關培的並不是金人喜的重力，而是靠電梯的拉力！」

如我所料，此話一出，寶哥「咦」地驚訝出聲，而羅翊誠像是已在意料中，並沒有任何反應。

我笑著朝他問道：「羅先生，這樣的推論，你之前應該也聽過吧？」

這個顯而易見的狀況，不可能沒有人發覺。果然，他沉吟了一會兒，接著取過電腦，點開了另一個資料夾的圖片。那張圖片顯示了電梯頂端纜繩處，有一圈明顯的刮傷痕跡，但明顯被人處理過，沒有留下可供辨識的顏色。他說道：

「您說對了。一開始我不想太早跟您說這事，怕影響您的思路。但其實警方曾做過同樣的推論，也在電梯上找到了證據。確實有人利用了這部電梯的鋼纜，但究竟用的是什麼手法，仍然莫衷一是。江曼詩也矢口否認知情。」

「我明白了。」我笑著說道：「我說說看這案子的大致流程，你參考看看。」

金人喜知道關家根本處於破產邊緣，毫無油水可撈，關培的身體狀態也不可能東山再起。於是他把歪腦筋動到此人的壽險。假如關培死亡的話，那麼不就可以用債權人的身分來瓜分保險金了嗎？

於是他多次拜訪關家，其實是在探勘環境，他徹底利用了門邊的登山繩、電梯道具，打聽到六樓住戶的假日作息與手機號碼，同時記下了各監視器的位置，擬定好謀殺計畫，讓關培死亡的同時，自己能出現在監視器前製造不在場假象。

當天早上，他或許找了同夥在外頭拖住江曼詩，然後自己上了七樓，先將關培勒昏後，接著打電話給六樓住戶，用意是讓電梯最後能回到六樓，這樣他就可以從七樓處打開電梯外門，然後把橘色登山繩纏在鋼纜處，另一頭再隔著鐵柵門勒住關培的脖子。

之所以必須讓關培卡在門邊，形成「半個密室」的模樣，純粹是為了配合電梯這道具，以及得利用堅固的鐵門來撐住關培身體，才能順利將他勒斃。

當金人喜布置完畢後，就打電話給同夥讓江曼詩回家。當她在一樓按下電梯按鈕的同時，就等於親手執行丈夫的死刑了，電梯被迫暫停運轉那瞬間，就是繩子斷裂的時候，但關培已經先被勒斷頸骨了。

而金人喜為了要避開監視器，所以就用另一條綠色登山繩繞過樓梯欄杆、綁在身上的葫蘆鉤，以方便稍後回收繩子，然後慢慢垂降到六樓去。

他盤算等江曼詩回到七樓，關培也已經斷氣了。而他就可以從低樓層坐電梯上去，裝作不相干的模樣，然後再找機會回收電梯鋼纜上的機關。可惜人算不如天算，他在垂降的過程中，因為綠色登山繩斷裂而墜樓死亡了。

「不對，這推論有漏洞。要是這樣的話，金人喜身上就不應該纏著另一條橘色登山繩了。」羅翊誠搖頭道。

我老神在在地說：「從時間線來看，金人喜是不可能自己去拆除機關的。也許是他的同夥得知他意外身死後，為了避免牽連到自己身上，所以去把電梯內的橘色登山繩拆下，纏在他的屍身上。這個推論起碼要比兩條登山繩同時斷裂要合理多了吧！」

「之前有說過啦，這公寓保全做得不錯，不可能還有哪個共犯可以輕易混進去。」

我回道：「但如果是趁著管理員忙著處理雙屍命案的混亂狀態混進去，這也說不準吧！我舉個例子你想想，既然這個推論裡，有說到用到一條登山繩纏上電梯鋼纜、所以鋼纜有留下摩擦痕跡，那麼請問哪條登山繩上有摩擦鋼纜的痕跡？至少也該有點油漬之類的微物證據留下吧？」

羅翊誠一愣，回道：「沒有。兩條繩子都沒有這類痕跡。」

我雙手一攤，說：「你看，有共犯這設定就很合理了吧！他把電梯鋼纜內纏繞的地方處理過了，然後連登山繩頭也許都切去一段，好讓警方不會太快推測出正確手法。」

「好吧，那……你覺得金人喜手上的燙傷痕跡、打破的花瓶、誤按的六樓按鈕……這些都不是疑點囉？」羅翊誠苦笑問道。

「是，是巧合，全然的巧合！」我再一次信誓旦旦地回道。

聽完我的解說後，寶哥仍是一臉狐疑地在腦海中模擬劇情，倒是羅翊誠嘆了口氣說：「的確，你的說法，跟那些警察說的八九不離十，雖然裡頭還是有不少疑點，我一直期待你可以再勘透另一種版本的真相。」

我裝出無能為力的表情：「就手邊這些資料來看，我真的只能推論出這麼多東西了。不好意思，還讓你破費，到頭來還是沒幫上什麼忙。」

他欲言又止，但仍難掩心有不甘的表情。他禮貌地客套幾句後，翻腕看了看錶，說道：

「啊，我差不多該去客戶那裡了，得先告辭。兩位再坐坐聊聊吧！」他仍熱情地朝我用力握了手：「飄零公子真是名不虛傳，感謝再感謝！」

「哪裡、哪裡。」我說道。雖然我很清楚，他的心裡並不是這樣想的。畢竟我給他的答案並非是他期待的。

羅翊誠客套幾句後，便匆匆走出門外。

我跟寶哥各自喝著飲料，半晌沒說話。後來他大概受不了這樣的氣氛了，朝我說道：「喂，金人喜的謀殺計畫太兒戲了，這解答也太差勁啦，憑空冒出一個共犯更是離譜，你該說實話了吧？你小子別忘了，我好歹也編過幾十本推理小說了。」

我苦笑地望著他：「是嗎？不過你得先交代這位羅先生究竟是幹哪一行的才對吧？我猜呢，他應該就是關培投保的那家保險公司的調查員？」

寶哥雙手一舉做投降狀：「哼，我就知道憑他的演技，肯定瞞不過你的！」

解答五 （逆轉）謀殺的順序才是關鍵

一開始從羅翊誠的穿著、談吐與銳利眼神來看，我就覺得這人或許是從事業務、警探、徵信社方面的工作。而他為金人喜精心準備了一份「洗刷冤情」文件，還製作讓人更易理解的動畫、表格的簡報檔，但我在網路或圖書館找相關資料時卻從未見過，由此可見這是一份「需要證明金人喜非凶手、但不可對外公開」的業務文件。

如果真的是想幫朋友洗刷冤屈，不該這麼低調吧！肯定是哪裡能曝光都放上去，有錢的話還順便打打廣告，這樣才能吸引網友、媒體或檢察官的注意呀！

而最近又讓這案子浮上檯面的，是因為關家在跟保險公司打官司。那麼羅翊誠急著找我研究案情，有很高的機率是跟這起訴訟有關。簡而言之，站在保險公司的立場來看，若有機會證明金人喜非凶手、那這就明顯是件加工自殺的案件，不必支付龐大的理賠金了。

保險公司的官司已經連輸兩場，必須在三審提出有利事證才能翻盤。此時剛好看到有位「飄零公子」在電視上大出鋒頭，想說死馬當活馬醫，於是就透過出版社找上了我。這也是我認定羅翊誠應該就是保險公司調查員、或是經手保險理賠負責人的主因。

現在的問題是，我該站在保險公司那邊，讓關家的寡母弱女領不到理賠金嗎？我想她們也是很需要這筆錢，不然不會堅持要跟保險公司打官司，關培也不必捨命演出這齣戲碼了。

但如果選邊站了之後，我要怎麼解釋電梯裡可能留下的跡證呢？警方跟保險調查員絕不可能沒發現這些疑點的，那兩條登山繩的關係尤其難以解釋。於是，我向羅翊誠編了一個留有多項疑點的「故事」。那些疑點當然不可能只是巧合，而是能夠解答整齣案件的重要線索。

「所以你認為，關培真的是加工自殺？」寶哥驚問。

「應該是，不然不能完整地解釋整件案子的疑點。」

「那快說來聽聽啊！」

「我可不要！萬一你回頭就跟你的大表哥說去，那關家母女可就領不到錢了。而且還有人會吃上牢飯。」我搖頭道。

寶哥趕忙自清道：「唉，我跟那羅翊誠根本沒關係，只看在他是我爸的同事的朋友份上，拉了幾層關係說要見你。我安排你們見面，這人情就算兩清了，你跟我說的話，我一字都不會外洩的！」

邊說著，他還舉手賭咒發誓，連「從此版稅調高到12％」這條件都開出來了，經過再三保證後，我把自己的推理娓娓道來：

每個案件的疑點就是一個突破口。一開始讓我起疑的，在於江曼詩回到七樓後，為何又「誤按」六樓按鈕？如果不是誤按，那麼表示她就是想讓電梯停在六樓，因為七樓處要再打開一次電梯外門，把綁在鋼纜上的登山繩給回收囉？

若此假設為真，那表示江曼詩知道七樓已經發生了什麼事，包括金人喜會衝上樓，其實這都在她的預期之中。她會跟金人喜共謀殺害親夫嗎？沒有任何跡象支持這論點。那我們就先假定江曼詩是跟關培聯手進行加工自殺的。

但這個設定又會出現一個奇怪的地方：電梯拉動的登山繩究竟是哪一條？

扯住關培脖子的登山繩斷裂處，是跟墜樓的金人喜手上那條橘色繩子相吻合的。所以只能認定，電梯拉動的登山繩應該是綠色的，也就是對應到金人喜腰間那個葫蘆鉤。因為受到電梯大力拉扯，所以葫蘆鉤斷裂，電梯拉著綠色斷繩下到一樓去了。

但順著思路這樣思考下去，你又會發現一個有趣的問題……

「等等，不對啊！」寶哥叫道。「金人喜沒道理把自己腰部的綠繩綁在往下的電梯呀！這樣他整個人應該會被扯到電梯口去，這跟關培的死有什麼關係？」

「所以說，整個案情最關鍵的地方就在這裡了。」我眨巴著眼睛說道：「你要學著跳脫框架去思考啊！只有確認了這件事，那些奇怪的疑點才會獲得釐清。否則不管你怎麼推理，都只會陷入死胡同而已。」

「吼，阿唐公子、公子爺，你不要再吊胃口了，小心我扁你！」寶哥拿起手邊的玻璃杯恐嚇。

「好啦，好啦。」這次換我投降了。「這件事很重要，你得先看穿它後面才有得談，那就是……金人喜其實是被江曼詩殺害的！金人喜失去意識之後，關培才進行加工自殺，也就是當江曼詩在一樓按下電梯時，他才被勒斷脖子死亡的！」

「什麼！」寶哥瞪大眼睛失聲道。

●●●

我的推論是這樣的：

關培身為一家之主，因為事業失敗使得家中山窮水盡，而半身不遂的他又不想成為家人負累，因此擬定了一個加工自殺計畫來騙取保險金。但糾纏不休的金人喜成了一個危險變數，萬一到時捨命弄來的保險金被他強取豪奪怎麼辦？於是他決定下地獄的同時也將這仇人之子一起拉下去，為家人除去一個後患。

關培憑著水電工的專長，在自家鐵柵門上通了高壓電，然後在屋外門口地面潑上鹽水提高人體導電性。當金人喜氣沖沖地衝到七樓後，關培隔著鐵柵門激他，誘使他碰觸欄杆部位，而他一碰上欄杆便遭電擊昏迷，這也是金人喜手上留有燙傷痕跡的緣故。接著關培一邊撤掉高壓電機闕、一邊打手機給六樓住戶騙他下樓會客。

只能靠助行器行走的闕培肯定是搬不動金人喜的。因此他挪到門外，將橘色登山繩纏在金人喜的手腕上，另一頭結成繩圈隔著鐵柵門放進屋內；當電梯回到六樓後，闕培打開七樓的電梯外門，將葫蘆鉤掛上金人喜腰間皮帶，再綁上綠色登山繩，將其繞過樓梯扶手欄杆，最後將繩頭纏在電梯鋼纜上。接著自己回到屋內、關上鐵柵門，躺在門邊並將脖子套過繩圈。並用其他手機通知江曼詩回到七樓。

當電梯從六樓降下時，纏繞在鋼纜上的綠色登山繩也被往下扯動，向下的力道經由樓梯扶手轉向成朝樓梯間的施力，把金人喜的身軀從門邊拖移到樓梯間隙邊上並懸盪在半空。這也是樓梯欄杆上留下摩擦痕跡的原因。

直到鋼纜上的登山繩長度放盡、力道瞬間加強的那一刻，導致電梯受力過度而停止、重新啟動，葫蘆鉤也吃不住這股巨大力道而斷裂，綠色登山繩斷開，於是昏迷中的金人喜往樓梯間落下，緊接著橘色登山繩的力道束緊了闕培的脖子，因頸椎折斷而喪命。

抵達七樓的江曼詩裝作不經意地按到六樓的電梯按鈕，這樣她稍後才能從七樓回收鋼纜上的綠色登山繩，並把一段繩頭切去、處理電梯纜繩的摩擦痕跡。而她做的第二件事，就是確保懸盪在半空的金人喜身體，會筆直地朝樓梯間隙處墜落，然後用挫刀將他與丈夫間的橘色登山繩一縷縷弄斷，直到繩身受力過大而自然斷裂為止，緊接著趁金人喜落下時一併把綠色登山繩扔下去。最後便跑去找管理員求救了。

「我認為這個推論應該是正確的。」我朝寶哥說道：「因為登山繩的長度與張力、電梯位移的距離、葫蘆鉤吃重多少會斷裂，這些肯定要經過幾次反覆的試驗才能抓到可行數據，這也只有住在那棟公寓的關家有辦法測試，金人喜並沒有這樣的機會。」

寶哥沉思片刻：「好吧，這個版本的解答，的確比你剛剛那個故事要有說服力多了。」

「整個案子已經不起訴處分了，兇手跟被害者也都過世，雖然扮演的角色跟大家想的剛好顛倒，但我覺得就此落幕也好，不然這兩家的恩怨糾纏下去不知要到什麼時候了。」

寶哥表情複雜地看了我一眼，搖搖頭，沒再說什麼。

以上就是我對「半個密室與一位忍者」的推論過程，寶哥也遵照承諾沒有再向外界披露。之後保險公司方面礙於輿論壓力，加上自認三審勝算不大，於是跟關家母女和解，讓她們順利獲得理賠。

整個案件裡最不高興、同時損失也最大的，應該就是金海誠了吧！但這一切的風波，不都是因為他一時酒後衝動而惹出來的嗎？

我的推論應該很完美，但我不知道這樣的後續處理是不是最正確。我唯一可以確定的是，這起案件絕對不適合放在跟「正義」相關的教科書裡頭的。

第七章

永遠不變的真理：免費的午餐最貴！

速必得這一年的春酒，安排在貓空的某家土雞城餐廳。雖然比起同業，我們的待遇算是比上不足、比下有餘，但老闆對於「吃吃喝喝」這類的例行慶祝倒是頗大方，讓大家任意選擇餐廳，也跟客戶們提前宣告要暫停收件半天。

「阿唐，你上次沒來尾牙，這次春酒一定要到喔！」一週前羅姊就開始叮嚀著我。

一月份的尾牙，因為仍處於失戀復健期，絲毫沒有慶祝的心情，於是就自願留守，不過這回可不能不給董事長面子。「老闆請吃土雞，我怎麼捨得不到呢！」我打個哈哈。

下午一點，快遞員們陸續抵達餐廳，一年裡難得見到幾次面的董事長，也在羅姊的陪同下出席了。十來個人剛好湊上一桌，大夥兒點了一堆菜把桌面占得滿滿，邊吃喝邊笑鬧也挺快活的。

「噹噹！」董事長用湯匙敲敲啤酒杯，示意大家安靜下來。他站起身，從西裝口袋掏出一個紅包：「今天大家聚在一起，很難得，本人呢，也藉這次機會，要來表揚一位勤奮的同仁！」

「喂，董事長一出手、郭董也靠邊走！大家拍子快給它催下去啊！」擔任炒熱氣氛暗樁的莊爺適時起鬨道。大夥兒立即報以最熱烈的掌聲！

「這位同仁呢，前兩個月的送件數達到三百八十八件，破天荒啊！要知道前一個紀錄保持人威哥，他總共也才送了三百五十五件。我說啊，公司業績是很重要沒錯，但阿唐啊，你的身體也要顧、下次尾牙也不要錯過，好嗎？」

同事們朝我鼓掌、怪叫起來，不過董事長又擺手示意大家稍安勿躁。「除了表揚阿唐的優異效率外，我也聽說呢，他前陣子才經歷過人生的低潮期：失戀了！但正是憑著這股『化悲憤為力量』的動力，他創造了傳奇！各位，這就是速必得的精神！速必得的好男兒！各位給他熱情的掌聲鼓勵吧！」

沒料到，竟連老董也來損我！在同事們的笑鬧聲中，我哭笑不得地從董事長手中接過這八八八八元的大紅包。

接下來這場春酒也吃得差不多了，董事長跟羅姊先行離去，而幾位要好的快遞員們又拱著我請客續攤。於是我們就近找了家風景好的露天茶樓，擺起了一桌茶具，聊天說地起來。

由於沒有主管在場，所以大家的話題更是葷腥不忌，氣氛反倒比用餐時還更熱烈。大夥兒從去年剛啟用的貓纜、工作上的趣聞，一路聊到最近上映的電影。不過趁著切換話題間的空檔，莊爺突然話鋒一轉道：「你們有沒有覺得阿慢最近春風滿面啊？」

「哪有！別亂講！」阿慢抗議道。

「有，有，我就覺得他最近安分點，沒去騷擾公司隔壁便利商店的工讀生了，看著羅姊時也不會一副色瞇瞇的表情。」我加油添醋道。

其他人跟著起鬨：「今年阿慢走爛桃花運喔！」、「肯定馬路上亂撿紅包，夜夜都不寂寞了」、「越南情緣看看就好啦，不要當真」……

被眾人糗得沒辦法，阿慢只好大聲道：「啊，沒辦法，既然你們這麼想知道，那我只能老實說啦！」

莊爺看他臉上難掩得意神色，笑罵道：「你們看這傢伙，擺什麼臭架子，明明就恨不得上電視大聲講，現在反倒要我們求他才肯說了。」

阿慢故做神祕道：「你們幾個啊，我今天要跟你們說把妹妹的最佳手段。不騙你們，今天聽到的都賺到！」接著轉向莊爺說：「像你這種條件最差、長相猥瑣、手頭沒錢的已婚歐吉桑也適用，聽完你都要感謝死我了。」

「喂，我專情得很，可不搞婚外情的啊！」莊爺雙手亂搖自清著。

「先學起來擱著嘛，哪天找第二春也好用！只怕你到時想用沒得用！」

莊爺拾起桌面上的花生殼扔向阿慢。「呸、呸，去你的烏鴉嘴！」

「好啦，好啦，別鬧了，我真的要說啦，你們統統給我專心聽好！」

聽到這句，大夥兒的好奇心全都被勾起來了，個個暫停手上動作，聚精會神地怕漏聽一個字。

阿慢來回注視眾人，等賣足關子後，深吸一口氣，緩緩道：

「祕訣只有兩個字……夜！遊！」

●●●

「等一下你們兩個抓住他的左右手、我跟阿唐抓他的左右腿，我們來把他拖到那棵樹旁邊……」

莊爺指揮其他人要一起修理阿慢的時候，他搶先喊冤：「喂，我說的是真的呀！你們想幹麼？」

「還夜遊咧！都幾歲的人還玩這個，我們以前學生時倒是常玩阿魯巴，用來招待你剛剛好。」莊爺佯怒道。

正當我們聯手要放倒阿慢的時候，他掙脫開來，正色說：「真的啦，夜遊真的是把妹利器啦！我都跟三、四個大學美眉換了MSN聊得超開心，還出去看過電影了，真的都是夜遊認識的啦！」

聽到他這信誓旦旦的說法，莊爺暫停眾人行動，說道：「真的有用？你老實道來就饒你一次！」

「好啦，真的不呼攏你們，我這有學理根據的喔。之前有專家不是在電視上說，如果一男一女走在吊橋上，會比走在馬路上還是餐廳裡面更容易戀愛嗎？」阿慢賣弄半生不熟的學術理論。

「？」

「是吊橋效應啦！簡單說就是在有危險的場景裡面，男女更容易一見鍾情。」我幫忙補充，其他人算是聽懂了。

「對，對！就是這個意思，人家念國立大學果然不一樣。」阿慢興奮地說道：「所以啊，聯誼就是要來點刺激的，在這種環境搭訕留電話，女生真的個個都會再聯絡，不騙你們！」

原來有次阿慢送校園的快遞件，剛好看到海報牆上有社團要「夜遊廢棄醫院」，他閒著沒事就上了指定的BBS版去報名了，結果真的弄到一個化工系妹妹的MSN，下班後還聊得挺開心的。

為了要擴展「異性聯絡人」名單，嘗到甜頭的阿慢也開始熱衷這個新休閒活動，沒事就盯著BBS瞧，目前為止包括汐止爛尾樓、東區老廢墟、箱屍命案國宅、全國五大陰廟之首……等熱門地點全去過。

「我的戰績平均是五中二，出動五次就至少能換到兩個妹妹的電話或MSN，又不用花半毛錢，比約去唱KTV划算多啦！」阿慢面帶得色地說。

「連凶宅你都敢去，哪天小心被鬼附身！」一旁有人嘀咕著。

阿慢翻了個白眼：「唉呀，那都騙人的啦，哪有什麼神神鬼鬼的。美眉越怕抱你越緊，有什麼不好？」

大家笑罵一陣後，阿慢又放低音量，說：「你們知不知道，現在最熱門的廢墟是哪裡？」

「知道這個幹麼？」莊爺哂道：「我沒事去閒逛，給自己找個鬼美眉啊？假如裡面埋個國家寶藏我就去！」

「嘿嘿，我不說你就不知道了吧！」阿慢用食指朝他比畫：「這個熱門廢墟，傳說有聚寶盆喔！」

「聚寶盆？就是放一百塊，隔天醒來變一萬塊那種聚寶盆？」我驚訝地問。

「對！」

我笑道：「去你的吧！什麼聚寶盆的，你怎麼不說有外星人我們還比較相信？假如我是詐騙集團，一定可以把你老本都騙光光！」

阿慢倒是慢條斯理地掏出皮夾，拿出一張剪報給我們瞧。那是本月初的社會新聞，在臺北市太原路某條巷弄內，有間老透天厝失火，因為火勢太過猛烈，加上窄巷亂停車使得消防車無法進入、延誤救援，結果導致趙姓屋主跟看門狗都被活活燒死了。

「你該不會要跟我們說，熱門廢墟是這間吧？」莊爺不可思議地問。

阿慢道：「就是這間！而且已經有好幾團過去了。個個都打著鬼屋探險的名號去，其實心裡想找的，就是聚寶盆！」

大夥兒又是一陣喧鬧。人人有手機的今天，再扯這種鄉野奇談也未免太過時了！

「我說真的啦！火災發生後，那時警察也有去盤問附近鄰居，他們都異口同聲地說，姓趙的這戶，近幾個月來突然變得有錢了，家電幾乎都換新了，還牽了輛摩托車。大家就問他是中樂透還是撿到錢啦？他笑笑地說，前幾天在基隆河畔撿到一個盆子，意外發現會生錢，所以就發啦！」

阿慢指著剪報上的照片要我們仔細瞧。雖然被大火燒得焦黑一片，但還是能分辨出真的有臺五十吋以上的大電視跟新的摩托車。這些新物事跟那間屋齡至少四十年以上的老房子很不相稱。

「要是有這種寶物怎麼可能說出來啦，一定是開玩笑的。說不定他是偷來搶來撿來、走私販毒賣槍、養小鬼什麼的，再不然是詐騙你這種老實頭賺來的，又不敢明說，只好亂扯一通。」莊爺質疑道。

有大筆來路不明的錢入帳，一定要交代好來源對象，這就是「洗錢」的重要性呀！我不禁想起當初《懸案追追追》合作前的面試題。天啊，也才過個大半年，但我卻對那次的面試無比懷念了。

阿慢笑著說：「嘿，你想到的人家會想不到？警察也有去調查喔，他家人沒給他錢、他沒有簽賭買樂透、從沒撿到錢，銀行戶頭都沒有轉帳紀錄。你說，這錢不是天上掉下來的，還能從哪裡變出來？」

「那警察去他家搜索，有找到什麼東西嗎？」我問。

「沒啊，連一張鈔票都沒有，很奇怪吧！」阿慢神祕兮兮地低聲說：「我也會推理喔，我猜啊，一定是國安局發現這個逆天神器，所以派人把聚寶盆搶回來，殺人滅口放火滅跡，對不對？」

儘管阿慢說得頭頭是道，但大夥兒都只當作鄉土奇譚，沒怎麼認真地放在心上，茶會一散就給忘了。但我沒料到的是，有一天我還真的會去那傳說中的火場廢墟探險，尋找死者生前「突然變有錢」的原因，而且跟記者徐海音一起捲入了攸關生死的危險事件。

●●●

時序邁入五月，我持續上班送快遞、下班寫小說的規律生活。我希望今年內能再拚兩本長篇小說，要是仍賣不過一刷，我就打算去開人力銀行履歷，乖乖找份本行工作，哪怕是淪落給同班同學當下屬也無怨無悔了。

為了能達到目標，我也格外注意身體健康——當我領到老董紅包的那一刻，莊爺就提醒我，歷來領到這紅包的人都沒好下場。像是前紀錄保持者威哥，在領到紅包的隔天，就因為送件途中車禍斷腿，不得不另謀高就。

所以，我上班時也都小心翼翼地放慢車速，寧可少跑個一、兩件，自身安全更要緊，萬一有個閃失傷到手或頭的，那離我的夢想也就更遙遠啦！

但不管再怎麼小心，這強大的紅包詛咒還是如影隨形。這週已有諸多麻煩事纏身：要送二十樓偏偏社區電梯壞了，老客戶卻又不願加錢；在堤頂大道上碰到機車爆胎，道路救援卻拖了兩小時才到；快遞一臺筆記型電腦時由同事代簽，但收件者卻聲稱沒收到……

接連不斷的破事，雖然最後也都用最低成本解決了，但當月肯定無法再破速必得的送件紀錄了。

下午時分，當我正穿梭車陣要趕一件南港的限時快遞時，手機響起，我按下藍牙耳機通話鈕：

「阿唐你好。我是徐海音，還記得我吧？」彼端傳來那熟悉的清脆嗓音。

「當然記得，徐姊妳也好呀！」

徐海音幽幽說道：「你總算接我電話啦，不然我還以為你不肯原諒徐姊了。」

（那是因為我現在看不到來電號碼、不能不接啊！）我苦笑著。不過已經那麼久沒見面，我倒也不排斥跟她好好聊聊的。

她沒等我回應，繼續說道：「你那邊車聲挺吵的，應該還在忙吧？我就不跟你多聊了。今晚七點，在我們第一次開會的內湖那家咖啡廳見個面，怎樣？」

我沒多想便應允了。「好，沒問題。」

「嗯，到時見。很高興你振作起來了呢，阿唐！」

徐海音笑著掛上電話。

哎，真的是壞事傳千里！要是我的新書上市訊息，能像我的感情八卦般這麼有效率地散播出去，我現在應該是全臺灣最紅的作家了吧！

晚上七點，我準時抵達那家咖啡廳。店內的客人不多，我刻意又坐進面試時的同一個座位區。

雖然也才過了大半年，但當初跟著《懸案追追追》四處出外景，彷彿已變成不真實的夢境，重臨舊地有種「人事已非」的唏噓感。

徐海音晚了十多分鐘後才到。她一身居家休閒的穿著，不像之前總是一副光鮮亮麗的形象，臉上也多了幾分憔悴。我們簡單地寒暄幾句、交換節目近況後，她便開門見山地問：「八角有來找過你吧？你怎麼回他？」

我老實回道：「他想找我去當編劇，老實說，我有點心動。」

「你的確可以考慮考慮。在臺灣寫小說太辛苦了。」

「不過，我還是想多吃點苦啊！」我朝她一笑，說：「我回電子郵件給他了，說還沒到山窮水盡的地步，想再衝刺幾年看看，但仍感謝他的慧眼識英雄。」

徐海音呵呵笑道：「我真想看八角打開這封信的表情。這人心高氣傲的，難得看到他拉下臉來跟誰說好話過。」

「那……徐姊妳呢？一切都還好嗎？」我想起之前八角似乎話中有話，隨口問道。

徐海音的臉色黯淡下來。「就……一些內部因素，很複雜的狀況，所以我沒碰節目製作這塊了，現在做些行銷企劃類的工作，企業形象、置入性行銷什麼的。」

我知道她的夢想是坐上主播臺，不過現在卻跟我一樣，也只能在現實中苦苦掙扎，眼看著自己與目標漸行漸遠。我給她一個客套式的打氣：「徐姊，加油，妳一定可以的。」

徐海音苦澀地一笑，拿起咖啡杯喝了一口。「也許，有一天吧，但肯定不會是在這家電視臺的。」

我們默然片刻。

「我也不甘心就這麼毫無建樹地離開這個崗位，只是老天爺卻一直不肯幫我。」徐海音打破沉默道：「這幾個月來我一直在研究剖腹狼的作案模式，我希望有機會可以幫警方逮到他。誰知道他會被人反擊戳傷、從此銷聲匿跡了……先說聲，我可不是在唯恐天下不亂，只是覺得……唉，怎麼連老天爺都不幫我呢？」

「明白，明白。」我點頭說。「不過我想到徐姊妳一個弱女子，要去單挑剖腹狼，還有他手上那把猙獰的刀子，我都替妳捏把冷汗。」

「假如可以藉這一案翻身，冒點險很值得啊！天底下哪個記者不想跑出一條獨家呢？」徐海音低低說道。

我不以為然地搖了搖頭。

「算了，阿唐，別說這些掃興的了。」徐海音臉上一亮，說道：「今天找你來，是有事情想找你幫忙的。」

「該不會要我幫著去追蹤剖腹狼吧？小弟向來貪生怕死，恕難從命。」我說。

「不是啦！要找你也是幫忙動腦，不會動手的。」徐海音湊近我，壓低音量：「你有沒有聽過『聚寶盆』這個故事？」

案件六　都市傳說是線索！人間真有聚寶盆？

相傳明洪武年間，湖州人沈萬三意外得到一只聚寶盆。晚上睡覺前放個金元寶在裡頭，隔天一早就會出現滿滿一盆的金元寶。這逆天等級的投資效率，絕對海放當今的樂透彩，於是沈萬三很快地便成了江南第一富豪。

朱元璋打下江山後，沈萬三還出資協助修築首都南京城，而他負責的那一半甚至比皇帝責任區還提早三天完工。這老兄想說既然要炫富就做全套，連勞軍都想包辦，順便收買軍隊人心，搞得朱元璋老臉拉不下來，氣得想殺了他，還好在馬皇后的勸諫下饒了他一命，要他把聚寶盆上交國庫並充軍雲南了事。

不過說也奇怪，聚寶盆到了朱元璋手上卻失靈了，完全沒發揮出招財進寶的功能，怎麼測試就是個普通的洗臉盆罷了。於是他一怒之下將它打碎，埋在南京金陵門下，這也是後人稱之為「聚寶門」的由來。

香港科幻小說家倪匡，在衛斯理傳奇中的《聚寶盆》一書裡表示，這聚寶盆其實是外星人的工藝，一種「金屬物件立體複製機」，因此可以無限制地複製出金銀財寶，但由於採用太陽能做為驅動能源，而朱元璋當時並未在戶外測試它，因此才會失靈。

當然啦，不管是野史也好、科幻也罷，儘管人人都想要擁有一個聚寶盆，不過一回歸到這苦悶的現實世界，你真要問我相不相信聚寶盆嘛？我會先跟你說……

「假如世界上真有聚寶盆的話，那警察一定會先找上門的吧！」

徐海音奇道：「為什麼？」

「因為他的鈔票流水號全都一樣啊！他要是拿著一疊千元大鈔上街買東西，店家看到整批流水號都沒變，還不趕快報警來抓偽鈔？除非他每次都拿一盆五十元硬幣去買東西。」

「嗯，也許他可以改放金條、銀塊或名錶鑽石什麼的，就沒風險也簡單多了吧？」徐海音問。

「那他得先到處找管道，把這些值錢的東西換成現金。但這銷贓的次數一多，不是黑道先找上門來分杯羹，就是國安局探員來查看是不是有人在洗錢了。」

「所以，你不相信有聚寶盆這玩意兒囉！」

「我是寫推理小說的，又不是寫奇幻故事或民間傳奇。賺錢這檔事嘛，還是腳踏實地比較穩當啦！」

徐海音說，她的未婚大叫趙遠聲，他們今年中應該就會結婚（我突然有種悵然若失的感覺）。趙遠聲有位大伯名叫趙孟能，他的獨生子趙清緹與媳婦前往中國北京經商。三年多前趙孟能的老婆死後，他便獨居在臺北市大同區的老家。

趙孟能長年在工地做事，身體狀況還不錯，每個月靠退休金跟兒子匯來的一萬多元，生活也過得很愜意。平常沒事不是到社區公園下象棋，就是鄰里間四處串門子。此外頗熱心公益活動，熟識的鄰居都叫他是「副里長伯」。

大概在今年初的時候，鄰居發現，趙孟能似乎變得闊氣了，他把家裡的電器都換上一輪，連那棟四十多年、擺著等都更的房子，都重新粉刷裝潢過一遍。鄰居問他是不是中樂透了，他卻只是笑著說兒子今年生意不錯，多給他些養老金罷了。

「不過趙遠聲之後有去問過堂哥趙清緹，他說根本沒這回事，他們在中國的事業頂多算是剛起步，有時銀根緊縮連工人薪水還差點發不出來，每個月匯萬把元回家都嫌有點吃力了。」徐海音補充道：「其實趙孟能年初時曾跟兒子說過，要他別再匯款回家了，甚至如果有需要的話，他還可以幫公司補上資金缺口哩！」

「喔？那兒子也該問問錢是怎麼來的吧？」

「他說是朋友年輕時欠他一筆債，最近想起來還清的。」

我笑著問：「看來這趙老伯的資金來源很機密，連兒子都不露口風啊！那怎麼又扯到聚寶盆去的？」

「就是吃社區廟會流水席的時候，郵局主任剛好跟趙孟能一桌，他劈頭就問怎麼兒子這兩個月都沒匯錢給他，其他同桌的鄰居才追問起來的。」徐海音無奈道：「趙孟能大概也不知道怎麼解釋，只好半開玩笑地說是撿到聚寶盆，誰知道就這麼在網路上傳開來了。」

不知道是不是因為這麼一句戲言，而惹來了殺身之禍。就在三月初，趙孟能的兩層樓老屋於凌晨兩點多突然起火，因為巷弄內有違停車輛，使得消防隊出動後仍拖了二十多分鐘才開始灌救，大火將老屋燒個精光，連隔壁空屋也遭波及。

之後清理火場，在二樓發現趙孟能的焦黑屍身，趴伏在樓梯口處。而他養了八年多的老土狗也陳屍在一樓處。啟人疑竇的是，當趙清緹接到通知趕回認屍時，發現老父後腦有處凹陷傷口，但警方卻告訴他，也許是他父親摸黑逃生時，不慎摔跤撞到後腦，之後被火燒灼疼痛，試著朝樓下爬行，但因為吸入太多濃煙而嗆昏，繼而活活被燒死。

而趙清緹自行做個粗陋的調查後，卻發現疑點還不只這一處。但最讓他害怕的，則是每當一個疑點提出後，就會有一個官方人員主動跳出來解釋……

可以調閱當晚巷口監視器的畫面嗎？里長說，監視系統在半年多前已損壞，正等著中央撥預算來維修，所以很抱歉，沒有畫面。

火場有幾處都快燒成白色灰燼了，當晚起火點似乎不只一處？某鑑識課長表示，那是屋內原本堆置的幾處易燃物導致的，目前並沒有人為縱火跡象。

屋內似乎有人翻箱倒櫃過？連狗兒的頸圈都被扯開？承辦員警表示，因為火場蒸騰氣流與灌救水柱，使得家具擺設雜亂，實屬正常⋯⋯

徐海音用筆電展示了幾張火場照片給我看。她提示了幾個疑點後，我也覺得確實有蹊蹺。這時我心中一動，突然想起公司春酒時，阿慢提起的那個故事，好奇地問：「這地點是不是在大同區太原路附近？」

徐海音雙眸一亮：「阿店你該不會也研究過這案件吧？」

「沒啦，是之前聽一個喜歡夜遊的同事說過的。」我回憶當時的內容，說道：「他說最近那裡變成臺北市熱門的夜遊景點了，有人說那兒會鬧鬼、也有人說可以去尋寶？」

徐海音苦笑：「不知道傳出這些謠言的人是什麼居心。老家碰到這種事已經夠慘了，三不五時還有陌生人來探險，搞得趙清緹也很困擾。」

「大概是鄰居傳出來的吧！他們自己也想趁亂進去找聚寶盆，所以放出這種風聲？」我猜測道。

突然間，徐海音的眼睛朝我臉上滴溜亂轉，那瞬間，我就知道大事不妙了。「呃，徐姊，其實我等一下⋯⋯」

「之前你不是常抱怨，我們沒把你帶到真正的案發現場去，讓你不能發揮推理長才嗎？眼前正好有個大好機會喔！」

「怎麼可能！我可沒印象有說過這種話啦！」我連忙否認道。今天來這裡純粹只是隨便聊聊，日後合作好相見，我完全沒有想要攬案上身、自找麻煩的念頭。

最重要的是，跟之前那些案子比較起來，眼前這縱火案看似單純，但其實大不簡單！基本上，當你發現官方代表會主動跳出來解釋案情細節時，那通常意味著一件事——這裡頭的水超深，你沒事就別來瞎攪和！

難不成真的像是阿慢的戲言，因為國寶出現在人間，所以政府的祕密單位決定殺人越貨？

「阿唐，幫幫徐姊吧！」見我半晌不說話，徐海音輕握著我的手，殷切地說道：「這一回沒辦法支付給你酬勞，但當我欠你一個人情。你這次若能幫我，我下一次也一定會還你，好嗎？」

之後她又持續遊說了我大半個小時。於是盛情難卻下，我半推半就地上了開往大同區的計程車。

● ● ●

「縱火案到今天也差不多三個月了，怎麼他兒子現在才想要調查這件事？」在計程車上，我好奇地問。

「一來是他在對岸的生意不穩，雜事纏身；二來是不知道該委託誰來幫忙，所以就耽擱一陣子了。」

徐海音補充道：「不過我可沒把話說死，不敢保證真的能把事情給解決，只說有時間就會去調查一下。但趙遠聲對我是信心滿滿就是了。」

我們相視苦笑。

「喔，對了，還有這個東西的出現，也讓趙清緹覺得有些蹊蹺。」徐海音把筆電打開，展示一張照片給我看。「上月月初，他們在對岸收到這組杯子，是趙孟能特地安排，從臺灣寄過去的喔！」

徐海音特意在最後一句加重語氣。這是兩個一組、帶有把手的白色馬克杯。兩個馬克杯上都放了同一張趙家的全家福照片，唯一差異的地方在於，兩杯背後各有四顆星與三顆星組成的斗杓與斗柄圖案。

「這兩個杯子組在一起就會形成北斗七星的樣子？」我問道。

徐海音點點頭。「不過趙清緹跟他的兒子也沒對天文學特別感興趣，所以我們都認為這是一條線索。」

她展示的第三張照片，則是隨這組馬克杯附上的一張小卡片，上頭寫了「給你們的手婚紀念杯」文字。

「這件事也很奇怪，因為趙清緹上網查詢後發現，手婚指的是婚後第七年，但其實他們已經結婚九年了，算起來應該是『陶器婚』。」徐海音說明：「除非趙孟能老糊塗了，不然應該不至於搞錯。我們都覺得，他是藉此暗示他兒子這裡頭藏有玄機了。」

一直在強調「七」這個數字嗎？

迎著我的納悶目光，她繼續說道：「趙清緹感覺父親暗示了什麼，但他參不透，於是當下就打電話給寄出這組杯子的沖印館，剛好也是父親的棋友之一。而那老闆的回答，才是他決定要徹查整件事的關鍵。」

「怎麼說？」

「老闆說，早在出事的一個多月前，趙孟能就到他的店內，用指定的照片與七星圖案做出這組馬克杯。這組杯子其實不到一週就完工，趙孟能也將兒子在中國的地址與郵資一千多元都交代好了，並要求隔週寄出。」

「但奇怪的是，在老闆要寄出前，趙孟能卻又以『記錯日期』、『兒子全家出遊』為藉口，推遲了好幾次，之後就出事了。而老闆仍依照約定，在趙孟能生前指定的日期寄出了那組杯子。」

換言之，趙孟能在一個多月前，就知道自己可能會出事？算算時間，是在他脫口說出「聚寶盆」這句戲言之後沒多久。難道趙孟能當時就知道有人在覬覦他來路不明的錢財，所以才找上熟識的沖印館，設置一個定時發送身後訊息的機制？

我仔細端詳這組馬克杯，每一家稍具規模的沖印館都能製作的客製化商品，看不出有何必要非得大費周章地從臺灣寄過去。而兩邊一樣的照片也看不出有何端倪，難道「北斗七星」才是趙孟能的真正提示？

（暗示凶手身分還是聚寶盆真相的提示？）我心想著。

「不對啊，不管是趙孟能想揭露凶手身分，還是想告訴兒子聚寶盆在哪兒，既然都透過熟人來幫忙了，為什麼還得弄個北斗七星的啞謎不可？儘管大大方方地寫清楚就好了嘛！」我問道。

徐海音聳肩：「說不定這聚寶盆太大了，沒辦法移動，又怕鄰居眼紅，所以才用暗示的方法給兒子留線索？」

「這也不合理啊！真要有聚寶盆這種好東西，老趙早該把兒子一家給叫回臺灣享福了，何必在中國苦撐活撐的？」我笑著說道。

徐海音又偏著頭思考了一會兒。「唉，誰知道趙孟能心裡頭在想什麼呢？也許待會兒咱們可以問問他的鄰居看看……對了，你看那條巷子！」

這時計程車剛左轉經過南京西路圓環，往太原路方向駛去，行經第二條巷子時，徐海音特別要我留意：「去年十二月，剖腹狼的最後一件案子，就是在這裡發生的！」

我心中一驚，忙定睛看去，那只是條再普通不過的陳舊老巷，兩邊都停滿了摩托車。似乎都是無人居住的空屋居多，入夜後鮮有亮燈、途經的人車也極少。

誰能想像得到，就在不久前，那惡名昭彰的雨夜惡狼，正是在這裡栽了大跟頭，遭到被害人反擊而刺傷手臂，險些兒就落網了呢！

計程車再往前繞過太原路，徐海音便指示司機靠邊停，我跟著她走進了趙孟能住家巷口。雖然不久前，這條窄巷才因為亂停車而耽擱消防隊的打火任務，但住戶們顯然都沒學到教訓，兩旁的汽車、摩托車仍大剌剌地亂停一氣，有時我們還得側身行走，才能避開擋路的後照鏡。

「就是那棟！」大概再前行二十公尺，徐海音指著對邊一棟屋子說道。嚴格說來，那應該稱之為燒塌的古蹟比較實際些。原本古色古香的日治時期店屋，屋頂有大半都已經坍塌下來，牆壁全都碳化了，隔鄰的房子也遭到波及，一靠近還能聞到濃濃的燒焦餘味。

「你看信箱！」一看向這屋子我就覺得不大對勁。我指著那太過乾淨的信箱，並對照著遭波及的隔鄰住家說：「一樣都沒人住，隔壁的繳費單、廣告信、宣傳單都塞爆信箱了，但這裡卻一封信都沒有？」

徐海音端詳那功能正常的鐵製信箱，同樣也納悶不已。

屋子的鐵製大門被燒得漆黑脆化，門板有幾處區塊在路燈的照耀下，還反映出詭異的湛藍光澤。因為邊緣處被燒得變形了，所以用粗鍊條與大鎖頭繞過窗框與門把，讓它勉強還保有點擋風遮雨的功能。

我走近一看，大門口原本有幾道黃色的封鎖膠帶都被破壞了，幾處纏繞在門邊的殘跡隨風飄盪。而那大鎖頭的鎖心也鬆脫了，稍一用力就能拔開，讓鎖舌跟鎖頭分了家。看來還真的是常有無聊的夜遊人士來造訪。

看到裡面陰森森、黑黝黝、充斥炭燒焦味的慘況，我想推開大門的手又縮了回來，正尋思要編個什麼藉口打道回府時，徐海音已經遞上輕便雨衣跟手電筒給我了。

（妳根本都已經計畫好了嘛！）我無言地看向她。她只是輕輕抿嘴一笑，做了個鬼臉。

出於謹慎本性，也許有那麼點作賊心虛的感覺，在拉開纏繞鐵鍊的同時，我小心地梭巡一下左右。很好，沒人影。但當我下意識地轉頭一望，卻看到斜對面那棟老平房窗邊，有個小女孩好奇地探頭看向這兒，但隨即又縮了回去。

好吧，反正沒人跑來橫加阻撓就行。我們穿上雨衣、打亮手電筒，踏入火場內。我第一腳就踏上了一片碎玻璃，一陣揪心的聲音頓時響徹室內。

「小心腳下！」我將手電筒光線下移，提醒徐海音。但我第二腳踩上了一攤黑黑軟軟的不明物體，心裡隨即起了無數疙瘩。地上殘留許多沒被火焚過的零食袋、寶特瓶與菸頭，估計多半是夜遊人士隨手亂丟的。

這間雙層老屋的面積不大，只有二十多坪。一樓處有客廳、廁所、廚房，二樓則是兩個房間與晒衣服的小陽臺。兩層樓都有面向後方防火巷的帶紗網鋁門窗。

我快速地用手電筒環視客廳一圈，沒發現明顯異狀，但心中卻不知怎麼地，總是浮現一種異樣的違和感。

徐海音一邊掏出數位相機拍攝，一邊對照著警方的蒐證照片：「那隻狗是死在客廳這裡。」她用手電筒光線比畫著。

我朝那兒仔細搜尋一圈，果然看到一條斷開的皮頸圈。那頸圈的剖面很平整，應該是用刀子之類的利器割的。不知為何，那條厚實的頸圈被人一路剖開，露出裡頭的黏合層。

沒錯，就是這個！就是這個原因讓我有一種難以言喻的違和感！

我暫停手下動作，站起身，用手電筒緩緩照過地上的餅乾盒、摔碎的鬧鐘、爆開的電源插座……

「你看出什麼啦？」徐海音輕聲問道。

我讓她注意手電筒光線劃過的地方。「妳看，這屋子裡，凡是有可能藏東西的地方，全被砸爛、摔碎、割開了，就連狗頸圈也沒放過。還有，那張沙發墊、還有窗簾布爛成這樣，分明都是被利器給割過的。」

「有人在找東西……」徐海音納悶道：「難道會是來夜遊的那些人幹的嘛？但要是真衝著聚寶盆而來的話，連這些小地方都搜是要幹麼呢？」

「有意思了。那聚寶盆要不是會變形，再不然就是奈米級的吧！」我嘀咕道。

而即使沒受過專業訓練的外行人也能看出，客廳內的小沙發、電視機跟木製長桌應該就是起火源，相較於其他被燒得焦黑碳化的家具，這三樣東西幾乎被燒成白色灰燼，稍一碰觸就片片碎化落地。

眼看她拍照拍得差不多，我們踏上往二樓的樓梯。狹隘的梯道又陡又窄，階梯間還存了不少水窪，我們小心翼翼地選擇落足處。我注意到，樓梯間貼有米色壁紙，恰呈現了一、二樓當晚猛烈的交錯火勢。靠近二樓的三分之一處有片壁紙仍是完好的。

不必徐海音提醒，在登二樓前的最後一級階梯上，我謹慎地用手電筒照射地面，依稀看到焦黑的衣物纖維黏在地面上。

趙孟能就是倒臥在這樓梯口前！

這比「劇團總監殺妻案」中、第一次見證命案發生處更具衝擊感，讓我感到極度地毛骨悚然。畢竟當時還是在大中午時分，但眼下可是在深夜時分、被烈火洗禮過的廢墟中啊！

我下意識地跨過想像中的死者倒地處。但徐海音倒是大剌剌地快步走過。我用手電筒光線示意她拍攝樓梯間的壁紙焚毀情形。

被水火交相蹂躪的屋內，讓人有種格外壓抑的感覺，我們盡可能用手勢或手電筒光線來傳達訊息，就算要交談也放低音量。腳步盡可能放輕、呼吸不敢太沉，總擔心會驚動黑暗中的什麼東西。

二樓的格局很簡單，樓梯口上來後是狹窄的走廊，右手邊是書房、左手邊是臥室，再過去是放有洗衣機與晒衣架的小陽臺，透過陽臺的鐵欄杆，可以俯視我們來時的巷道。

書房與臥室內的家具、雜物，像是床墊、枕頭、壁畫等，也都跟樓下的情況一樣，都先被拆開或割破後，再遭祝融洗禮。書房的整面靠牆書架被推倒在地，幾乎每一本書都被粗暴地翻開而散頁，甚至有新買的汽車雜誌膠膜給割開，在香車美人的封面照片上留下一道斗大的刮痕。

而在樓上也發現兩處燒得特別嚴重的地方：一是在書桌、另一是在床上。徐海音持續拍照，希望做為日後調查的證據。我退到走廊上，目光又自然地落在樓梯口前：從壁紙焚毀的程度來看，顯然樓下的火勢要比樓上要猛烈許多。

當人在二樓的趙孟能驚醒、試圖逃生時，應該要往小陽臺跑，再不然就算回頭朝書房的對外窗、防火巷逃生都行，反正二層樓的高度往下跳，總比硬朝火勢猛烈的一樓闖，生存機率要更高些吧？

除非趙孟能之前就死亡，或是陷入昏迷？也許後者的可能性大些。畢竟從解剖報告來看，顯示趙孟能的面部有燒傷痕跡，鼻腔與肺部也有碳粒、殘渣遺留，確定是被濃煙嗆死的。

五分鐘後，徐海音拍得差不多了，打手勢要離開。我們循著原路踏出屋外，這才總算放心地大口呼吸起來。我們的雨衣上滿布黑色殘渣，臉上也沾染了黑塵。我們忙著掏出紙巾抹了抹臉，徐海音還不忘順道補個妝。

「奇怪的地方還真不少，對吧？」她說。

實際看過現場後，總覺得這場火沒那麼單純，有不少人為痕跡。而我認為最不妙的地方在於，做手腳的人並不怕有人調查，連事後抹除痕跡的工夫都懶得做了。

「是啊，真的很奇怪。」我沉吟道：「我們應該要找鄰居來打聽一下的。不過我可不建議找里長，他連監視器畫面都調不出來，感覺不大能信任……」

此時，徐海音使眼色要我看向對面。

之前在斜對面屋內偷看我們的那位小女孩，現在正坐在屋外的摩托車上，身前還擺了一桶棒棒糖，笑呵呵地望著我們。

「先生、小姐，買棒棒糖嗎？」她露出一副天真無邪的表情問道。

●　●　●

我：「妳叫什麼名字呀？這麼晚了在這裡賣糖？」

徐海音：「小妹妹，一根棒棒糖多少呀？」

小女孩向徐海音甜甜一笑：「棒棒糖一根一百喔，不二價！」接著轉向我：「這是兩個問題喔，先生。」

我看著那七彩棒棒糖罐，哈哈大笑：「前面便利商店一支頂多賣二十元，妳這小奸商敢賣一百元？」

徐海音眨巴著眼睛看著我。小女孩不悅地對我說：「先生，這是第三個問題！」

好吧，看來是我走跳江湖的道行太淺，居然連這種「買一支棒棒糖問一個問題」的老招數都看不出來。

徐海音把我拉到一邊，低聲說：「這小鬼靈精知道一些事情，也許可以試試看。」

我沒好氣地回道：「不過是想趁機敲詐觀光客的小鬼頭罷了，還是找個大人問問比較實在吧？」

「我們家的記者早來打聽過了。說真的，附近的人對這場火災，不是不知道，就是不敢說。這小鬼靈精雖然滑頭，但敢做這種生意，或許真的可以問出什麼？」徐海音說。

我轉頭看向這條入夜後仍一片漆黑的小巷，現在想找人打聽消息，還真的沒有太多選擇。還有哪個證人會比命案現場對面的目擊者更具公信力呢？我打量著那位應該還沒上國中的可疑小女孩，嘆了口氣，點點頭同意徐海音的說法。

她從包包裡拿出皮夾，掏了一個五十元銅板給小女孩：「老闆娘，做生意要講信用。可是我不知道妳的棒棒糖好不好吃，能不能先用五十元買一支嘗嘗看？」

小女孩點點頭，大方地遞上一支。徐海音笑著問：「妳覺得我們會問什麼問題呢？」

這試探性的問題完全難不倒這小女孩，她自信滿滿地說道：「你們不像是來探險的，只有那些傻瓜才會呼朋引伴、為了什麼聚寶盆跑來這裡翻箱倒櫃。你們在裡面只有拍照、而且一邊在記錄什麼東西的樣子，所以我猜你們應該跟趙伯伯有點關係，跑來這裡調查什麼事情吧？你們要問的，應該是跟趙伯伯相關的問題。」

這小女孩的伶牙俐齒程度遠超過我們想像。她這番條理分明的說詞，讓我們多了幾分信心，也讓她的棒棒糖小攤大發利市。

徐海音再不猶豫，掏出一百元問：「妳為什麼不相信，趙伯伯是因為聚寶盆突然變得有錢？」

雖然這一提問巧妙地融合了好幾個問題，但小女孩倒不計較，說：「假如趙伯伯真的有聚寶盆，那還需要住在這裡嗎？趙伯伯突然變得有錢的那幾個月，都是趁月初時大買特買，之後就沒那麼大方。如果是聚寶盆幫他生錢，那應該是天天都能撒鈔票亂花一通的吧！」

徐海音的皮夾裡沒百元鈔了，於是她索性拿出一張千元大鈔，小女孩眼睛登時發亮。徐海音笑著說：「一次買十支有沒有優待？可以給我十二支嗎？」

小女孩搖搖頭，收過一千元後，把整個棒棒糖罐遞給我。「不二價喔！總共就剩十支，沒貨啦！」

徐：「妳覺得，趙伯伯真的是被火燒死的嗎？」

小女孩：「事情發生得太晚了，我沒看到。可是我注意到，火燒得正旺時，鄰居都叫趙伯伯趕快出來，但他一直都沒回應，連狗狗黑妞都沒叫一聲。」

徐：「火災發生前，趙伯伯家有沒有發生什麼奇怪的事？」

小女孩：「就趙伯伯變得超有錢啦！」

我：「趙伯伯家信箱裡面的信，是不是被人拿走了？」

小女孩：「里長在每天中午、郵差來送信前，都會來巡一下。我看到有兩次里長代收了趙伯伯的掛號信。」

我：「鄰居覺得趙伯伯的錢是怎麼來的？大家都相信他有聚寶盆嗎？」

小女孩：「這樣算兩個問題喔！」

徐：「這邊的鄰居都真的以為，趙伯伯是因為聚寶盆變得有錢嗎？」

小女孩：「怎麼可能！又懶又貪心的人才會相信這種東西。趙伯伯根本沒有跟人家說什麼聚寶盆，那都是網路亂傳的。鄰居比較相信趙伯伯是簽了六合彩，還是被哪個寡婦看上發筆小財了。」

徐：「趙伯伯平日都做些什麼？」

小女孩：「除了吃飯睡覺看電視，他出門就只做三件事。早上公園下棋，下午去鄰居串門子，晚上溜狗逛街。」

我：「有誰跟趙伯伯比較熟的，可能知道他的更多事情，而且還敢跟我們說的？最好不必買糖的那種。」

小女孩：「我。我跟趙伯伯還有黑妞都熟，有什麼也都跟你們說啦！但錢不能不收。」

我：「妳個小奸商……」

徐：「除了妳之外呢，妳覺得我們還可以去問誰？」

小女孩：「應該是他公園的棋友吧，不歸這里長管，他們愛說啥就說啥。」

徐：「所以……那個巷口監視器還能用嗎？」

小女孩：「當然可以啊！火災前兩天早上，有輛機車擦撞到劉媽的車，車門刮了好大一道，機車跑了。下午她發現後，大聲嚷嚷起來，說要去跟里長調帶子，之後還真的抓到那輛機車，賠了三千多元呢！」

徐：「北斗七星，就是天上那個星座，趙伯伯有沒有提起過這個？還是有誰的綽號叫七星之類的？」

小女孩：「……沒印象。我們巷尾那間小廟有把七星劍、以前這裡有個小幫派叫『南西七星』的。趙伯伯抽的菸好像不是七星的。就這樣啦！」

我：「妳乾脆跟我們說，是誰去放火的吧？」

小女孩：「這是最後一題了喔！你確定要問這個？」

我看看徐海音，是否接受這個賭氣的問題，不過她大概也問得差不多了，使了個「悉聽尊便」的眼色。

我點點頭。小女孩說道：「我不知道誰去放火的。不過我確定一件事，放火的人你們一定惹不起。糖果小店打烊囉，拜～拜～！」

扔下最後一句話後，這小奸商得意洋洋地轉身進屋，留下我跟徐海音滿臉苦笑地站在原地。

解答六　能生財的聚寶盆 不一定長得像個盆

我們各有所思地默默往巷外走，徐海音還一邊掏出智慧型手機上網查詢資料。走回南京西路上，她並不急著攔計程車，而是站在一間打烊的服飾店騎樓前，拉著我問：

「阿唐，你應該有答案了吧？大概知道聚寶盆長什麼樣了？」

「嗯。」我點點頭。綜合手上蒐集到的材料，我大概推估出部分真相了。不得不說，花在小奸商身上的一千一百五十元，也算是物有所值。

徐海音道：「那我來說說我的推理，你看看對不對吧？」

我也學她使了個「悉聽尊便」的眼色，不過卻惹得她哈哈大笑：「這招男生做不來啦！你這媚眼拋得太噁心了。」

我沒好氣地等著她往下說。

徐海音清了清喉嚨，道：「有人在趙孟能的家裡找一樣東西，那東西的體積很小，可以藏在書本中，甚或有可能藏在中型狗的頸圈裡。但那些人有很大的機率並未找著，所以才會乾脆放火將整棟房子都給燒了。」

「而被藏起來的這個東西相當重要。靠著它，趙孟能可以源源不斷地得到可觀錢財，同時也因為這樣招來了殺身之禍。我認為，這個東西是一種『訊息性』的存在，也許是一張照片、一份文件或是錄音資料之類的，它揭露了一個重大祕密，因此不光是把它取回或摧毀就能了事，而是必須連知情者都一併滅口才行。」

「嗯。所以妳認為，聚寶盆的真相，其實是……」我為這呼之欲出的答案先做好鋪墊。

「是勒索！」徐海音雙眼放光道：「總之是趙孟能得到了一個重大祕密的載體，而他用這個來勒索某人，使得某人持續支付錢財給他，為了不留下紀錄，因此多半會是交付現金，時間應該就在每個月的月初。但之後事件失控了，也許是趙孟能貪得無厭，想要更多款項來填補兒子公司的資金缺口，也可能是對方覺得這樣下去後患無窮，於是就動了殺機。」

「趙孟能也可能預先知道會有這樣的風險，因此一方面把祕密載體給藏了起來，多半是藏在家裡以外的地方，所以里長才會持續來關注趙家的信箱，看看他是否會用寄回給自己的老招來迂迴藏物。但他卻不想把這件事或這載體讓兒子知道，因為太過危險，他也擔心兒子會走上自己的老路。但我不知道出於什麼原因，他最後還是用暗示的方式傳達給兒子了，難道他還是想藉此找到什麼高人來幫他申冤嗎？」

關於這一點我也納悶了。如我先前所說，這案子感覺牽連甚廣，就算趙家幾乎給燒得全毀，但里長還是天天盯著那兒不放，一般人都知道這背後肯定有更高層的勢力介入。趙孟能若不想讓自己的兒子蹚這渾水，那又何必打這「七星」啞謎呢？又幹麼不乾脆把真相全盤托出？

徐海音將手機螢幕轉向我，她剛剛在網路上以趙家地址來進行搜尋，果然找出了不少「夜遊指南」，但那些文章的內容與語法根本都是大同小異：「之前我們家記者有來找鄰居打聽過，加上剛剛那小女孩的說法，趙孟能其實從未對鄰人說過什麼『聚寶盆』的事，那都是有心人士傳出來的，而網路上也有人故意操弄這樣的消息。」

我點頭應和：「是為了混淆視聽、轉移焦點吧，讓那些又傻又貪心的傢伙跑來這裡夜遊，越熱鬧越容易把水弄渾些，這樣他們要是哪天得知什麼線索，要回來找東西也更方便。還有，萬一真的有人可以從屋內找出什麼驚天祕密紀錄，也就更容易編派些藉口，推得一乾二淨了。」

徐海音得意地笑道：「呵呵，看來咱們推理的方向挺一致的，我也很厲害的吧！」

「是，是，徐大偵探，神機妙算！」我笑著說：「那現在剩下的唯一問題，就是那個祕密載體藏在哪兒了。只要找到它，我們才有機會找出真凶啊！」

徐海音嘆了口氣，一臉愁容道：「看來也只有明天去附近公園，找趙伯伯的棋友問問看了！希望能有收穫，不然我這偵探癮可還沒過夠呢！」

解答六　七星會聚殘局！情報就在方寸間

雖然徐海音想拉我一起去趙家附近的社區公園探個究竟，不過阮囊羞澀的我還是得乖乖上班送快遞，沒辦法提供免費的偵探服務，只好讓她自己先去打聽看看有無新線索。

不料，隔天一早十點多，當我正穿梭在松山機場附近的車流中，就接到她的求救來電了：

「阿唐，狀況有點麻煩，你有辦法過來一趟嗎？」

「嗄？我正忙呢！」我沒好氣地回道。

徐海音想了會兒，堅定地說道：「嗯……還是需要你幫忙，我怕這時機一過，日後調查就麻煩了。這樣吧，你過來一趟，我補貼五百元，可以嗎？」

「唉……好吧，我可不是因為這五百元才過去的，純粹是想幫朋友而已。」

「是，是。阿唐公子就是這麼講義氣。」

「那再外加一頓午餐可以嗎？」

「好、好，包吃包喝。你盡快過來吧！」徐海音應允道。

眼看勒索成功，於是我忙將手上的貨件送出，然後立刻聯繫莊爺幫忙代班，接著就一路馳往太原路。

將近十一點，我抵達目標公園，遠遠就看到徐海音站在側門口，一臉憂心忡忡的模樣。當我正要向她揮手招呼時，她突然別過臉去，左手在背後猛搖，然後一邊撥通手機。我識趣地先找位子將摩托車停妥。

「阿唐，有人在盯著我，咱們得低調些，你動作也要自然點。」她飛快地低聲交代：「有看到我兩點鐘方向，一位穿藍格紋襯衫、身材矮胖的中年人嗎？」

我慢慢地朝公園方向走去，一邊裝作不經意地往那方向看去，果然有個如她形容的阿伯杵在涼亭旁，三不五時就往徐海音方向瞥一眼。

我回道：「是，我看到了。」

「那個就是里長。不知哪兒聽來的風聲，我今天一過來就發現被盯上了，下棋的那些人都不敢跟我搭話。」

「里長說不定也去光顧過棒棒糖小店了呢！」我嘀咕道。「這傢伙該不會就是凶手吧？一般里長哪會這麼熱心。」

徐海音苦笑：「實在看不出來他像是被勒索的對象，而且在自己的里內放火也太高調了。」

我已經走到公園入口處了，那里長的目光轉朝我飄了過來，我猶豫著該不該走進去。「那現在怎麼辦？如果什麼都問不出來，我還要進去嗎？」

「不進去不行啊！他們的注意力放到這邊來，日後肯定會做防範，要是有什麼線索也全都給弄沒了！我現在故意往東側走，引開里長的注意力。要靠你進去調查一下，幫忙下個幾盤棋之類的，看能不能發現有什麼情報。」

「嗯……」我沉吟著，還沒等我回應，徐海音又急著提醒：「還有，我覺得那些下棋、看棋的人裡，也許還有里長的人。你問話得有技巧些，不要讓旁人起疑。」

我苦笑道：「這樣是能問出什麼東西呀！」

「唉，你盡量吧，不然我也不會硬要找你來啊！對了，我記得你有戴藍牙耳機的，我會一邊幫你觀察，給你些意見，你手機開著但不要跟我對話，懂嗎？」

我實在無言以對。光在公園看人下棋卻不說話，究竟能套出什麼有用線索呢？徐海音總會丟出一些難題給我，就不能像那些小說裡的偵探一樣，老老實實地問話、扁人、找情報嗎！

隨著徐海音的身影消失在公園角落，里長的注意力果然被轉移過去，但當他朝另一邊走去前，卻朝觀棋的人群中使了個眼色。看來徐海音的擔心果然是對的。

我先謹慎地觀察一下周邊環境。這小公園的特色就是那六組以大理石所刻製的「棋椅」，也就是剖開原石後在中央鏤刻出象棋棋盤，但邊緣處仍保持大理石原色與花紋，無人下棋時可以做為較大的公園椅使用。

六組大理石棋椅造型各異、自有奇趣，散布在公園中央的涼亭四周。不過人氣較旺的只有靠外側的三座對奕棋椅，另外三座則空無一人，只在上頭擺了幾只零星棋子充場面。

來下棋的清一色是中老年男性，看樣子應該是附近里民，或是等車行呼叫的計程車司機。這些人多半都混個點頭之交了，看到我這張生面孔靠近，莫不生出戒心，懷疑的眼光朝我直瞟。

這時我身上的快遞夾克，反而成了最好的掩護。我笑著跟大家打招呼：「沒事啦，經過這裡等公司派件，無聊來看看。」

「少年仔，這麼好命喔！」、「我們沒在賭錢啦！」、「歡迎啦，有時間來殺一盤」……幾位觀棋者簡單地招呼一下，又回過頭關注棋局。

我凝神看向棋盤，紅方被殺得只剩一車一馬在苦撐，老帥獨守一隅，小卒一隻不剩，盤面格外冷清；黑方有雙車撐場，用兩隻小兵逐步推進，顯得遊刃有餘，取勝只是時間問題。雙方手邊都擺了幾支菸，似乎是當作籌碼用的。

不過眼下最重要的任務，可不是預測誰是本日的公園棋王啊！

「阿唐，你得想辦法盡快找個人搭話，不然午餐時間一到，這些人就會散了。」耳邊，徐海音急促地下了指令。

（這種情況我是要怎麼問話呀！）可我又沒辦法回嘴，只能在心裡暗罵。我來回在三盤棋局間遊走，想趁機找人插話，不過我連誰是里長的暗盤都看不出來，亂問一氣只會壞事。

「阿唐，如果可以的話，設法去檢查一下棋盤、涼亭、石椅下方有沒有藏東西？假如那東西真的很小，也許會用膠帶貼在某個設施底下之類的？畢竟趙伯伯每天都來這裡嘛！」

關鍵字是「七星」啊，人姊！這一堆老人下棋，跟七星有啥關係？但這心裡吶喊的對白自然無法傳達到她那兒，我只好猛搔頭裝出一副無奈樣，希望她看得懂。

就如我所觀察的，做為棋盤的原石是剖開後直接在地面落座，根本沒有藏東西的空間。我不動聲色地緩緩繞行棋盤區附近的區域，一邊代入「如果我是趙伯伯會往哪兒藏東西」的思考模式，但怎麼也找不出半點可能性。

眼看時間一分一秒過去，已將近十一點半，都聽到有司機吆喝著中午打算上哪兒吃飯去了，徐海音還一邊在我耳旁瞎指揮，這可急得我抓耳撓腮，一籌莫展。

眼看著那里長又一派悠閒地從公園另一邊踱了回來，我心裡就有種「今天到此為止」的不祥預感。我故意大聲地嘆了口氣，在無人的一張棋盤邊坐了下來，雙手托腮，百無聊賴地看著眼前擺了零星棋子的盤面。

「喂，少年仔，會玩嗎？要不要試試看？」旁邊觀棋群眾中，有一位戴著鴨舌帽的老伯像是手癢許久了，看到我一坐下便興沖沖地走來招呼。

「喔，這叫『殘局』對吧？」我會下象棋，多少懂點術語，不過倒沒解過殘局的棋譜，也不知從何下起。而那老伯則殷勤道：「對啦，你也是懂行的哦！要不要來玩玩，你輸了給我一包菸、你贏了我賠你十包菸！」

「哈哈，我不會玩啦！您菸也不要抽那麼多，會得癌症啦！」我擺手推卻道。

「唉唷，沒關係，打發時間嘛！這不難，玩玩就會的，不然我虧一點，你輸了請我抽根菸就好！」

「喔，這樣呀……」當我正想著怎麼擺脫這窮極無聊的老伯，去找徐海音討我那份午餐的時候，他倒是滔滔不絕地說起來：「跟我老梁學棋喔，你賺到了耶，一輩子不會忘！來，你自己選，中國古代三大殘局一次滿足喔！看你要從這盤『蚯蚓降龍』、還是旁邊的『千里獨行』，或者那邊的『七星聚會』……」

聽到腦海中盤旋已久的關鍵字，頓時讓我眼睛一亮！我故意慢慢地站起身，挪往最旁邊的棋椅上，端詳盤面，再一次反問：「梁伯伯，你說這殘局就叫『七星聚會』？」

聽到耳邊傳來的驚呼聲，我確定徐海音這回聽清楚了。兩個馬克杯擺在一起，就能拼出北斗七星的模樣，還有什麼詞語能比「七星聚會」更形象達意的呢？

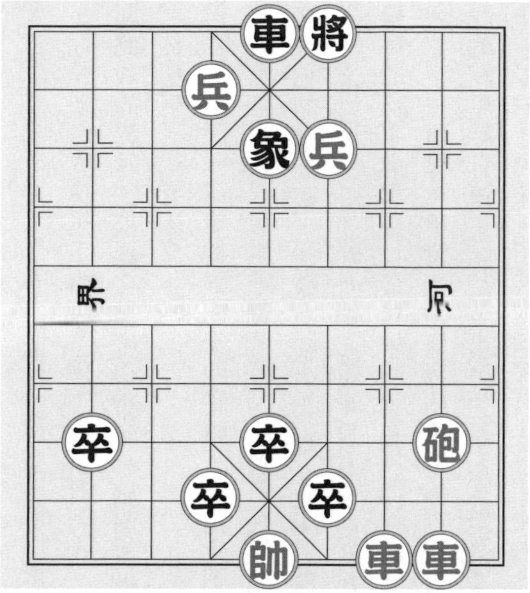

「七星聚會」又稱為象棋界的殘局之王，變化複雜多端。開局時雙方各執七顆棋子、又多以雙方合計七顆棋子作結，故有此命名。

我們在這殘局棋盤前坐定後，我先問道：「梁伯伯，平常這殘局都是你在照顧的呀？」

他笑著擺手說：「沒啦，我們這些老頭子誰先到就會擺好，殺時間嘛！」

「那這三桌每天都是固定擺同樣棋局嗎？」

「不會啊，隨興擺，想怎麼擺就怎麼擺。」

這七星殘局的擺設跟開局者都是不固定的，換言之，趙孟能想藏的東西就未必跟棋椅或人有關囉？我看著這三組殘局的棋子，只有「七星聚會」用的是質感較好的大型木製棋子，另外兩組用的則是便宜塑膠棋子，心中頓時有了想法。

「那……這些殘局的棋子都應該是固定的吧，會換來換去嗎？」我注意到殘局桌旁都有一個方形塑膠盒，於是試探地問道。

「就是看誰家棋子有缺，能擺啥殘局就擺出來，這木棋子就剩這幾子剛好擺七星的……唉，我說，你是要聊天還是下棋呢？邊下邊聊行唄！」

聽到我的對答，徐海音精神全來了。她興奮地叫道：「是棋子，問題應該就在棋子裡！阿唐你想辦法把棋子給弄出來！」

但我總不能一口氣把眼前十四顆棋子全搶走吧？會是哪一顆呢？如果這殘局只有一種解法，那應該就會是最後一顆棋子囉？但一定會留在盤面上的「將」跟「帥」得先排除嗎？

在梁伯的催促下，我做為紅方先攻。基本的殘局走法我還是懂的，因為雙方都差一步就能「將軍」，所以每一步都必須先將死對方，使其移子回救才行，若能同時反將對方一軍就更好了。殘局的交手過程中，最精采的就在於如何能做到這樣「連消帶打」。

我想了一會兒，下意識地將我的紅車移到對方的老將旁，但梁伯笑著說聲「嫩」，隨即用黑象將我的紅車給打掉。「我的卒再走一步你就死囉！」

重新擺局後再來。但我接著挪兵、挪車來將他都沒用，隨即一招就被反制。這時耳邊傳來徐海音的聲音：「阿唐，我用手機上網查了，第一步要走『炮二平四』，這你懂嗎？」

我依言將我的紅炮往左挪兩步，瞄準對方的老將，而梁伯也隨即用過河小卒吃了它，但他這回卻沒說我嫩了，而是笑道：「少年人，你悟道啦！這七星聚會雖是變化多端，但這第一步，永遠就只能這樣走！這紅炮看似犧牲打，卻是紅方開局最重要的關鍵！這是唯一的一步唷！」

這句話讓我豁然開朗！如果趙伯伯有什麼祕密藏在棋子裡，那肯定就是這枚「紅炮」，因為它在「七星聚會」殘局裡有著唯一性！還好這布局裡只有一隻紅炮，不然我可得傷腦筋了。

還沒待我回應，徐海音已經開始分派任務了：「下一步是『兵四進一』。阿唐，我等一下進去掩護你，引開其他人注意力，你就趁亂把紅炮給偷出來！」

「妳要怎麼……」我順口回了句，這才驚覺失言，迎著梁伯的詢問目光趕忙改口：「啊，我是說這下一步，我要怎麼走才對呢？」

彼端傳來徐海音的笑聲。「反正本小姐自有妙計，你配合我就對了。」說完後她就把手機掛斷，我只有靜觀其變了。

等到我與梁伯在棋盤上挪騰了三、四個回合，又陣亡了七、八次後，突然聽見後邊傳來急促的高跟鞋音。那里長又面色凝重地望向這邊。

徐海音殺氣騰騰地走到我旁邊，重重地把手提包摔在棋盤上，將其他棋子給打亂了，而手提包也剛好遮擋了梁伯的視線。

「你這王八蛋！」徐海音指著我鼻子高聲罵道：「你到底有沒有身為男人的自覺？你知不知道要養家？心裡還有沒有我？快遞送到一半，公司找不到人，居然打電話來問我？」

現在演的是哪一齣啊？好歹也先對個臺詞吧！我一頭霧水地看向她，瞠目結舌地不知該說什麼。

「你看什麼、看什麼？混蛋！玩！整天就知道玩，就只會下棋！下贏了又怎樣，能賺錢嗎？」徐海音繼續潑婦罵街的演技。梁伯苦笑地搖頭起身，走到一邊坐看好戲。

「我、我……」我還是腦袋空白，只有一臉無辜的表情。

但徐海音的演技簡直到了走火入魔的地步。只見她嘴唇一抿，居然真哭了起來：「我一直以為你只是一時失意，才願意一起陪著你，誰知道你根本就不上進，我媽說得對，我……我真是看錯你了！」

接著她悲呼一聲，拎起手提包，順勢把所有棋子給用力掃落地下，然後氣沖沖地轉身快步離開。

好吧，就算平常很少在看八點檔的我也知道，這時候男主角應該趕快追上去了。「徐……老婆……等一下啊！」

這臨時鋪排的行動劇什麼都沒交代清楚，到底是老婆還是女朋友的角色啊？現場所有人的目光都集中在我身上，我感覺臉上發燙，不知道是因為演出不力險些NG、還是被編派這不長進的角色而感到尷尬？

徐海音一邊抹淚一邊快步朝公園外走去，我則先騎了摩托車再追上去。

「拿到了嗎？」這女人哭花的臉，瞬間換上一張狡黠的笑臉，朝我急忙問道。

我張開右手，那枚紅炮正躺在掌心中。

「還有啊，我真的不能不說，妳的演技真的是太浮誇啦！下次角色設定先跟我說一下、臺詞也先對過再上場，好嗎？」我抱怨道。

● ● ●

公園的棋友們應該很快就會發現少枚棋子了。為了避免有人追上來，我載著徐海音一直往前騎到新光三越南西店的巷子內，才找了間咖啡廳坐下來研究案情。

那木製棋子是由一淺色、一深色的兩片木料結合在一起，但接縫處看來很完整，誰也沒把握趙孟能是不是真往裡頭藏東西了？還有，哪一種「資訊載體」能夠拿來勒索別人、並藏在這個小地方？我們則是完全沒有頭緒。

在咖啡廳坐定後，我先調侃幾句徐海音「傷心小媳婦」的演技好消消氣，接下來才進入正題。

「你有什麼工具能開嗎？要不要用這個試試看？」徐海音拿起攪拌咖啡用的小湯匙問。

我從郵差包裡掏出隨身攜帶的萬用刀，說：「不用啦，我有這個。」

「哇，跟馬蓋先一樣！」

「誰？」我反問。

「……一個老朋友。算了，不重要，你快開吧！」

我展開摺刀，對準棋子間的縫隙來回撬弄，原本以為會費一番功夫，沒想到當我撬鬆一側、翻個邊再撬時，刀刃來回撥弄兩下，竟就將上半部的棋子給整個掀開了！

「真的藏在裡面！」我跟徐海音驚呼道。

棋子內用來填充的塑料被粗糙地挖空，然後塞入一張紅色的裁角紙卡，因為擠壓的緣故，紙卡的邊角都略微變形，也卡得很緊。我用小刀小心翼翼地翻起紙卡，看到背後的小金屬片，我們這才恍然大悟……

原來這是一片手機用的ＳＩＭ卡！將它插入手機後，才能連通電信公司的基地臺來撥接電話，同時也可以存入數百筆的聯絡人跟簡訊內容。

「給我、給我，我來看看這是誰的！」徐海音激動地拿過後，裝在自己的智慧型手機上。

那ＳＩＭ卡應該已經被停用了，手機上出現「ＳＩＭ卡錯誤，無法搜尋到可用訊號」的提醒視窗。不過進入聯絡人選單後，倒是可以看到先前所儲存的名片資料。

「嗯？」徐海音連續翻了幾筆資料後，臉上出現疑惑神情。

我打趣道：「怎麼，有看到熟人嗎？」

「還真的是看到認識的名字！」她睜大眼睛說：「有立法委員、市議員、線上記者、市政單位窗口……」

這意料之外的答案讓我愣了愣，忙道：「妳看一下簡訊有沒有存在上頭，這樣我們說不定能直接找出ＳＩＭ卡主人的名字。」

徐海音依言切入簡訊內容，高興地說：「之前收發的簡訊真的都是存在卡上，滿滿的大概有二十筆左右！哦，第一筆最後就有署名了……」但下一瞬間，她震驚地輕撫胸口，呼吸也變得急促起來，激動得無法再說一句話。

我從她手上抄過手機一看。最後署名為「弟 仲秋敬呈」。仲秋？好熟悉的名字哩！我又往下翻了幾則簡訊查看，清一色都是「鈞鑒」、「核示」、「諒達」之類的官腔字眼，發送對象包括有市議員、記者、下屬等，內容多半跟建案、行政公文、土地取得流程之類的相關。

徐海音則一言不發，瞪圓雙眼、環抱雙臂陷入沉思。

「怎麼啦？徐姊妳究竟是看到什麼，反應這麼大呀！」我好奇地問道。

徐海音呼了口氣，說：「你知道陳仲秋這個人嗎？三重老議長的兒子，陳氏集團負責人，有開兩、三家建設公司。」

我點點頭：「我知道，妳之前有去採訪過他的動土儀式之類的吧！不過……就算這SIM卡是他的，那又怎樣呢？」

「你剛剛也看過SIM卡裡面的東西了吧？這些聯絡人資訊跟簡訊內容，有看到什麼敏感的東西嗎？敏感到趙孟能光拿著它，就可以每個月都向對方敲詐一大筆金錢？」徐海音反問。

「嗯，確實沒有。」我又快速檢索一回，沒發現可疑之處。

「我可能知道答案，因為我已經調查這件事很久了……」徐海音正色道：「你仔細看看簡訊收發的日期與時間。」

我切回簡訊頁面觀察，發現簡訊發送得相當頻繁，這二十筆約是一週的發送數量，但因為SIM卡儲存空間有限，所以舊的簡訊便被覆蓋掉了。而剛剛徐海音所看的第一筆，也就是儲存在裡頭的最新一筆簡訊，是在去年的十二月七日下午五點半左右送出的。

我順著這樣的思路慢慢推想下去。換言之，趙孟能最有可能是在十二月七日晚上取得這張SIM卡的。對照他的生活習慣，也許是他去鄰居家串門子、或是牽著黑妞出門遛達時所撿到的。

但為什麼光是撿到這張SIM卡就足以拿來勒索呢？如果可以勒索的材料並非是存在裡頭的資料，那就只剩「取得時機」這個答案了。顯然地，趙孟能是在揭發某人身分後、會讓對方陷於極不利的情況下取得這SIM卡的，而這SIM卡本身可以有效地辨識出對方身分，讓對方願意付出高額的遮口費。

十二月七日那晚，在大同區發生了什麼重大事件呢？有地緣關係的會是……

我知道答案了！但隨即也對這可能性感到震驚不已！

徐海音看到我的神情丕變，苦笑地對我說：「是吧，我想你應該也會猜得到的！也只有這個答案，才能夠解釋為什麼趙伯伯不敢告訴自己的兒子，但又不希望這證據不見天日，使得更多人受害，因此改用這種曲折的方式讓有緣人來發現。而且這個答案，也能解釋為什麼有這麼多公家資源在阻撓我們的調查，連里長都站在凶手的那一方。」

陳仲秋，很有可能跟那匹銷聲匿跡的雨夜惡狼脫不了關係！

而讓我頭痛的是，從徐海音振奮的神情來看，我知道她正蠢蠢欲動，要去揭開這匹狼的真實身分！

第八章

真劍對決！快遞員、記者與惡狼

接下來徐海音透過手機上網，找到去年底被害人反擊剖腹狼的新聞。她曾代表節目部去採訪過那位女上班族，因此得知了更多案情細節。接著我們反覆討論後，關於趙孟能案件的脈絡就更清晰了：

當晚遭遇女上班族的防身噴霧反擊後，剖腹狼的手機掉落在地且背蓋脫落，SIM卡很有可能就是這時掉了出來，只是在黑夜裡一片慌亂中沒人注意到。之後剖腹狼又冒險回頭搶手機，這時有幾位見義勇為的民眾聞聲過來幫忙，一陣扭打後，剖腹狼只來得及搶回手機，而左臂卻被鋼筆刺中，連口罩都險些被人揭開。

之後剖腹狼往太原路方向逃逸，眾人也隨即追趕上去，但最終仍被他跨上預放在騎樓的贓車脫逃。雖然趙孟能的名字沒有出現在新聞裡，但很有可能是此時他路過現場，目睹案發經過並撿起那張SIM卡，然後又想要幫兒子的公司籌措資金，才惹出了這場「聚寶盆」風波，為自己帶來殺身之禍。

（所以這位陳仲秋真的會為了「剖腹狼」付出大筆遮口費，也會為「剖腹狼」處理後患並殺人放火？）

十分耐人尋味。

「剖腹狼一共犯下了三起姦殺案以及一件未遂犯行。」徐海音翻開隨身筆記本，展示自己特意用紅筆圈示出的日期。「一開始還是臺內的剪接師半開玩笑地稱呼陳仲秋是『帶衰陳董』，因為幾乎剖腹狼每次犯案前後，臺內就會出現陳仲秋的相關新聞，屢試不爽！」

「原本大家都只是當戲言，聽過就算。但直到去年底，我們去採訪那位遇襲的女上班族。她告訴我在跟剖腹狼扭打的過程中，有人用雨傘敲歪了他的安全帽，而她趁機刺傷了剖腹狼左臂，然後又想扯開他的口罩看清他的樣貌，可惜沒有成功，只拉開了一小角，但她還是看到一些特徵。她說，剖腹狼的下巴比常人略長些，這才讓我開始認真看待『帶衰陳董』這件事。」

我想起了電視新聞裡，陳仲秋那鮮明的「戽斗」特色。我想了想，道：「可是想想這不太合理呀！趁著自己上新聞、鋒頭正健時去犯案，不是太奇怪了嗎？」

「誰知道，也許他那時壓力太大，需要這樣發洩？但不管怎麼說，我覺得陳仲秋跟剖腹狼一定有某種聯繫，把他拷打一頓，剖腹狼的案件就會水落石出了。」她半開玩笑道。

我想起先前跟八角聊天時，提到徐海音的假設被高層打臉的下場，因此裝作不經意地問：「那……我覺得要驗證這件事很簡單，對比一下剖腹狼的作案時間點，陳仲秋是不是有不在場證明就行啦！」

徐海音洩氣道：「我查過了，剖腹狼的第二次案件中，他真的有不在場證明。所以我後來認為，剖腹狼應該就是他底下的人、甚至是很親近的幕僚之類的，但這需要進一步查證。只是我把這樣的要求跟主管提出後，馬上就被打了回票。畢竟陳仲秋在政商界跟黑道都有關係，他們惹不起。不過嘛，現在我們手上有這個東西，哼哼！」

接下來徐海音打算回臺內的新聞部，找跑社會線的同事詢問，看看誰曾經收過這簡訊，自然就能查出發送者的身分與電話號碼了。如果陳仲秋不是真正的剖腹狼，那麼這位發送者就會是頭號嫌疑犯。

說真的，幫忙幫到這裡也差不多了，後續的追案就交給專業的警察、媒體、還是愛管閒事的超級英雄都行吧！畢竟想起剖腹狼愛用的那支鋒利猙獰的熊爪刀，以及趙孟能屋毀人亡的下場，都讓我感到不寒而慄。我完全不想跟這案子沾上半點關係。

等徐海音把ＳＩＭ卡資料複製一份到我的手機後，我翻腕看了看錶：「哎，都一點半了，我得先趕回去，同事幫我代班，應該都快忙不過來了吧！」

「好，我也要回電視臺了。謝謝你，阿唐，你幫了大忙。不成敬意，請笑納！」她遞過一張五百元給我，我也老實不客氣地「笑納」了：

「也祝妳早日坐上主播位，趁這次把剖腹狼當墊腳石，是他的榮幸啊！好歹在他落網前，也能發揮點剩餘價值。」

任務完成！我們放輕鬆下來，說說笑笑地推開咖啡店的玻璃門，走上大街，正要去取我的摩托車時，徐海音忽地湊近我低聲道：「阿唐，不要回頭看。對邊有輛黑色休旅車，打從我們進咖啡廳五分鐘後就停在那兒，可是裡頭的人都沒出來過。」

我挪動一下機車龍頭，讓後照鏡對著身後，不著聲色地瞥了一眼，那輛黑色凌志休旅車的車窗上都貼了黑色隔熱紙，感覺挺神祕的。「也許是在等人的吧？不要自己嚇自己啦！妳的演技這麼出色，那些傢伙哪來得及反應啊！」

「好吧，希望是我多心了。不管怎樣，你自己小心，我去搭計程車了。」

各自道別後，我先聯繫莊爺詢問取送件情形，然後往下一間收件處進發。當然，路上我不忘隨時注意後照鏡，看看是不是真的被人跟蹤了。還好沿路都沒什麼異狀，本公子擅長的是動腦鬥智，可不是玩飛車追逐的料啊！

下午的送件都很順利，由於有徐海音的工資補貼，所以雖然少送了幾件，但當日收入仍是超標。下午六點多，我喜孜孜地回到公司，找羅姊對帳並繳回收執聯，順便跟其他快遞員聊天說笑時，我不經意地向門外看去，一瞬間全身的血液凍結，我震驚得呆愣當場，同事的問話也忘了接口。

那輛黑色凌志休旅車居然就停在速必得對街上！

那瞬間，我知道這件事終將無法善了，因為自己早已深深地淹沒在這趟渾水中了。

● ● ●

昨天從公司騎車回家時，那輛要命的休旅車就遠遠地跟著我，害得我進到公寓裡都不敢開燈，深怕對方知道我住在哪一戶。但此舉看來是多餘的，因為對方似乎掌握了我的個人情資，那輛車整夜就停在我一開窗就能看到的地方。

因為那裡是小巷，兩旁也都有違停車輛，但對方就敢肆無忌憚地併排停著。隔著黑色玻璃紙我無法看清裡頭究竟有沒有人，因此我打了兩通電話給拖吊場和一一〇，希望他們派人來處理，好歹殺殺對方的銳氣。

我躲在窗戶邊、掀開窗簾一角偷偷觀察，更讓我震驚的事情發生了！當拖吊車、巡邏員警靠近時，休旅車的駕駛座車窗只微微一降，向他們說了幾句話，接著他們點頭示意後便離開了。

那輛該死的休旅車還是不動如山地，在我家門樓下併排停著。我頓時毛骨悚然起來。

當晚臨睡前，我再三確認門窗都有反鎖上栓，防身用的棒球棒、折疊刀也放在觸手可及之處，但還是翻來覆去地睡不好。因為夢見熊爪刀、熊熊烈火，以及一些面目模糊但恐怖猙獰的東西，搞得我至少醒轉五次以上。

凌晨六點多，我乾脆放棄掙扎直接起床。第一件事當然先去確認一下那輛休旅車動態，依然保持跟昨晚一樣的位置。我坐在陰暗的屋內苦思著對策。

九點整，我找出徐海音的名片與備用的手機，直接打到她的公司，讓總機幫我代轉。等了幾分鐘後終於搭上線：

「徐姊，我是阿唐。」

「阿唐？你怎麼打這支電話？聲音聽起來沒精打采的，昨天沒睡好？」

我苦笑：「那輛要命的黑色休旅車，昨天就停在我家樓下一整晚！我怕被竊聽，所以找了支預付卡電話打到妳公司。」

「阿唐公子，知道被緊迫盯人的滋味啦！」徐海音哈哈大笑：「我昨天也發現有人在跟著我，但我可不敢回家，畢竟房貸也才繳一年多，萬一被燒了太不划算。」

聽到她這樣的反應害我氣結：「大姊啊，這種情況妳還在搞笑！萬一處理個不好，我們真的會變成第二個趙伯伯啊！」

「放心，他們目前只是要嚇嚇我們，故意現身要讓我們心生恐懼。我想只要SIM卡在我們手上，他們還不會輕舉妄動。」

（萬一他們想來個殺雞儆猴，那就不好說啦！）我心想。「那SIM卡都還安全吧？」

徐海音說：「沒問題，我藏得很好，只差設計個啞謎當保險了。我希望我們見個面交換一下情報，研究要怎麼做比較好，不然我今天又不敢回家了。」

「好，我也研究了幾個應對方案。那我今天請假，直接去內湖找妳。」

收線後，我把東西整理一下，跨上摩托車朝速必得騎去。我打算順路去跟羅姊當面請個假，再把藍牙耳機拿出來，以備日後的不時之需。

如我所料，當我一下樓，那輛休旅車就發動引擎待命了，等我騎車上路後，又開始吊在我後方幾個車身處。如此高調的跟蹤方式，的確是嚇唬成分比較大些。

只是當我抵達速必得辦公室時，眼前景象頓時讓我傻了眼：鐵門整個被放下來，上頭似乎出現幾片鮮紅凌亂的字跡，包括小黑、阿慢等幾個人手裡拿著抹布在門上努力擦拭，羅姊跟莊爺則站在騎樓指手畫腳地議論著。

等我騎得更近些才看清，原來鐵門上被人用紅色噴漆歪歪斜斜地噴上了「東西別亂拿，會死人」的字樣，旁邊還潑上大量的紅色油漆以示警告。

那輛休旅車又停在公司對街，像是悠哉地等著看好戲。

一看到我過來，羅姊就一把揪著我：「喂，阿唐，是不是你昨天亂拿客戶什麼東西了，今天馬上就有人上門來耍流氓，給我們潑漆難看啦！」

我有點心虛地雙手猛搖：「沒、沒，我是讀書人，最安分守己的，肯定不是我。」

「每個都跟我這樣講，不知道是誰給公司惹麻煩了？」羅姊憂心忡忡地看著其他人道：「唉，我們這些夥伴天天在外頭跑，要是有人故意找碴怎麼辦？什麼死不死人的，感覺很嚴重耶！我等一下問老闆看看，要不要去報個警？」

「不如公司再幫大家多保個意外險嘛！」莊爺在一旁說著風涼話。

雖然想趕著去跟徐海音會合，但總覺得拖累了大家做苦工，就這麼離開也太不仗義。我只好跟小黑拿了抹布，一起沾了松香水慢慢地把油漆給清乾淨。

我猜坐在休旅車內那傢伙，大概很開心地正看著我被惡整的狼狽樣。

十點半，我向羅姊告了假，趕往內湖去。那輛休旅車自然也尾隨在後。抵達電視臺，我在一樓櫃檯填了資料、換了訪客證，徐海音從電梯口出來：

「你怎麼這麼慢？我正想打個手機給你，但沒人接，又忘了記你另一支手機號碼，害我擔心一下。」

我把公司發生的事跟她說了一遍。她搖頭道：「對方還真的是神通廣大。我們去地下室的員工餐廳吧！」

電視臺附設的餐廳像是個小型的百貨公司美食街，除了自助餐、麵食跟洋食館外，還有咖啡、甜點、自動販賣機跟手足球檯，平時大概夠我樂上一陣子。只可惜現在小命受到威脅，絲毫提不起勁來。

現在還不到用餐時間，這裡顯得有些空盪。徐海音領著我坐到咖啡廳角落。她先說出自己的調查經過：

她昨天去新聞部查訪後，得知ＳＩＭ卡裡的新聞稿簡訊，是由一位叫陳志凱的聯絡窗口所發出的，他在陳氏集團內擔任的是企劃公關科長，也是陳仲秋的核心幕僚之一。徐海音把一張從勞保資料轉印的身分證影本遞給我看，大頭照上是位年紀大概三十出頭，戴個無框眼鏡，長相斯文的青年才俊。

「我跟同事問到發訊的手機號碼後，就直接回撥，不過這支號碼已經無人使用了。」徐海音說道：「接著我就打到他們公司的企劃部去找陳志凱，但對方說他已經離職，沒有任何聯絡方式。猜猜看，他是什麼時候離職的？」

那還用說，肯定是去年十二月七日之後。

徐海音接著說：「是十二月中旬離職的，大概趙孟能那時開始向陳仲秋勒索了。我有直覺，這位陳志凱很可能就是我們要找的人。但問題是，我去問了他們的人事部、圈內的記者，甚至動用關係去問了健保局、勞保局……假使他轉換跑道、換了工作，總得有勞健保轉出轉入的資料嘛，但從去年十二月底後，他彷彿人間蒸發般，所有的紀錄都一片空白。」

「這位陳志凱該不會也跟趙孟能一樣，被陳仲秋給……」我做了一個斬草除根的手勢。

「我一開始也是這樣想。後來我索性假冒是陳氏集團人事部主任，打電話給陳志凱老家，想跟他母親套出些情報。我跟她說去年有一筆六萬多元的退稅要撥給他，但他母親兩三下就發覺有異，掛了我電話。不過至少確定陳志凱還在人間。」

「哦？是妳露出馬腳了？」我問。

「怎麼可能？我在記者圈裡可是套話出名的，好幾個立法委員都曾被我套出情報來。」徐海音得意一笑，道：「都發生這麼大的事了，陳仲秋為什麼會不惜代價地掩護底下的一名科長？憑著女人的直覺，我就覺得這兩人的關係不單純。後來我靈機一動，想起這兩個關係人剛好都姓陳，而且年紀上也有相符之處，於是拿出勞保資料上陳志凱的身分證仔細一看，果然是……」

她把陳志凱的身分證影本翻個面，上頭「父親欄」是空白的！這層出人意表的關係，頓時解釋了許多問題。徐海音會套話失敗而被他母親掛電話也就完全不意外了。

「阿唐，接下來的思路就簡單了。假如你是個有錢人，把外頭的私生子弄進自己的大集團內想好好栽培，結果有一天你突然發現他犯下不可原諒的大錯，你會怎麼處理？」

●　●　●

「我會直接把他送出國！」我斬釘截鐵地回道。基本上在臺灣從沒看過富豪之家有什麼「大義滅親」的戲碼。如果不是運氣不好給抓個現行犯的話，凡是有任何滔天大錯，闖禍的富家子弟總能搶在檢警上門前，先一步去海外避風頭了。

但接下來就棘手了。「那怎麼辦？要是陳仲秋真把他的兒子送出國，那我們還能做什麼？」

徐海音笑道：「別忘了，我們手上還有終極法寶：就是那張SIM卡。上頭的聯絡人就是有機會套取情報的對象。一共有四百多筆聯絡資料，扣除媒體、同行、政客以及十多筆海外電話等，還剩下七十多筆可能是親友的通訊紀錄。還好陳志凱沒特別區分工作用、私人用手機，不然線索到這裡可就斷了。」

徐海音以陳仲秋助理的名義，逐一向這七十多人進行「社交工程」，向對方表示陳董最近沒辦法出國，但有東西想轉交給志凱，不曉得對方近日有沒有出國的行程？

原本她也沒抱太高期待，萬一對方反問的話還得隨機應變來圓謊。但很幸運地，打到第十六通時，有了意料之外的回應：

「……唉，最近沒有要去北京啦！這個陳董實在是哦……我年底前可能會去一趟，到時有需要的話再找我啦！」

打聽到陳志凱應該是身在北京後，徐海音頓時想起SIM卡裡有七、八組中國的電話號碼，這有可能是確認他在北京落腳處的機會了。但因為情況不明，為了避免打草驚蛇，她還不敢逐一向對方套話。

「可是，就算找到了陳志凱，我們還是拿他沒轍啊！」我苦笑道。

徐海音惋惜地說：「假如能讓這傢伙回臺灣就好了，憑著他手臂上的傷口、不在場證明、還有精液這些證據，就能夠把他抓起來了。」

「呃……我覺得這兩天陳仲秋就會派人找上門來，把ＳＩＭ卡給搶回去了。就算知道陳志凱的身世了，也沒辦法做為對我們有利的籌碼。」

趙孟能一死，沒有人可以把剖腹狼跟這張ＳＩＭ卡的關係給連結在一起，陳仲秋自然更不可能主動跳出來認了這事。但問題是ＳＩＭ卡落入了媒體人手上——尤其是在想藉著剖腹狼一案翻身的徐海音手上，為了杜絕後患，他應該還是會盡快找代理人來處理掉。

所以，陳仲秋現在擔心的癥結，並不在於ＳＩＭ卡本身所連結的意義，而是在於裡頭的資料會不會被我們利用。比較讓我不安的是，ＳＩＭ卡上頭的資料是可以被複製出來的，希望他的新幕僚不要亂給什麼「斬草除根」的建議才好。

我們苦思了好一會兒。

「不如身上藏了錄音機，然後直接殺去找陳仲秋，跟他來個當面對質？」徐海音提議道。

我不大看好：「他知道妳是電視臺的人，不會不防備的，我也不覺得他會這麼老實供出一切，他現在是全臺灣最不想跟剖腹狼扯上瓜葛的人呀！就算錄了音，也不能當呈堂供證。」

「嗯……還是直接找水果週刊爆料，再把材料都交給檢調單位，把事情鬧大，陳仲秋就不敢動我們？」

我惡向膽邊生，提議道：「或者乾脆再拿來勒索他？趁交涉時逼他來個自白，再安排警察埋伏，來個一舉成擒？」

徐海音猛搖頭：「他在政商界這麼吃得開，萬一有壞警察出賣你，你肯定是有命賺、沒命花！」

我嘀咕道：「好啦，不開玩笑。我倒是想，妳有可能用電視臺的資源，循著陳志凱的線，去北京那邊查訪?」

徐海音一臉苦相:「別鬧了,我在節目部這麼黑,要人沒人、要錢沒錢,還北京呢!我連坐計程車去北投的車資說不定都申請不下來。而且我們自己跑去中國,豈不是更容易被人間蒸發嗎?」

「喔,我想到我們在北京有位熟人了。說不定能幫我們出錢出力,找出陳志凱的下落!」我拍手叫道。

徐海音美眸一亮,喜道:「是誰?」

「趙孟能的兒子,趙清緹!」

她聞言後先是一愣,沉思著不發一語。不過我想這或許是個尋找突破口的機會,畢竟徐海音跟我,都是因為協助他解開父親的死因而落得這般下場,現在請他出手解圍,應該也屬合情合理。

「不過我擔心他很忙,也未必拿得出太多錢來。」徐海音道。

關於這一點我也想過了。我說:「其實我們只要找個信得過、對北京熟的人就行了。他忙也沒關係,請他委託當地的私家偵探,看收費多少我們也可以分攤些,用他們的管道去尋找陳志凱,這樣就能幫上大忙了。」

「嗯……這說不定可行,我等等聯絡他看看。」徐海音點頭應允。

這時候周遭開始變得嘈雜起來。原來已近中午用餐時分,臺內的員工陸續下樓覓食,人潮一批批進來。雖然我昨晚後就沒再吃過一餐了,但儘管周圍飄起飯菜香,我卻一點胃口也沒有。

「好吧,我們得先試著揪出陳志凱,看看他是不是剖腹狼本尊,這樣我們才有實質籌碼,不然就要變成下一個趙伯伯了。」

徐海音翻了翻白眼：「不要講這種話啦，不吉利。不過在有進一步突破前，我還不想這麼把東西交出去，萬一手上連個籌碼都沒有，陳仲秋翻臉不認人，我們也麻煩。」

「唉唉，就先以拖待變吧！我們就設法撐著……」我看見一位可疑的中年人步出電梯後，往咖啡廳筆直走了過來，一種極度不安的感覺讓我下半句的話也說不出口。徐海音循著我的目光看去，神情也變得緊張起來。

案件七　「麻煩」找上門！獵狼前哨戰啓動

那個中年人穿著一身老式的雙排扣黑西裝，個頭很高、肩寬膀圓，臉上的神情堅毅，粗大的拳骨關節顯示他的武術底子，渾身散發出一種「捨我其誰」的氣勢。簡而言之，這人活脫脫就像是書中走出的菲力普・馬羅或詹姆斯・龐德，不太一樣的是，這硬漢找晦氣的對象卻是我們。

儘管附近還有兩三桌空位，但他就直直地走到我們角落這桌，拉開椅子坐下，並把手上抱著的小紙箱放在桌上。現場的氣氛不變，那種詭異氣場連服務生都不敢靠近。

「這裡有人坐了，旁邊還有空位！」徐海音不悅地說道。

「我專程來找徐海音小姐跟李宗唐先生。」

他的動作很慢、說話也慢，彷彿只使出了三分力氣，另外七分力氣正留著突襲或反擊之用。

「你是誰？至少也報個名字，這是禮貌！」雖然心中害怕，但我還是虛張聲勢，想殺殺他的銳氣。

他的一雙死魚眼冷冷看著我。「不重要。你們高興，叫我老幫。幫人解決麻煩的那個『幫』。」

徐海音冷笑：「幫誰呢？老幫你是幫誰解決麻煩？我看你不敢說出那人的名字吧！」

「我幫兩位解決麻煩。」

老幫慢條斯理地打開眼前的紙盒，拿出一個藍色塑膠皮的棋盒。他把棋盒給打開，裡頭就是在公園「七星聚會」殘局上用的那種大型木製棋子。他將紅色棋子放在上層，按照順序成對成列地排好，獨缺了一只「炮」。而那個位置用一個坊間裝ＳＩＭ卡用的透明小塑膠盒代替了。

老幫拿起小塑膠盒，對半打開，放到徐海音眼前：「不是自己的東西，放回去，麻煩解決。」

接著他用眼神逼視著我們。我跟徐海音交換一個眼色，心下各自了然。不管對手怎麼恫嚇，我們還是按照先前的布局，以拖待變！

「哼，你覺得東西隨便就放回去嗎？很多事情你的老闆都沒交代清楚，一條人命哪？還死了一條狗！我們不可能就這樣還給他。你別來這套，我們不是嚇大的！」我慷慨激昂地回道。我跟徐海音已有共識，先不把「雨夜惡狼」這張底牌太快翻出來。

徐海音也敲邊鼓道：「你要談，帶著誠意我們好好談，大家把話說開不是很好？你一定要搞得這樣陰陽怪氣的嗎？」

「誠意我有。」老幫仍是不慍不火地，繼續從紙盒裡掏東西。他先掏出一只圓形瑪瑙文鎮，徐海音一看到便臉色大變、雙手摀著嘴，一臉不敢置信的表情。原本我還沒搞清楚狀況，但看到老幫從盒子裡掏出的第二樣東西，我也快崩潰了！

是慧如送我的那支綠色鋼筆！是被我隨意扔在抽屜深處、上頭有畫顆心還刻了我倆名字的綠色鋼筆！

我憤怒地站起身，喝罵道：「你這個王八蛋，跑去我家偷東西嗎？你他媽的狗膽還真大啊！」

徐海音仍一臉驚恐地說不出話來。老幫這動作在暗示著，已經上我們的家裡「逛過」，試圖找到那張SIM卡，而且日後隨時都能回頭拜訪。

事情還沒結束。老幫再從紙盒裡拿出一疊用沖印館塑膠袋裝著的照片，把照片慢慢倒在我跟徐海音面前，這才心滿意足地把空紙盒給放到腳邊，欣賞著我們的表情變化。

我翻了翻照片，原本燃起的怒火瞬間熄滅了，無力地坐回椅上。徐海音也是一臉蒼白，雙手微微顫抖。那都是我們家鄉親人在不知覺間被偷偷拍下的照片，我看到提著一袋水果的老爸背影、在便利商店結帳的老媽側影，還有老弟騎摩托車正要出門的畫面。

老幫似乎很滿意我們心窩被狠狠重擊一拳的絕望模樣。他從西裝內袋裡掏出厚厚一疊牛皮紙袋，朝我們展示並低聲說道：「一百萬！」，然後放在棋盒上。接著把鋼筆、文鎮跟親人寫真集推到另一邊，定定地看著我們，等著我們的回答。

現在我們眼前有兩個選項。

楚河漢界、涇渭分明、一生一死……一念天堂，一念地獄！

如我先前所說的，這件事終究是沒辦法善了的。

我結結實實地打了個冷顫。

●●●

我們三人就這樣對峙著，恐怖的沉默壓制全場，無力感籠罩全身，背脊處冷汗直流。我連忙把雙手深深藏在桌下，因為這雙手無可抑制地顫抖不已，彷彿頻頻向老幫示弱。

我不知道該怎麼選。我想，徐海音也是一樣。雖然周圍人聲鼎沸，但我們都清楚，此刻沒有人可以救得了我們。

雖然我很想選那棋盒跟一百萬，然後若無其事地重回我的日常生活，但又怎麼知道這會不會是陳仲秋的「緩兵之計」，等我們卸下心防後，也許過幾個月卻橫死街頭？

可是我不知道該怎麼破這局。我和徐海音再次交換眼色，只看到她眼中的惶恐與不安。她閉起眼睛努力思考著。

「選錯，會死人。」老幫撂下狠話後，他雙手交錯環胸，饒有興味地繼續觀察我們的反應。

我現在肯定，眼前這老幫就是坐在黑色休旅車中，盯著我一整晚的傢伙。也只有他才會看著獵物的進退維谷而心花怒放。這大概是他人生中的最大樂趣吧！

體內一股怒火燒了起來，我朝他罵道：「既然會死人，那就得慎重選擇，總得給我們商量一下吧！你可不可以先滾遠點？」

老幫聳聳肩，緩緩摘下手上的電子錶，按了個鈕後，放在我們眼前。「五分鐘。繼續啞巴，不肯交出來，就很難看，我保證。」

說完後，他站起身，扣起西裝排扣，整理好下襬，這才慢慢踱到店門口，像尊石像般定定站著。

徐海音睜開眼，朝我問道：「阿唐，你怎麼想？」

我緊盯著老幫的背影，低聲道：「反正不能照這兩個選項選，都是死路。我們得找出第三個選項，給他來個出其不意，又能夠拖延時間才行。」

「嗯，我也有同感……阿唐，看你個頭這麼大，沒想到也會這麼害怕啊？」

我看著抖個不停的雙手，怎麼也止不住，苦笑說：「彼此彼此。這傢伙的氣場太強大了。」

我們快速低聲商議了幾句，擬妥了應對方式，又再反覆確認後，彼此的自信心都稍稍回漲一些，對眼前這困境算是有了具體方案。

五分鐘一到，那電子錶的鬧鈴響起，老幫筆直地走回來，拉開椅子坐下，道：「說話。」

我朝徐海音頷首道：「妳決定吧！」

她微微一笑，朝棋盒與現金那堆伸出手，往我們身前拉近了幾分。

「聰明！」老幫臉上浮現淺淺微笑。

但徐海音隨即將那袋現金又推回去給他。

老幫臉上的笑容瞬即消失了。「這是？」

「東西會還給你們，但我不要錢，只想知道真相。」徐海音堅定地說道。

「讓妳上電視亂報好升官？」

徐海音緩緩說道：「我不要錢，就只開兩個條件。首先，讓你老闆面對面跟我說出真相，我不會報導，只想解開疑惑。再來為了避免他過河拆橋，東西拿走後，過幾天我的房子又自燃，這SIM卡的資料我會複製一份，連同前因後果還有趙孟能先生的死因，都先交給一位律師。哪天我跟李宗唐先生要是有個意外受傷受風寒什麼的，這資料就會自動送往各大媒體去。你老闆有通天本領，這事應該也壓得下來，但我保證這段時間會整得他夠嗆！」

既然SIM卡資料有很大機率會被複製，那我們就直接擺明真的會複製一份，但只是拿來當作最後的保險手段，這樣或許反能讓陳仲秋安心。

老幫揚揚眉，說：「所以，哪天妳被路邊的瘋狗咬了，還是這位送快遞路上被卡車撞，都算我的？」

「這是我們自保的手段，分寸自會拿捏。你老闆這麼聰明，不會不懂的。」

老幫冷笑道：「今天，不是選擇題。今天，我要把東西帶走。我沒得選。」

徐海音不甘示弱地把手機拿在手上。「我之所以跟你談，就是想給你兩個選擇。要嘛你回去跟老闆說，同意我兩個條件就把東西還給他。再不然大家就撕破臉，我現在就叫警察來，先登記你的身分，再把手邊的東西都呈給他們看，然後傳給線上記者人手一份，要比狠就來看誰狠！反正你們老闆家大業大，我們就兩條爛命，高興的話就同歸於盡吧！」

然後又是一陣恐怖又難熬的沉默。

老幫不發一語，站起身，但卻有意無意似地掀動左臂袖口，上頭竟有一個圓形疤痕！但他無視我們驚訝的目光，自顧把西裝扣好，整理下襬。「我去提。但不要以為你們安全。那東西只要一個人保管就夠。」

說完他轉頭就走。等到他走進電梯、完全消失在我們眼前，鉗住我們脖子的那無形壓力才消失無蹤。我們長呼了一口氣，整個人放鬆下來，癱坐在椅子上，全身的力氣幾乎都消耗殆盡。

徐海音出聲：「你有看到他手上的傷口吧？你覺得他會不會就是……」

「看起來不大像啊？這人明明是國字臉，沒戽斗啊？」我也驚疑不定地回道。

沒力氣再說話，我們沉默了一會兒。

「兩條爛命？」忽地我想起剛剛徐海音的話，重述了一次，然後我們哈哈大笑起來。笑到眼淚都流出來了，好不容易才停止下來。

恐懼過頭後，大概只能這樣宣洩了吧！

我說：「所以我們接下來……」

徐海音豎起食指壓向脣間，比了個噤聲手勢。接著走到老幫剛剛坐的位子上彎腰查看。令我意外的是，居然從桌子底下真取出了用雙面膠黏著的黑色小盒。大概只有半截指頭大小，另一端還延伸出一根軟天線。

徐海音拿過桌上面紙，快速寫上：（是竊聽器。繼續說話，導向我們想多敲詐金錢）。

我會意過來，故意說：「我們接下來，就應該給他一些釘子碰，不要太快把東西交出去。一百萬怎麼夠我們分？我看那人至少可以拿兩、三百萬出來。」

（你回家也要檢查，打電話討論時別待在房間）。

「那人真的好恐怖，我們還是別要求太多，不然超過他預期，來個破罐子破摔，我們反而得不償失，對吧！」

「好啦，喊到兩百萬然後保證日後不找麻煩，我們就答應他吧！」我繼續放煙霧彈。

（我們先離開？）我朝徐海音比著手勢。

她搖搖頭，表情像是吞了一大把大頭針。她將竊聽器遞給我，俯耳輕聲道：「先把它沖到馬桶去吧！我得再坐一會兒。老毛病了，一緊張胃就會抽搐，一放鬆下來就痛得不得了。」

過了二十多分鐘，等徐海音緩過來後，她帶我搭電梯上到三樓找了間無人會議室，又再談了兩個多小時，決定之後的應對方針。

將近四點鐘我才離開電視臺。回到一樓換證後，隔著落地玻璃窗門，又看到那輛黑色休旅車仍等在外頭，讓我頓失步出大門的勇氣。

「嘿，阿唐老弟！」

背後傳來熟悉的招呼聲，但我心情卻好不起來，這是我目前最不想見到的人之一。

在我轉頭前，八角先一步攬上我的肩膀，用力拍了拍，然後用一種同情的眼光看著我：「阿唐，上次跟你談的轉換跑道那件事，一直有效喔……假如你能活下去的話。」

看著他幸災樂禍的表情，讓我差點當場吐血。我報以苦笑，回拍了他一記，然後頭也不回地跨出大門，發動我的摩托車。

要戰就來戰吧！反正本公子就爛命一條嘛！

●　●　●

那輛黑色休旅車也沿路「護送」我回家，然後在樓下守候，感覺好像憑空多了個貼身保鏢似的。只是一進到屋內，我就沒有這種苦中作樂的心情了。

我的房間彷彿被轟炸過一樣，翻箱倒櫃凌亂不堪，所有可能藏ＳＩＭ卡的空間都被仔細地拆開檢視過，枕頭、棉被、抽屜夾層統統遭殃不說，就連牙膏管、滑鼠、吹風機等這些奇怪地方也全被大卸八塊，好好一個房間變成零件垃圾場，讓我當場當機十分鐘，一整個欲哭無淚。

接下來，我認命地一邊整頓環境，也一邊留心尋找竊聽器蹤跡，但一直搞到入夜後仍毫無所獲。看來之後不能在這房間裡直接聯絡徐海音了。

老幫那句「送快遞時被卡車從後面撞上來」的狠話讓我耿耿於懷，這輩子第一次當面聽到這麼露骨的恐嚇，我想這禮拜大概也沒心情或膽子去上班了。

我們都很清楚，陳仲秋想盡快取回這ＳＩＭ卡，因此中國那邊的調查必須快馬加鞭才行。晚上九點多，徐海音便來電，我衝到公寓天臺上接聽：

「阿唐，我把這事跟我未婚夫遠聲商量過了，他說錢的問題不必擔心，他會不計代價地保護我，結婚基金讓我隨便動用。所以聘請偵探這方面的花費暫時先搞定了，這是第一個好消息。」徐海音甜甜地說道。

聽到這資金問題解決了，讓我頓時鬆口氣，畢竟我的銀行戶頭根本空空如也，真要湊買命錢的話，變賣全副身家不知道湊不湊得出一萬元。不過我還是故意酸溜溜地回道：「好甜蜜啊，有另一半就是有這樣的好處，我希望以後也有個女孩，可以這樣奮不顧身地為我砸錢。」

她呵呵笑道：「會啦，一定有的。第二個好消息是，趙清緹把他認識的私家偵探介紹給我了，對方也同意暫時放下手邊工作，調動所有資源來處理這『特加急件』。他現在就在線上，我可以開三方通話給你，商量看看要怎麼開始調查。」

接下來就是長達半個多小時的線上會議。因為攸關兩人性命，所以即使站在天臺吹著冷風，我還是全神貫注地不漏聽任何細節。

首先對岸的私家偵探先自我介紹：「小弟姓殷名勤，人呢是沒啥大優點，頂多盡量符合當年爹親取名的期望，做事慇慇懃懃、牢牢靠靠，還請各位大哥大姊多多指點。趙董事長也特別交代，一定會用特加急規格辦好兩位的事，絕對爭取第一時間解決，請兩位儘管放心。」

這番北京腔說得還挺逗的，讓我對這位殷勤好感大增。雖然我不喜歡把事態發展「賭」在陌生人的身上，但眼下這位素昧平生的中國偵探，卻是我們的救命稻草了。

徐海音再跟他解釋事件細節與調查重點後，殷勤也很快地進入狀況了。「北京城找個人兒，說難不難，得先有個準兒。您倆手上有頭緒沒？比方他朋友知道他大概的去處，或是喜歡上哪兒喝茶、有叫過哪家盒飯之類的？」

「我還以為你可以去國臺辦還是公安那兒找到他的下落？」我插嘴問。

「沒的事兒、沒的事兒，哪這麼方便的，還是得照規矩來。又不是玩遊戲開掛，不帶這麼找人的。」殷勤哈哈笑道。

「我們這裡倒是有條線索。陳志凱的手機上有幾支大陸的電話號碼，或許您可以先幫我們查查。」徐海音不知不覺也學起捲舌音了。

那殷勤底下似乎真有「好幾號夥計」（他自己的說法），每當徐海音報出一支電話號碼，他就大聲地在彼端重複一遍，然後立刻就有人裝作是「送外賣的」、「拉保險的」、「打錯號的」致電打探，效率極高。

試過全部七支電話後，殷勤回報：「有三支是私宅，其中之一在天津市。有點意思的是另外四支，都是店家或單位，分別是出租車行、外賣、快遞跟東城分局的號兒。」

「呃，你說的有點意思，指的是？」我問。

「這店家跟單位都是位在咱北京東城區，很有可能你們想找的人就在這兒。大大縮小搜尋範圍哪！從一萬六千八百平方公里，縮小到四十二平方公里，進展特大！」

「嗯，如果是這樣就太好了。接下來我們想委託你，就那三支號碼先行調查，看看他們跟陳仲秋或是臺灣這邊有什麼關係。」徐海音說道。

「行，立刻辦！」殷勤爽快回道。

「喔，我剛剛把陳仲秋相關的資料整理好，寄到你的新浪電子信箱去了，你收一下。打聽他有沒有親戚住那兒，或是有在北京置產。設法幫我們找到他兒子可能的落腳處，好嗎？」

「成！咱會動員所有夥計去找，事情絕對辦得妥妥的，兩位請靜候佳音。」

「請無所不用其極、拿出所有壓箱本事、全心全意地去找，拜託了！」雖然明知對方看不見，但我還是來個深深一鞠躬，希望真的能有轉機出現。

殷勤也愣了一下。「……行、行，小弟一定不辜負兩位期望，通宵加班加點、火力全開！」

等他收線後，我跟徐海音又繼續聊著，針對之後的計畫再行補強。

「對了，你知道剖腹狼是怎麼把被害人的肚子剖開的嗎？」談得差不多後，徐海音忽然問道。

「呃，妳之前不是說抓著被害人的腳，倒立過來剖的嗎？」腦中模擬那畫面，我不禁打了個冷顫。

「這要花的力氣大得驚人，也不可能那麼俐落，一刀到底。」徐海音說：「我問過資深法醫他說，檢視那三名死者，入刀處都是在胸骨處，而從肌肉紋理的斷裂與拉扯力道分析，他最有可能是先將被害人扛在肩上，熊爪刀反握抵住對方胸骨，然後一個過肩摔，讓被害人自身的體重，來做為瞬間剖開身體的力道。」

想到活生生劃開半邊血肉之軀的場景，就直讓人心裡發毛，也難怪這匹狼得穿雨衣、趁雨夜犯案了。「所以妳的意思是……」

「法醫說了，這匹狼應該是喪心病狂、嗜血成性、有武術造詣的傢伙。普通人要是碰到他，最佳對策就是能跑多遠就跑多遠，千萬別想著去制伏他。」

「這不用吩咐，只要碰到，我絕對放腳跑裂褲管、跑出奧運水平的。」我打包票道。哪怕親手抓到這匹狼後，能夠上電視當英雄還交到女朋友，我也絕對二話不說立刻拱手讓賢的。說到這兒我突然想到一件事：「對了，這傢伙敢囂張到把精液留在現場，妳覺得是真的太過自大張狂，還是仗著有老爸在後頭撐腰？」

徐海音頓了頓。「就是這件事讓我心裡有點疙瘩。我昨天找法醫問過了，三次現場取樣比對，這精液都是同一人留下的，且是血型AB型。但我查過陳志凱的兵役紀錄，他的血型卻是B型。」

我心中一驚，失聲道：「怎會？妳確定？」

「百分之百確定。」

「那妳知道陳仲秋的血型嗎？」

「AB型。」徐海音說：「之前他有參加一場捐血活動，我們家記者訪問他時有提到。我還特別去調帶子出來確認了。」

這意料之外的答案讓我困惑。「可是妳說過，陳仲秋曾經有完美的不在場證明，對吧？」

徐海音笑道：「是啊，這很困擾我，搞得昨晚都睡不好，但現在我倒是有個大膽的假設。你就沒想過，這惡狼每次犯案時，全身上下都準備齊全，但偏偏口袋還塞了支會自曝身分的手機，有點怪怪的嗎？」

我大概猜得到她的假設為何了。如果屬實的話，也許我們可以好好利用這個矛盾，讓事態朝我們希望的方向來發展。

解答七　誘狼回臺！我們需要一點主場優勢

獵狼行動第一天。那輛休旅車仍停在我家樓下，我打定主意足不出戶。跟羅姊請了三天假，然後一天吃兩餐泡麵，拒接陌生來電。整天幾乎都是看電影、上網打發，提心吊膽地寫不出東西。

雖然我們把自己的計畫，取了個「獵狼行動」的威風稱號，但我們大概是史上最窩囊的獵人了。

獵狼行動第二天。重複前一天行程，只是泡麵吃完了，晚餐改叫披薩。晚上八點多，徐海音傳簡訊表示有人打電話給她，約明天中午去跟「老闆」碰面，但她藉口推辭了。對方又再次撂下狠話。

獵狼行動第三天。打算重複前兩天行程，但有人沉不住氣，到我門口重重敲門，我堅決不開，敲了五分鐘的門後以一聲重重的「砰」聲終結。等他的腳步聲遠離後一小時，我才開門查探究竟。

一把小獵刀插著一張字條，就這麼釘在我門口上。上面潦草地留了一串手機號碼，下頭註明：「今日內聯絡，勿自誤」字樣。

我衝往天臺跟徐海音聯繫，最後決定用「指定會面地點」外加「兩百五十萬元封口費」的方式來拖延，要求對方得在公共場所會面才願配合。老幫自然是非常火大，但這還輪不到他來作主。只要他必須去請示老闆，那就表示我們又能多獲得一～二天的時間。畢竟他們要擔心的事情遠比我們還多呢！

獵狼行動第四天，殷勤總算有進展了。凌晨六點多我就被手機鈴聲吵醒，我睡眼惺忪地衝上天臺：「殷勤你怎麼這麼早，我記得我們這兒跟北京是沒時差的啊？」

「六點多早該幹活兒，天都大亮了呢！」殷勤自顧呵呵笑著：「是那位徐大姊要我一有結果就回報，我這兒有重大進展了。要您不方便，我晚些再打成了。」

彷彿黑暗中看見一絲曙光，聽到他這句讓我睡意全無：「不，不，有進展你就快說，我們等很久啦！」

「是。首先報告，我們已經找到陳志凱的下落，他就在北京大學第六醫院。」

「第六醫院？他在裡面養病嗎？」我問。

「北醫六院是我國最好的精神科病院，陳志凱就在裡頭治療……」

按照我們之前的計畫，殷勤先安排兩位「裝扮」、「氣質」跟治安機關相近的夥計，拿著陳志凱的照片在東城區高調地打探消息。雖然包括在那SIM卡上的三家店頭在內都沒問出什麼，但這件事已經在當地的臺胞圈傳開了。

同時殷勤也在調查剩下的三支私宅電話所有者背景。排除當地的一位房仲與一位裝潢師傅後，剩下在天津市的那位臺商有點頭緒。殷勤運用「社交工程」，讓那位臺商相信陳仲秋委託他「帶點東西」給陳志凱。

隔天他就安排夥計把一箱密封的衣物跟書籍送到那臺商公司，裡頭藏了GPS發報器。而臺商在第二日找了職員幫忙送這箱貨到北京。在外守候許久的殷勤一看到GPS有動靜，馬上就從後跟蹤那輛車，因此得知陳志凱位在北醫六院。

之後殷勤再派人混進去查探，確認了陳志凱住在五樓單人病房。盡責的他想弄到病歷表，但無法如願，只好退而求其次，從隔壁病房下手。他收買了隔壁病房的親屬後，假冒身分混入探病，但也只能從病患與看護人員間，勉強打聽出些隻字片語。

「太專的術語咱不懂，只能揀些零星片段來講講。」殷勤說道：「就是說這病人呢，對聲音很敏感，有時聽到比較尖銳的雜音，情緒會不穩，攻擊慾特旺盛，危險得緊。此外有嚴重情緒障礙、暴力幻想、對社會有報復心態。大概是這樣的程度了。特別的是，那間病房有特別改裝過，聽說裡頭鋪滿消音海綿，原本安在外頭的空調壓縮機也拆了，看來真的特怕吵。」

「好的，接下來還是要拜託殷勤老兄，繼續下一步了。要抓緊時間！北醫六院那裡也務必要盯緊！」

「明白，照辦！北醫六院那兒咱已設立監視點，有反應立刻回報。」

最難熬的第一步總算有眉目了，我們稍稍獲得了一些主動權。接下來我回到房間，根據殷勤傳來的建議網站列表，逐一註冊對岸人氣最旺的論壇、微博與討論區，開始發布「臺灣殺人魔在北京」的帖子……

這就是我跟徐海音討論出來的「圍魏救趙」戰術了。先去陳仲秋後院放火，讓他自顧不暇。只祈禱在這節骨眼上，他不會想花心思跟我們談判的。

當然啦，在謠言發酵前，還是需要再拖延幾天才行。在徐海音的建議下，我們擬了一份給陳仲秋的「秋後不算帳協議」，裡面看似字斟句酌地寫了二十多條條文，我想可以再為我們爭取一點時間。

獵狼行動第五天，今年的年假都請光了，羅姊催我上班，但這幾天卻是最容易被「殺雞儆猴」的節骨眼，於是我只好偽稱得了重感冒，繼續請病假，並婉拒想來探望的莊爺。

中午時分，我主動拿著列印出來的「秋後不算帳協議」，走到樓下敲了那輛休旅車的車窗。車窗落下，裡面不是老幫，是位臉色同樣陰沉的中年男子。

我把那份協議扔進車內，然後往街角自助餐走。這是我本週吃得比較道地的一頓午餐了。

過沒多久，老幫就打電話來了：

「玩什麼花樣？」依然是讓人想抓狂的緩慢語速。

我的雙手又開始顫抖起來。我故作冷靜道：「最後一個要求了，都同意的話就見面。」

另一端沉默片刻。「這是最後一次。要你們來就來，不然後果自負。」老幫說。

雖然明知這傢伙是照三餐撂狠話，但老實說我還是很害怕。「會的，你老闆同意這協議，我們就見面。我們不要錢已經夠優惠了，他動動嘴皮還能省錢，不是很好。」

「你小心點！」電話掛斷。

我苦笑著收起手機，突然間食慾全無，對著眼前的滿盤飯菜卻沒了胃口。

●　●　●

獵狼行動第六天，又在極度壓抑不安的狀態下度過，但我也沒閒著，在家趕工把一份要給陳志凱母親的說帖，以及一份內含「索命訊息」的低頻噪音檔案製作完成，寄發給徐海音，這才登上天臺與她聯繫。

「我剛發電子郵件給妳了，收一下吧！」我說道。

「收到了。說帖我看過了，已轉寄給殷勤，他會等你指令啟動。另外一個MP3檔案我開了，可是什麼聲音也沒有？」

我笑道：「人耳的極限是二十赫茲，但絕大部分的人是聽不到的。我不知道該調到多少才有用，所以就以二十赫茲來試試看，播放後沒聽見聲音是正常的。」

徐海音憂心地問：「你覺得這會有用嗎？」

「我哪知呀！這都是我們自己想的理論，誰知道會不會對那匹惡狼有效？但我們手上根本沒有什麼籌碼，現在能做多少算多少，至少盡人事求個心安嘛！」

「好啦，我的車下午會改裝好，我會把這檔案燒成ＣＤ準備好。」

「妳還是要多加小心。」

「嗯，你也是。」

從殷勤的情報得知，陳志凱「很怕吵」，怕到得住進隔音病房，連空調也拆了。而根據我之前讀過的那些連續殺人魔教材，有不少人是伴隨著「幻聽」症狀的。如果敏感到連空調都不能裝，會不會是超低音頻影響他的腦部呢？

天曉得！

但對被禁足在家裡的我來說，朝電腦錄一些「惡狼還我命」、「你為什麼這麼狠」之類的索命對白、然後用軟體調成超低頻率的音樂檔，也不過是舉手之勞。接下來徐海音跟臺內器材組借調大功率音響與電池裝在車內，做為這「索命超音波」的播放平臺。

現在的問題只剩下，惡狼什麼時候入圈套了。

獵狼行動第七天。對岸的網路謠言散播得比想像中快，加上臺胞圈先前已盛傳有人在到處打聽陳志凱的事情，因此週日早上八點多，我就接到殷勤的來電：「有人進房幫忙打點行裝，目標有可能要離開病院了。」

「幫我查一下機場最近航班，估計他會上哪兒？回臺灣機率大嗎？」我問道。

「不好說，中午前班次密集得緊。」

「幫忙盯著他，一確定就回報。另外等目標一出門，就立刻打給他媽，照那份說帖，不必修改。」

「明白。」

我可以感到腎上腺素正在分泌，心跳加快、血液奔騰，今天就是見真章的時候了！萬一搞砸了我的小命恐怕不保。我先發了封簡訊給徐海音要她做好準備，然後在室內狂踱步，一秒鐘也坐不住。

與此同時，會有一通電話從北京打到陳志凱在臺灣的老家，用緊急的語氣向他母親報信：他的兒子今天會離開北醫六院，前往機場出國。但其實陳仲秋是打算派人殺掉這不孝兒子的，至於是在中國還是其他國家動手，這就很難說了。

這時他母親或許會嗤之以鼻地掛斷電話，又或者願意花幾秒鐘聽聽理由。如果是後者的話，那我們這步棋就下對了！

對方會告訴她，陳志凱之所以會淪落成雨夜惡狼，初衷是起於對父親的不滿。他很希望有個正常家庭、完整名分，但事與願違，乖戾的個性與反社會性格，讓他犯下血案，同時還故意在現場留下父親的精液，甚至連手機都故意遺落，好讓警方的調查矛頭早日指向他們一家，讓社會的譴責輿論造成父親一輩子的傷害。

這是我幫忙編造的一個「殺人魔動機」，盡可能符合目前調查到的線索，對知道內情者或特意去求證者而言，也能貼近這劇本走向。就算他的母親半信半疑，但陳志凱確實正在被轉移到其他國家，他母親勢必得盡快做出反應。

如果他們家確實存在著如此巨大的矛盾，那麼他母親最可能的反應——也就是最符合我們解套方向的，就是設法讓陳志凱回臺，這樣才能夠保護他。當然，他母親也可能會選擇飛往中國，但我們仍留有後手來預防。

一小時後，手機再次響起，殷勤回報道：「目標要直飛舊金山！」

「執行A計畫！」

「明白！」

我憂心忡忡地踱來踱去。萬一A計畫不生效，陳志凱直飛舊金山的話，那一切準備就泡湯了。這個計畫內容很簡單：

在北京首都國際機場的涵關人潮中，忽然有位眼尖的旅客，發覺身邊有位年輕人很面熟，彷彿是最近網路上流傳的那個……為了驗證他的想法，因此他一個箭步衝上前，拉開他左臂袖子，然後指著那傷口大喊大叫：「你就是那個臺灣殺人魔！那匹姦殺三名女子的雨夜惡狼……」。而騷動現場還會有人「碰巧」用攝影機錄下這一切，當然手臂上的傷口會以長焦鏡頭來個完美特寫。

如果陳志凱沒有因此離開機場，仍試圖搭上飛往美國班機的話，那麼B計畫就會隨之啟動，大陸公安跟臺灣警政單位都會接到某電視臺人員的舉報電話，同時還有影片為證！萬一時間太過急迫的話，還會有人謊報該機上的行李有炸彈，來拖延班機起飛！

等待的時間如一世紀般漫長。還好十五分鐘後，殷勤就打電話來了：「A計畫成功！目標落荒而逃，衝到門口攔了輛車就跳上去。咱正在後頭跟著。」

「他身上究竟有沒有傷口？」我急問。

「有！如你們說的，尖東西刺的模樣，雖然癒合了但仍看得明顯。夥計拍的影片很清楚，回頭網速快些時傳給你們。」

我頓時鬆了一口氣，至少這匹狼的身分確認了。

「我看這廝要上京津塘高速公路了，八成是往天津機場去。」殷勤回報。

「B計畫！除非他回臺灣，要是他跑往其他國家，就讓你的夥計跟機場警察……我是說公安，拿著影片去舉報。舉報時盡量鬧出些動靜讓目標聽到，我不確定他們會不會在意臺灣的嫌犯。」

「明白，我知道意思的。哦，同志，我們這兒也管公安叫警察，人民警察嘛！」

接下來就是陳志凱母親的那步棋了。站在陳仲秋的立場，他是絕對不希望兒子跑回臺灣，風險太大。但若他母親真信了我們編派的說詞，那麼這時就該勸陳志凱先回臺灣躲躲，納入自己的保護羽翼下。

當然，陳志凱也許會選第三條路，在大陸先找個地方躲起來。但有殷勤在後頭追躡著，外加我們有影片在手，這傢伙遲早也會被引渡回臺的。

接下來預計是兩個多小時的等待空檔，等到陳志凱抵達天津機場才有戲唱。我看向窗外，那輛黑色休旅車已經離開了，街道上也沒看見盯梢的人，讓我多少放鬆些。如果今天計畫一切順利，讓陳志凱能在松山機場落網，那今晚就能睡個好覺了。

又是煎熬難耐的等待。這期間我跟徐海音通了電話，她已經做好「搶獨家」的準備了，除了協調好拍攝小組外，她還打算一取得殷勤的影片後，就馬上發個「新聞快報」，讓「節目部的老傢伙們」見識一下她的能耐。

下午兩點二十分，殷勤來電：「回報！目標會搭二點四十分的班機回臺灣！」

我情不自禁地高聲歡呼起來。「太感謝你了，殷勤！我哪天寫小說，一定會把你的名字寫進去的！我愛你！」

「哈哈，我有愛人啦，消受不起。咱會繼續盯著直到他上飛機為止。合作愉快啊，同志！」

計畫成功一半，讓我熱淚盈眶！看來這惡夢總算要落幕了。

就在這時，我聽到後邊廚房傳來「扣扣」的奇怪聲響。我好奇地走過去查看，赫然發現老幫居然就蹲在窗戶之外！我立即抄起準備已久的球棒，並立即選定撤退路線，不料老幫居然高舉雙手，表示自己絕無惡意。

我猶豫片刻，走過去把窗戶打開。

●●●

我住在四樓，廚房窗戶正對著防火巷，壁面一片光滑沒有可借力之處，這老幫硬是能徒手用壁虎功爬上來，堪稱是身手了得。

我退後幾步，戒備地盯著他，握著球棒的右手持續蓄力，準備隨時出手。

「放輕鬆。真要怎樣，不必等你開窗。」老幫沉沉說道。

「沒人像你這樣，從窗戶爬進來的吧？只有小偷或強盜才會這樣。」

「我敲門，你會開？」

我一時語塞。

「你究竟想幹麼？」我問。

「救你們的命！」

我冷笑道：「你要救的，是你們小老闆的命吧！他再過幾小時就會飛回臺灣，然後就等著進警察局，晚上你們老闆就上新聞頭條，忙到沒時間再恐嚇我們了。」

老幫微微一笑，伸出他的左手臂給我看：「上次故意露一下，有注意到？」

那的確是用類似筆尖刺出的圓形疤痕。我心頭猛然一驚，緊盯著他的雙手，生怕熊爪刀應聲而出。「你才是雨夜惡狼？」

老幫搖搖頭。「自己刺的，頂罪用。」

因為老幫用語太簡潔，所以我略加整理才搞清來龍去脈：

陳仲秋對老幫一家有極大恩情，所以老幫在特戰部隊幹到少校退伍後，就直接到陳氏集團服務，從事保安管理工作，也會幫忙料理一些檯面下的「麻煩事」。

陳志凱是在他入集團兩年多後，由陳仲秋帶進來的。陳仲秋很看重這個私生子，但他也清楚元配個性，不可能會分出一毛財產給他，不然也不會至今都不給他一個名分。或許是出於補償心態，陳仲秋想在有生之年，把自己最珍貴的無形財產，也就是經營致富之道傳授給他，但這反而把陳志凱搞得更痛苦。

陳志凱進入集團時就有躁鬱症病史，不擅長與人接觸，情緒上來時甚至有暴力傾向，根本就不應該擔當公關一職。但陳仲秋偏偏認為心性是可以「磨」出來的，「哪邊是弱點就朝哪裡好好磨練」，同事們也可以幫忙督促、磨合他的個性，誰知道陳志凱的問題絕非是「脾氣比較差」而已，指揮不得要領兼且喜怒無常，搞到後來只能另外弄間獨立辦公室給他，沒人願意跟他共事。

一直到趙孟能找上門，用SIM卡向他勒索時，陳仲秋這才驚覺，原來委以大任的私生子居然就是雨夜惡狼！驚嚇之餘，陳仲秋立刻透過管道將他送出國治療，此外一邊花錢先穩住趙孟能，也一邊在設法幫私生子尋找脫罪契機。

他的主要計畫是殺人滅口，從對岸找來兩名大圈仔下手；而另一計畫則是要老幫自己先製造一個同樣傷口，萬一主要計畫失敗的話，就讓老幫模仿雨夜惡狼的手法，去姦殺另一名女子，然後把所有的罪名攬在身上。

但這件事卻讓老幫退卻了。他自命是鐵血戰士，不是瘋狂殺手。要他在手臂上用鋼筆扎個洞來報恩，他眼也不眨；但要他充當一次雨夜惡狼，對無辜的陌生女子下手，他做不來。

於是他幾經掙扎後，偷偷向趙孟能示警，總算讓這位給意外之財沖昏頭的老人清醒些，這也才有後來的「七星聚會」馬克杯跟藏SIM卡事件。

而那兩名大圈仔只完成一半任務，SIM卡仍沒找回來。陳仲秋認為隨著趙孟能這人證的死亡，SIM卡跟雨夜惡狼已然沒有關聯性，所以老幫的頂罪計畫也告暫緩。

但誰知道過了幾個月，有兩個不知死活、愛管閒事的人找回SIM卡，其中一人居然還是電視臺記者，這可把陳仲秋嚇得不輕。而且派人跟監後，認為這兩人已將SIM卡跟雨夜惡狼給扯在一塊兒了。因此他這幾天一直催促著老幫執行頂罪計畫。你說不想對無辜女子下手？那眼前不正有個威脅到老闆、「很有理由」幹掉的女子嗎？

聽到這裡，我的心臟彷彿停了半拍，一整個喘不過氣來。「所以……你偷偷來找我，是因為我們中計了？陳志凱根本就沒有搭上那班飛機？這是個衝著徐海音來的陷阱？」

老幫用憐憫的眼神看著我，點了點頭。他從懷裡掏出小筆記本，翻開幾頁後示意我看。

原來我們的調查行動從頭到尾，根本都在陳仲秋的意料之中！殷勤的每個問話、窺探或跟蹤，都被另一組人馬從後跟監並回報，而陳仲秋也針對所有可能發展做了布局。但我們針對陳志凱母親的遊說，以及在北京機場的突襲大出他意料之外，所以即將到來的劇本是這樣的：

陳志凱會在天津機場附近藏匿，收到陳仲秋的指示後再進一步動作。前往松山機場守候的徐海音將會撲空，但陳仲秋會安排另一個跟陳志凱體型相近的誘餌向她下套，以為陳志凱走特殊通關回到公司，等著徐海音自投羅網。陳仲秋已調查過徐海音的背景，他有90％的把握，徐海音會冒險前來。

的確，就我對徐海音的了解，如果知道剖腹狼有可能藏身原公司大樓，就算全天下沒有一個人相信她的說詞，她照樣會親自扛起攝影機，深入虎穴來拍攝第一手新聞的。

「為什麼要幫我們？」我問。

「他不該回來。偏偏你說動他媽。」老幫幽幽地說道。

在我們整個計畫中，原本認為不甚重要的一步，竟是破壞了陳仲秋計畫的關鍵。陳志凱的母親擔心他真的會遭生父毒手，因此死賴活賴地要求讓陳志凱回臺。陳仲秋無奈之餘，為了轉移外界注意力，怒不可遏下，決定讓老幫今晚就去殺掉徐海音，然後頂下雨夜惡狼的罪名。哪怕今晚或許不會下雨！

當假冒的「雨夜惡狼」製造屍體時，陳志凱還在北京，就算他近期內必須短暫回臺，以安母親的心，在老幫頂罪、混淆視聽之際，他絕對有足夠的時間從容離臺，從此不再回來。就算日後專案小組發現真相，也只能徒呼奈何了。

今晚，就是一翻兩瞪眼的時候了。原本就猶豫不定的老幫，選擇離開，並將情報洩漏給我們，因為——

「他要處理的目標變多，我的撤離時間更長。」

「這你就不用補充啦！」我翻了翻白眼道，敢情這還有戰略盤算。

「你們惹不起。跑！能出國就出國！」

老幫離開時，仍撂下這句狠話作結。這是我最後一次看到他，而他後來再也沒回去陳氏集團，我一直不知道這位救命恩人的真名。

我這時也才明白，在這令人窒息的漫漫等待中，受到煎熬的並不只有我跟徐海音兩人而已。

●●●

老幫一離開，我馬上打電話給殷勤探聽虛實，但彼端卻傳來「號碼無回應」的訊息，我心中大急。下一通我再打給徐海音，她正率領攝影團隊守候在臺北松山機場。

「殷勤的影片已經傳給妳了嗎？」我問。

「他留守的夥計剛打電話給我，說殷勤的車在高速公路上被追撞，摔下匝道，兩人重傷已經送醫院了，但他們趕到時，攝影機跟筆記型電腦都不見了！」

我恨恨地罵道：「該死！」

徐海音詫異地問：「這應該只是單純的交通意外吧？你知道對岸有人會趁亂打劫的。影片沒傳來也無妨，陳志凱的班機再半小時就要到了，我剛剛已經通知專案小組，他們會派人來圍捕。」

「這不是意外！我們都上了陳仲秋的當了！」我快速地把老幫來找我的事情全說了。

「你不覺得，這說不定是陳仲秋派他來放的煙霧彈嗎？」儘管有些半信半疑，但徐海音仍堅持等班機落地後再決定。

「好吧，讓我想想看之後該怎麼辦。總之陳志凱還在天津，妳可千萬不要去闖陳仲秋公司跟他對質。」

「行啦！我好歹也是資深記者，知道怎麼自保好嗎？」

收線後，我心亂如麻，焦躁地在房間內踱來踱去。如果老幫說的是真的，而他也不願意去頂雨夜惡狼的罪名，那接下來的劇情走向，就只會是陳仲秋等風頭一過，安排陳志凱悄悄回臺……不，妥當點應該是安排陳志凱母親去中國，然後帶他前往第三方國家。

接下來我跟徐海音就倒楣了。難怪老幫給我的忠告也就那麼一個字：「跑」！但問題是我連出國三日遊的錢都沒有，這要怎麼跑出國躲個一年半載？不，也許只要跑到臺灣南部、東部，隱姓埋名過一生，不跟家人朋友聯絡、不要用信用卡……

等等，我在想什麼？冷靜、冷靜……我強迫混亂的腦袋冷靜下來。這盤殘局還沒走完，誰勝誰負仍未知曉，要怎麼連消帶打、反將對方一軍？除非讓陳志凱盡快回臺灣，那我們就還有一線機會！

徐海音來電，哭喪似的語氣道：「阿唐，被你說中了，陳志凱沒在那班機上，警察已經收隊回去了。」

「我知道。但現在如果不設法讓陳志凱盡快回臺，我們會有麻煩。」

接著我把自己的分析跟她說了，最後註定的結局也讓她心裡直發毛。

「那怎麼讓他回來，有想法了嗎？萬一讓他母親飛往中國，那我們就更使不上力了。」

「我想妳得先委屈一下，發個新聞來讓陳仲秋安心了。接下來我們只能再寄望殷勤……殷勤他的夥計了，現在只有從對岸施力才行。」

我向徐海音問了殷勤夥計的電話，打了過去。還好他有參與這案子，因此很快就進入狀況。不過聽到我的計畫後，他還是忍不住驚呼：

「同志，你確定真這麼幹？」

「就是要這麼幹！」我發狠道：「把你手上能動員的所有人，統統拉到天津去！不要擔心錢的問題，你也想幫殷勤老大報仇的吧？」

「明白，我們熬夜來幹！」

我只剩下最後一步棋了。我讓殷勤夥計盡起手邊人馬，連夜趕往天津，針對機場附近可能投宿的地方，以及ＳＩＭ卡上那位臺商住家進行「恐嚇式尋人」，也就是大張旗鼓地表明要找一位臺胞，然後有意無意地暗示找到後會將其「斷手斷腳」，當然這只是虛張聲勢，我只能祈禱陳志凱會因為這樣而返臺。

解答七　趕鴨子上架的英雄？滅狼的最後一擊

陳仲秋安排的「反追蹤小組」幫了大忙！當那群人看見有「一大群凶神惡煞」衝進陳志凱投宿的旅館，揚言要一間間敲門確認時，他們就先一步把陳志凱給帶了出來，並向陳仲秋回報。

而我當然也立刻擔任那個向陳志凱母親通風報信的角色。這即時情報讓她更感不安，也打消要出國援救的念頭。我想她會立刻打電話向兒子確認，並得到更確實的回應。

儘管老幫沒有完成使命，但徐海音透過管道發出了爆料新聞稿，應該也能讓陳仲秋安心些。那新聞稿的標題是：「太瞎！民眾擺烏龍　獵狼小組機場圍捕做白工」，把某位民眾「謊報」兩夜惡狼行蹤的事寫了出來，專案小組表示有心人士不該亂放假消息，使得民眾陷入恐慌，未來將會嚴懲云云。

這已經是徐海音最大極限的讓步了，發表這篇新聞近乎是她職業生涯的自殺。但如果沒讓陳仲秋有「風頭暫時過了」的錯覺，他絕對不會讓兒子回來的。

殷勤的夥計在天津機場附近鬧騰了一整夜，連公安、城管、當地記者都出動了，但他們仍恪遵職守地化整為零，與治安部隊玩起捉迷藏，透過網路、電話、廣播等方式「高調尋人」，成效十分顯著！

陳志凱搭乘隔日下午一點二十分的直航包機返臺。下午四點多班機一落地，徐海音便在同事協助下一路盯梢，確認陳志凱進入陳氏集團總部大樓。她的職業生涯已經半毀，在電視臺內已達「黑到發紫」的地步，只能靠這最後一擊來搏一把。而我也覺得自己有點連帶責任，因此把「盡可能遠離剖腹狼」的忠告置諸腦後，來個捨命陪美女了。

這是位於敦化南路精華地段、一棟十層高的辦公大樓。仿照古希臘建築風格，典雅的愛奧尼亞式圓柱、精細繁複的橫飾帶，以及陳氏集團的梅花標誌，顯得格外氣派。

光是一樓的穹頂大廳挑高就近六米了。站在這大樓前，整個人頓時連底氣都虛了，有矮人好幾截的無力感。不過為了自己的小命著想，那怕前方是龍潭虎穴，也只能硬著頭皮豁出去了。

徐海音故意把車子停在大樓東側。我已向老幫確認過，陳志凱之前的隔音辦公室就在東側六樓，但並不確定他人會不會在裡頭。就我的看法，之前他已在隔音病房待了五個多月，出來後選擇隔音較佳的地方也是很合理的。

只不過隔音窗的品質哪怕再好，也是對付不了低頻噪音的。

我走到對街視野良好的公車站亭，盯著那間隔音辦公室看。落地窗都已拉上百葉簾，看不進裡頭。「我到定位，可以開始了。」我通知徐海音。

接著她啟動了車內的音響，並將功率調整到最大。由於是超低頻聲音，所以路上行人不覺有異，但附近的野狗跟室內家犬，卻都不約而同地吠叫起來了。

很快地，那間隔音辦公室有了動靜。有道人影走近窗邊，撥動百葉簾片，惶恐地看向樓下，想尋找噪音來源。在那瞬間，我看到一張跟陳仲秋有幾分相像的臉龐，有著明顯的戽斗特徵。

「確認，目標就在裡頭。」

接下來就是見真章的時刻了！

我回到徐海音車內，把準備好的五磅啞鈴重重往柏油路上一扔，重擊力道在路面印出了一道淺痕。「一一〇？我要報案！我經過敦南某棟大樓，有人從六樓丟啞鈴下來，我指責他幾句，他當場拿出槍恐嚇我！」

非常時期，得用非常手段了！再舉報查無實證的「雨夜惡狼」行蹤，只會讓陳仲秋有機可乘。我們的戰術改為找其他理由把陳志凱拖到警局去對質，而那張SIM卡、精液DNA比對以及手臂上的傷痕，自然就是最好的證物了。

由於關係人「疑似有槍」，所以警方不敢大意，不到五分鐘，一輛線上警網派出的警車跟兩輛警用摩托車就抵達現場。

「又是妳！」一名曾支援昨日機場圍捕的警員認出了徐海音。

徐海音忙撇清關係：「一碼歸一碼！現在是這位先生要報案，不關我的事！」不過她還是趁亂把口香糖攝影機別在胸前。

那警員無奈地看了她一眼，接下來要我提供身分證並問明案情。「先生我跟你先說明，謊報情節重大，將以妨礙公務送辦喔！」他意有所指地說道。

跟性命威脅比較起來，這代價真的好輕啊！我指天畫地發誓道：「絕對沒謊報，警察先生。扔下來的啞鈴在這兒，就是從那間辦公室扔的，我都清楚看到那人的臉了，上樓去我指認給你看。可是我也擔心他會從後門或停車場跑掉，你能不能安排人手看一下。」

我們幾人一進到大廳，櫃檯一位保安馬上按壓無線電想通報，但隨即被徐海音阻止：「等等，你們別想要通風報信！」

「這是正常程序而已。」保安不悅地回道。

「先放下來、先放下來！」警員示意：「這位先生報案，你們樓上有人亂扔啞鈴，我們上去看一下。」

保安喊道：「怎麼可能！我們是中央空調大樓，窗戶都密閉式的，怎麼可能朝下扔東西？」

「氣窗，有氣窗啊！難道那是擺飾嗎？你不要跟我說那不能開喔！」我繼續抹黑栽贓。雖然有點無恥，但逼不得已呀！

「你們搞清楚，這是私人產業，你們沒有搜索票不能進來！」

徐海音冷哼一聲，背出早已準備好的法條：「刑事訴訟法第一百三十一條第二項，因追躡現行犯，有事實足認現行犯確實在內者，司法警察雖無搜索票，得逕行搜索住宅或其他處所！」

帶隊警官瞪大眼睛看了她一眼。而那保安一時語塞，我主動拉著他往電梯走，不讓他有任何通報的機會，一邊道：「現行犯就在六樓！你不信，就跟我上樓，我指給你看！他還亮槍恐嚇哩！」

那警官吩咐兩名看似較菜的員警：「洞八跟拐么，你們跟他們上去吧！我們在樓下等著。」

我跟徐海音心中一驚：「長官，他可是有槍的。」

「行啦，難道我們警察沒槍嗎？我在這邊看著監視畫面，有事我們會立刻去支援的。」那警官像是看穿我們的把戲，走到櫃檯邊坐下，不以為意地擺手道。我們五人遂進了電梯上樓。

「怎麼這附近的狗一直叫呢？該不是待會兒有事發生吧？」一名警員自顧說道。受到低頻噪音的干擾，附近的狗兒有的已經停止吠叫，但仍有幾隻仍持續狂吠，甚至吹起了狗螺，讓人心中發毛。

電梯裡，我看了那兩名警員的臂章編號尾碼，分別是〇八跟七一，頓時了解為何帶隊官這麼稱呼他們。因為在軍警的無線電稱呼裡，這兩組數字就叫「洞八」跟「拐么」。

我在心中快速計算雙方戰力比：雖然我跟徐海音手無寸鐵，但兩名警員各有把手槍，而只配備警棍的這名保安看似不成戰力。陳志凱剛搭飛機返臺，身上應該不會有武器，就算陳仲秋這老傢伙站在兒子那邊，那應該還是我們的贏面大。

想到這兒，膽氣就壯了些。電梯直達六樓，門一開，迎面是隔間辦公室，雙開自動玻璃門上頭掛著「企劃宣傳科」招牌。左邊是廁所、茶水間與安全梯，右方走廊盡頭處就是獨立辦公室。我領著眾人氣勢洶洶地往那邊衝去。

門上只掛有科長辦公室字眼，該放有名牌的位置留了空缺。洞八退後幾步，手放在槍套上戒備，拐么走上前，敲了敲門：「我們是警察，請配合開門！」

連續喊了兩輪無人回應，拐么推開門。

裡頭沒人！

這是我們之前預料到的情況了。我跟徐海音兩人快步走進去，裡頭將近十五坪的空間，堆了三個書架／酒架、一個大檔案架、大沙發與大得誇張的黃檀木辦公桌。我指著那張大書桌道：「小心那人可能躲在書桌下。」

拐么拉開靠背辦公椅，沒好氣地說道：「沒人啦！」

我看向辦公桌，那菸灰缸堆積如山，裡頭還有點未熄滅的火星，趕忙道：「警察先生，看這裡，菸頭都還沒熄呢！這人肯定作賊心虛，看到你們上來就跑掉了，但肯定跑不遠！」

徐海音示意我看向桌邊的網狀字紙簍，裡頭有張剛拆封的手機預付卡包裝。她用眼色朝我示意，我趕忙用身體擋住門外洞八與保安的視線。趁著拐么查看氣窗的時候，她快速地將那包裝拾起握在掌心。

「先別說那個！」拐么大概檢視過一輪，舉高手比向氣窗，問道：「你倒解釋解釋，往下扔啞鈴那個是綠巨人還是鉛球冠軍嗎？我身高一七五都還搆不到氣窗邊緣，這啞鈴最好是可以這樣扔到大街上。」

我繼續發揮潑皮演技：「警察先生，我是受害者耶，重點是我差點被扔出來的啞鈴給打到，差幾公分就是謀殺了。至於加害者怎麼做，我們不是應該把他找出來對質嗎？」

拐么嘆口氣，對著門外留守那位道：「學長，你能不能幫忙問一下，看他們科長去哪兒了。」

洞八走回企劃宣傳科，敲了敲玻璃門，座位最靠門邊的一位女職員迎了出來。

「你們科長人呢？」

「不清楚。」

「今天有來上班吧？」

「有。」

「可是去哪兒不知道？」

「是。」

我趁機繞去廁所與茶水間查看，裡頭也都沒人。我走回電梯前，問道：「能不能幫忙問一下樓下那位警官，也許我們剛好跟科長錯過，他下去一樓還是停車場了。」

洞八不耐煩地用無線電呼叫，但一樓坐鎮的警官卻堅持打從我們上去後，就再沒人使用過電梯，樓梯間也沒看到任何人影。

雖然這情況早預料到了，陳志凱絕不會傻傻地待在辦公室等我們找上門，但我跟徐海音的心裡也開始七上八下了。雖然是趕鴨子上架，來不及做更周詳的計畫，打算要隨機應變，但這局面明顯對我們越來越不利。這陳仲秋的勢力到底有多大呀？難不成眼前的警員全都給「安撫」過了嗎？

「好啦，反正你沒受傷或是其他財物損失，對不對？那我看這樣，你先跟我們回去備個案，我再發函過來，要求他到案說明。不然現在找不到人啊！」

「不是，警官，我是怕他日後對我不利呀！走在路上就這麼一個重物扔下來，很危險耶！你好歹也問一下他有沒有手機，至少打打看嘛！」

「唉，剛問過啦，他們同事就說沒有嘛！耗在這裡乾等沒用，先下去吧！」

這時候，電梯門開了。一位年約六十出頭、身形雄偉的老人，一臉怒色地走了出來。一上場就先聲奪人：「我就是陳仲秋，這家公司的董事長！」

所有人的目光都著落在他身上。他銳利的眼神看向兩名警員：

「大安分局的是吧？我剛跟你們賴局長通過電話，這兩名居心叵測的狗男女，一直在網路上抹黑我的家人，想藉機勒索我。你們做警察的，不要當他們的幫凶！」

洞八苦笑：「陳董事長，我們公事公辦。是不是可以請科長出來……」

「有話去跟你們賴局長說，不要來我公司搗亂！你有什麼話，申請搜索票再來說！」

「那可不可以告訴我科長的手機，我聯絡一下？」洞八倒也不卑不亢，沒被對方嚇著，繼續周旋到底。倒是這時他的無線電響起：「是，學長請說。」

「下來啦！局長要我們把人帶回去備案，其他之後再說。」

「是，收到。」

我和徐海音當場傻眼。「不是吧？就這樣？加害者還沒見到耶！好歹也當面對質一下啊！」

「先下來，下來再說吧！」兩名警員將我們半推半就地推回電梯。

電梯門關上那瞬間，我對上了陳仲秋的眼神，那像是毒蛇般冷冰冰、充滿殺意的怨毒眼神。

●　●　●

「唉，你們哦，之前有什麼恩怨，循正常管道處理，不要這樣浪費公家資源。」拐么邊說邊按下一樓按鈕。

「不是吧，我是被害者耶，你怎麼會教訓被害者呢？」我抗議道。

「夠了喔，不要再演了，你真的是把警察當傻瓜耍嗎？」洞八冷言冷語道。

徐海音掏出手機，輸入從字紙簍翻出的SIM卡號碼。等了數秒鐘，電梯頂上突然傳來一陣NOKIA特有的手機鈴聲。

我跟兩名警員好奇地抬頭看向上方。「是有人修電梯時，把手機忘在上面了？」

下一秒，徐海音想通關鍵點，她瞪大眼睛，狂喊道：「他在電梯上面！電梯上面有人！」

遇到剖腹狼但能順利逃跑，那是人生中一件慘事；遇到了但卻跑不了，那可以說是慘中之慘；但如果是在電梯裡碰到了這恐怖煞星，躲都沒法躲，相信我，這就叫「慘絕人寰」！

接下來發生的事情非常快速，前後大概不到四十秒，但卻是我一生中最難以磨滅的夢魘。

電梯正要抵達二樓。

一支NOKIA手機砸破了電梯頂端的毛玻璃窗罩，大片碎玻璃落下，所有人下意識地抬起手臂、徐海音則是舉起提包護住頭臉。

伴隨著更多碎玻璃落下，一道人影忽地跳了下來，正好位於電梯中央，電梯廂猛然一晃，他伸手按下電梯停止鈕。

電梯煞住，燈光一暗，馬達聲忽然停止，所有人因反作用力屈膝下跌。一陣刀光在我眼前閃現四次，洞八右腕跟脖子中刀；拐么則是胸口跟臉部中刀。

我坐倒在電梯地板上那瞬間，左右兩抹鮮血正好噴湧到我臉上。洞八摀著冒血的脖子，靠著廂壁緩緩倒下，瞪大眼睛驚恐地想釐清這一切。而拐么拔槍的右手被按住，又一記俐落刀光掠過他的頸間。

拐么隨之靠牆蹲下，這刀深及氣管，他壓住冒著血泡的脖子，吸不到空氣的窒息感讓他慌亂不已；洞八用左手撥弄槍套，但又一刀劃開他的手腕，他五指箕張、無力握拳。

電梯重新啟動，十樓按鈕被按下。我趁機撲上，死命把對方往廂壁上壓、雙臂緊抱住他，朝徐海音大喊：「按下三樓，找武器打他！」

這時我從電梯內的鏡子看到對方的臉，是陳志凱沒錯。他的臉色蒼白，通紅雙眼已經完全沒有人樣，像隻嗜血的猛獸般，嘴裡喃喃唸著：「你們一定要逼我，你們一定想今天死？你們怎麼不死光光？」

徐海音起身按下電梯，但三樓鈕沒亮。她索性連續按下四、五樓按鈕。陳志凱嚎叫一聲，突然仰頭往後一擊，我臉部彷彿被人猛打一拳，頓時眼冒金星，鼻血長流，接著他抬腿往電梯廂壁一踩，藉反作用力將我朝後頂去，後方鏡子全部碎裂，我後心與肋骨處一陣劇痛，但死也不敢放手。我知道一放手，今天我跟徐海音的小命就得交代在這兒了。

不知是自己還是別人的鮮血模糊了我的視線，但我還是看到，他手上正握著那把讓人望之喪膽的沾血熊爪刀！（機場安檢沒有沒收這玩意兒？）我腦袋裡居然還有時間轉過這樣的念頭。

徐海音蹲下身，手腳哆嗦地想抽出警員的配槍，但試了幾次，仍無法把手槍從槍套中取出，改而拎起自己的手提包，把所有東西都倒了出來，手忙腳亂地找到了防狼噴霧罐。

電梯抵達四樓。

陳志凱無法掙脫，像隻瘋狗般不停吼叫著，他右手的熊爪刀尾環原本是扣在小指，呈正握姿勢，被我抱住後無法施力。但他忽地手腕一翻，刀身轉個邊，用食指探入扣環，成反握姿勢，先往我大腿外側深割一刀，接著又在我右前臂用力拖拉開一道深深的口子。

那陣火辣辣的椎心痛楚讓我再無法抱住陳志凱，我下意識地將他往前一推，緊握住鮮血淋漓的傷口。陳志凱獰笑著轉身揚刀，徐海音忙朝他臉上按下防狼噴霧。

陳志凱暫時失去視力，氣得哇哇大叫，一手護住頭臉，另一手持刀快速揮舞，徐海音趕忙閃躲，但拿在身前的噴霧罐被擊飛，她嚇得花容失色，趕忙縮手往後躲。地板滿是血漬，她失去平衡。

電梯門正緩緩開啟。徐海音手腳並用地朝門縫擠出，我朝陳志凱的大腿踹了一腳，連滾帶爬衝出電梯外。陳志凱用衣服狂抹眼睛，朝我猛揮一刀，還好落空。

我拉起徐海音的手，想朝右安全梯的左側跑，但陳志凱也已敏捷地爬出電梯外，手上還拿了把手槍。我們只能快步朝右側盡頭的辦公室衝去。

後方槍聲響起！我清楚地看見辦公室門上瞬即開了個洞。還好他視力似乎尚未完全恢復，這槍打得也太偏。

四樓的辦公室內起了一陣騷動。有人試圖探頭查看情形。

第二槍從徐海音髮際擦過，「科長室」的招牌上多了個彈孔，但此時我們已經衝進辦公室內，反身鎖上門。靠牆坐倒在地板上，大口地喘息著。

「你們一定這麼想死嗎？你們一定要逼我就對了？你們今天就想死嗎？」陳志凱在走廊上瘋狂地跳針大吼。

徐海音正靠在門板上，我連忙將她一把推開。陳志凱瘋狂地開槍，七、八發子彈連續穿透門板，有三、四顆飛往窗外，將對側的強化玻璃窗給射出兩大片蜘蛛網般的碎裂白痕。

「搬沙發！」我跟徐海音一起發力將待客大沙發推過來卡住房門。

陳志凱開始用力撞門。他先用腳狠踹幾下，然後改為助跑用身體猛撞。門板每發出撞擊巨響而顯得鬆動、我們的心臟就跟著猛跳好幾拍。「快去找有什麼東西可以擋門！」我們瘋狂地把椅子、書架、酒櫃都推到門邊擋著，任何厚一點的公文還是操作手冊或檔案夾以及碎紙機的，全都成了我們臨時拒馬的材料。

「警察就在樓下，他們快上來了，你還不趕快走！」徐海音大喊。

「警官，我們就在四樓辦公室！雨夜惡狼就在這裡！快上來！」我假裝對著無線電呼叫。

「去死、去死、去死、去死……」我們的努力似乎更助長惡狼的凶焰。因為擔心他真的把門給撞破，我們兩人從側邊伸手用力壓著擋門的家具，深怕讓這頭狼有機可乘。

對方又再猛撞了七、八次後，總算停息下來了。我們暫時鬆了一口氣，從彼此眼中看見「總算得救了」的訊號。

我偷偷從彈孔朝外看，陳志凱的身影正往電梯方向走。而許多職員正驚慌失措地紛紛往安全梯方向跑去。

「他走了，警察應該要上來了。我們等他被逮捕後再出去吧！」我這時才總算真正地放下心來。

徐海音「喔」的一聲，全身軟癱坐倒在地，一手壓著腹部。

我急忙問：「徐姊妳還好吧？是胃痛發作還是中彈了？」

「是胃痛。剛剛實在太恐怖了，害我痛得厲害。阿唐你……」她比了比我的手臂跟大腿，我這時才發現這兩處血流如注，不但把我半邊身子都染紅了，地毯上也都是斑斑血跡。

此刻我才感到痛不可耐。「我先止血、止血……」我翻著不知是哪位科長的辦公桌抽屜，找到了一條乾淨方巾跟一件襯衫，在徐海音的幫助下，把它們當作繃帶綁在傷口上。

徐海音安慰道：「只能這樣先止血了。先撐一下，我們應該很快就可以出去了。」

是啊，我能想像，現在臺北市的重裝警力應該正陸續往這棟大樓集結，配備精良防彈衣、手持長槍盾牌的霹靂小組要展開攻堅，那陳志凱現在多半只能朝十樓或停車場跑，但現在大樓出口都被包圍，他絕對插翅難飛。搞出這麼大的事情，陳仲秋再有通天本領，也保不住他了。

剛才那血肉橫飛的景象仍使我驚悸不已。兩名警員可能已經殉職了，這肯定會成為明天的頭條新聞吧！平常喜歡對時事亂推理一通的我，一旦真的變成新聞事件主角，心中卻只有滿滿的恐懼與無奈。

●　●　●

正當驚魂甫定的我們，互相慶賀「大難不死、必有後福，等等來去買樂透」的時候，門外那陣恐怖的碎碎唸，又由遠而近地傳來了：「你們這麼想死、一起拉去死、一起下地獄啦、今天就想死啊……」

那股毛骨悚然的感覺又回來了！腎上腺素又開始大量分泌！我都快要哭出來了，這殺人魔根本是對我們不離不棄啊！

徐海音的胃痛瞬間不藥而癒，她如被電擊般俐落地一躍而起，伸手壓牢擋門的家具。我也趕忙起身幫忙。但下一瞬間，我們臉色都變了。這頭惡狼不再徒勞地猛撞門，而是朝辦公室內倒進大量的液體。

一種中人欲嘔的揮發性溶劑味道撲鼻而來，厚厚的地毯被浸溼了，而且大片地往內擴散。然後一陣青藍的火焰飛速地在溼透的絨毛上輕靈躍動，門口包括堵門家具在內的一大片區域，頓時陷入火海。

我們驚叫地跳著腳往後遁逃。火勢十分猛烈，不過幾十秒鐘，火舌已經往上竄燒到天花板的輕鋼架，火頭也一路蔓延到辦公桌下方，開始啃噬著桌腳。

門外有殺人魔虎視眈眈，逃生的路線實在有限。「窗戶！」我大喊，隨手拿起辦公桌上像是紀念獎座之類的厚重玩意兒，朝剛剛被子彈打碎的玻璃窗敲去，安全玻璃分裂成多片朝外落下。

我原先盤算，普通三層樓的高度以十公尺算、一層樓頂多也不過四公尺，加上個人身高，也許在辦公室內找個什麼衣服、窗簾布綁條繩子，往下落到三樓處，就可以爬進辦公室空間逃生了。

但我探頭往外看，離地面至少還有二十公尺的高度！我超痛恨大樓的挑高設計！

火勢猛烈，濃煙竄起，我拉著徐海音試圖跨出窗外。

「阿唐，有救了！」徐海音要我看向天花板。濃煙觸發了自動灑水系統，頂上的灑水器往下灑出圓形水花。

此刻被水珠潑上臉的感覺真痛快啊，久旱逢甘霖就是這個意思吧！我得衷心感謝陳氏集團沒有對自家的總部大樓偷工減料，所以我們這次能夠絕處逢生啦！

「阿唐，不對勁，火勢越來越大！」徐海音驚叫起來。

那揮發性的溶劑在水柱潑灑下，火頭有稍稍被壓制了一下，但隨著水流四溢，火勢在室內反而蔓延得更快，百葉窗開始燃燒，這下連窗戶邊也快要無法站人了。陣陣濃煙逼得我們不得不立刻離開室內。

我跟徐海音倉皇地跨過窗框，小心地站上寬不到三十公分的飛簷。偏偏今天風勢又特別強，我們的衣角被吹得獵獵作響、得用大吼的音量才能交談。光滑的大樓外壁沒有任何可抓握的地方，我們盡可能將身體平貼外壁，連臉孔都緊貼上去了，然後張開雙掌貼緊壁面，希望用這個幾乎可以少到不計的吸附力來穩住身體。

如果沿著飛簷往大辦公區域慢慢挪動，可以走到四樓的一般職員辦公區，從那邊的窗戶進去後，再從逃生梯往下跑。就算碰到剖腹狼，也可以用辦公區的空間來周旋。計畫看似完美，只有一點「空隙」要克服……

外牆的飛簷為了要避開梁柱與管線，各段之間還有將近一點二公尺的空隙，意味著我們得在二十公尺的高空，以側身的方式立定跳過一點二公尺的距離，而且起跳、落腳處不到三十公分！從我們的位置到職員辦公區最靠側的窗戶大概得這樣跳個三次！在這光是抬腳移動都凶險萬分的高空飛簷上，感覺還是就地等待救援比較明智些。

遠處有消防隊的警鈴傳來，看熱鬧的群眾陸續在下方集結。有警員用擴音器喊著要我們小心，不要試圖亂動，雲梯車馬上就到。

「不要看下面。先往妳旁邊走幾步！」我朝徐海音叫道。

火勢燒得旺盛，陣陣熱流逼人，無數紙片、纖維被焚風捲揚到窗外，連牆壁也慢慢變得溫熱起來，我們小心地往飛簷的另一側緩緩挪動腳步，移到還沒被火頭波及的辦公室最外側。我估計還能撐個幾分鐘，到時消防隊應該可以把我們救下來了。

「撐住、撐住，再等幾分鐘我們就安全，可以回家了！」我打氣道。

徐海音哭喪著臉點點頭，她的妝容都哭花了，站在離地二十公尺高的方寸之地，已然將她嚇得不輕，我有點擔心要是她的胃痛再發作，不知能否撐得住。

當火勢開始往我們的位置燒來時，第一輛消防車總算抵達，雲梯車已經在一個路口開外，這給我們極大的鼓舞。「加油！徐姊！我們快得救了！」

誰知就在這時，樓上傳來玻璃破碎的聲音，那如影隨形的碎碎唸又傳來了：「還不死？還不去死？怎麼不快點下地獄？哈……」

哦，千萬不要啊……我一抬頭，猛然跟從五樓窗口探出頭的陳志凱打了個照面。該死！這飛簷的設計也太不合理了，居然不是每層樓都安排在同一方位，而是彼此交錯開來，此刻我跟徐海音兩人正暴露在他的視線下。

一看到他掏出警用手槍，我心中大驚，趕忙推著徐海音大喊：「快走！快走！」

第一發槍響，看熱鬧的群眾驚慌尖叫、一哄而散，連警察都立刻躲到車旁掩護。還好受限於飛簷阻隔、垂直射角不足，這發子彈只打中我腳邊的飛簷，激起一片石屑。

陳志凱發狂似地又朝下亂轟四、五槍，這次只有一發打中四樓的飛簷。他忿忿地怒吼一聲，身影消失在窗內。

我下意識朝五樓另一邊看去，那邊的普通職員辦公區飛簷恰好隔開了一段，如果陳志凱跑到那邊探出窗外，正對著我們的就是……完美射角！直線距離估計不到十公尺，就算是第一次開槍的小學生，都可以不費吹灰之力地打中我們這不能動彈的活靶子。

「快走！快往那邊走！」我發瘋地大喊。

徐海音仍低著頭、疑惑地問：「不是說要原地待援？」

我指著五樓急道：「他等等一定會跑去那裡朝我們開槍，我們一定會死！」

她聞言往斜上方一看，頓時明白事情的嚴重性，必須盡快挪到陳志凱視線的正下方、繼續讓射角保持垂直。當然如果真能走到那邊去，我們也有機會翻進四樓普通辦公區，從那邊逃生了。

徐海音加速一步步挪往斷口處，瞪著那一點二公尺的「天險」，深吸一口氣、半蹲蓄力，然後轉頭看向我：「不行，阿唐，我做不到，我一定會摔下去。」

「跳過一次，跳過一次就好！我們現在不能待在這裡，至少要跳過去，上頭至少還有飛簷可以擋一下！」我鼓勵道。

徐海音又再猶豫片刻，惶恐地看向前方。我緊盯著五樓那區域，陳志凱的身影已經出現在窗邊，正伸手要打開窗栓。我盡可能把身體往一旁挪動，絕望地喊道：「他要開窗戶了！妳再不跳，我們都要死在這裡了！」

頭上開窗的聲音再次激勵了徐海音，她咬緊牙關，猛然一躍，落地時高跟鞋一滑，險些失去平衡，但很快地貼緊牆邊穩住身子。她往旁邊挪開幾步看向我。

陳志凱的頭已探出窗外，舉槍朝我瞄準。我一個箭步前衝，半蹲跳起，此時一聲槍響，子彈射穿我的外套下襬。我完美落地、大腿傷口又撕裂了，徐海音一把穩住我。第二聲槍響已不造成威脅。陳志凱的身影再次消失在窗邊。

危機還沒解除！從這個位置還是能清楚看到五樓最靠外側的那扇窗戶。陳志凱已經跑過去伸手解窗栓了。

「再衝、再衝！」我倉皇地朝徐海音大喊。我們又快步往下一個飛簷斷口衝去。所謂一回生、二回熟，這次徐海音沒再猶豫多久，就順利跳越過去。反而是我因為大腿流下的鮮血滑了腳，落下時一個踉蹌跪地，還好徐海音一把抓住我，這才沒摔下。

陳志凱朝我們瘋狂地開了八、九槍，幸好有頂上這窄窄一層飛簷的掩護，加上我們緊貼著牆壁，居然沒有一槍打到我們。

徐海音的體力快不支了，她臉色蒼白地哭問道：「一把警槍裡究竟有多少顆子彈？」

「十幾顆吧？假如沒有備用彈匣的話。」我答道。

還好這問題很快解決了。陳志凱大吼一聲，忿忿地把手槍給扔下樓。我們鬆了一口氣。

「他子彈打完了！」徐海音說道。

「但我不知道他會不會又回到四樓，從那邊爬窗戶出來砍我們！」

徐海音喪氣地頭抵住牆，嗚咽道：「那些警察到底在幹麼啊？」

我們身處的位置，正在四樓科長辦公室與普通職員辦公室之間的外牆邊緣。因為擔心挨槍子，消防員不敢展開灌救，所以我們的左手邊已經是烈火滔天了。

● ● ●

好吧，至少對方手上沒槍了，那麼就地待援應該不成問題。我往左邊挪移幾步，小心地探頭向上看。那陳志凱仍待在五樓窗邊，正忙著擺弄一個黑色盒型裝置。靠近他的那扇窗玻璃已經被他全打碎了。

（究竟想幹麼呢？）我猜測不出他的意圖，反正只要別衝著我們來就好。我向徐海音打手勢，讓她繼續往右邊移動，趁陳志凱在五樓時，我們再跳過一個斷口，就可以爬進四樓內部全身而退了。

「等等！」我低聲喚道，原本蓄勢跳躍的徐海音暫停動作。

「怎麼啦？」她問道。

陳志凱竟然爬出窗戶！這時我看清楚那黑色裝置，原來是給人員逃生用的緩降機。他不知怎麼把裡頭的鋼索給抽出大半，一端纏繞在窗框上固定，另一頭則綁在自己的腰間，右手還拿著那把亮晃晃的熊爪刀。

這瘋子居然想從五樓垂降下來砍我們！我全身頓時發軟，沒了力氣。

「怎麼啦？不是要過去？」不明狀況的徐海音追問道。

我連忙脫下身上的外套拿在手上。

陳志凱毫不遲疑地從五樓外牆一躍而下。

我大喊：「蹲下！」

陳志凱憑空出現，離徐海音不到一公尺，嚇得她驚聲尖叫。她本能地蹲下，險險避開頭頂劃過的刀鋒，隨著刺耳摩擦聲、片片泥屑紛飛，熊爪刀在外牆畫出一道長長刀痕。

陳志凱順勢盪了過來，凌厲刀光朝我逼近，我把外套當作鞭子狠狠甩向他的臉上，他揮刀阻擋，刃口在我腹部上一劃而過，還好我避得快，感覺入刀不深，但外套也被同時扯落墜地。

「到底有完沒完？這混蛋那麼執著是有事嗎？」徐海音大叫道。

陳志凱盪往另一側勢盡後，賣弄似地俐落翻個跟頭，伸腳一踢牆面又加速盪了回來，還好窗框吃不住他的重量又彎曲幾分，鋼索隨之下落，他的刀鋒頓時失了準頭。當他盪過我腳邊時，把我逼出一身冷汗。

這傢伙的戰鬥力究竟有多高啊！我的腦袋一片空白，遲遲找不出對應的方法。

當他盪向另一端後，隨即用腳踩住壁面穩住身體，然後朝上走幾步，用左腕在鋼索上纏繞數圈，縮短繩長。這下子他的視線與我們平行了，徐海音首當其衝，跟惡狼面對面，進退維谷、手足無措，全身發抖地抱頭蹲了下來。

「躲啊、跑啊、哭啊！還不是要死！還不是要去死！」陳志凱似乎格外享受女人的恐懼與絕望，看著徐海音束手待斃的模樣，開心地吐舌笑裂嘴，全身都抖動起來。暫停數秒鐘等這股高潮勁過了後，他回過神來，快速往斜上方衝刺幾步，一躍向下……

我心中叫糟！已經沒有空間可周旋的徐海音，是絕對躲不過由上而下的這一擊！就算不拿刀砍她，光是衝撞下來的力道，也足夠讓她失足摔落。情急之下，我快步衝到徐海音身後，趁著陳志凱正要從她斜前方劈落時，我站起身架住他持刀的手腕，然後趁著他身形停頓那瞬間，跳起來一把抱住他。

我們兩人就這樣緊抱著懸盪在半空，因為重量加劇，窗框又隨之變形、鋼索頓時又下落幾十公分。看到致命一擊又被破壞，陳志凱氣得嗷嗷吼叫，我對徐海音大喊：「快往前，爬進去！」，一邊用額頭猛撞陳志凱的臉，攻擊成功，他頓時鼻血長流！

「這是還給你的！」我恨恨地罵道。不料血腥味似乎激發他的狠性，他「嗥」地怒吼一聲，猛地一張嘴就往我脖子咬，還好我甩頭避開，但他仍狠狠地將我肩膀咬得鮮血淋漓。

我痛得放聲慘叫，另一手緊抵住他脖子，不讓他再咬下來。由於他的左手纏繞在鋼纜上，因此我還勉強有點優勢。他右肭一翻，那熊爪刀又迅捷地換了個邊，呈反握姿態，吃過大虧的我極度驚恐，緊握著他的右手往外推，還好這時繩子又盪回牆面，我趁機叉著他的下巴、讓他的頭朝外牆撞去，這次換他悶哼一聲，幾道血河緩緩從他頭上流下，使得他的臉更顯猙獰可怖。這陣撞擊讓他似乎暫時暈眩了一下，我想伸手奪刀但失敗了。

徐海音已經爬進四樓的辦公室。她找到了幾件職員留下的外套，忙著在上頭打結，然後固定在窗框上，對著我比畫：「阿唐，盪過來這裡！」

我往上一看，竟赫然看到五樓處，陳仲秋正一臉陰鷙地站在窗邊，拿起一把鋼鉗正試圖剪斷鋼纜！纜身上傳來的細微震動讓我的恐懼達到最頂點！

這時，陳志凱睜開眼，我身體往牆壁盪去，想要再重複一次「牆壁撞狼頭」的戲碼，但他隨即抬腿抵住牆面，然後猛地發力往牆面跑，將我用力撞向四樓的飛簷側邊，我慘叫一聲，後背遭受一陣大力重擊，肋骨受到壓迫、呼吸困難，險些把雙手放開。

「快盪回去！你老爸要把纜線剪斷啦！」稍回過氣來時，我吼道。

但陳志凱根本無法溝通！他撐住壁面，左手又再纏繞數圈往上，嘴裡喃喃罵著：「你們逼我的，你們一直在那邊念什麼？念經念經念經，在我背後罵不停？」

我照著莊爺之前幫我惡補的攻擊手法，握緊拳頭用指背關節猛搥他的頭，他甩頭躲避，邊一腳踢向牆面，由於施力不均，我們邊打旋邊往外盪出，連續轉圈讓我的頭直發暈，我看向陳志凱，他眼中的瘋狂更盛，對著我又是一記頭槌，這回擊中我的臉頰，火辣辣地發燙，感覺幾顆牙齒都鬆動了！我也不甘示弱回以一記，但卻落空了。

這時鋼索盪回外牆，狠狠地撞上我們無防備的側身，彼此都痛呼一聲。但我們也同時發覺，雙腳已經能站上四樓的飛簷了。

「叭！」的一聲，綁在他身上那條纜線這時斷了開來，五樓處的線頭往下墜落！

由於我們落足處還不到飛簷的一半寬，兩人頓時失去平衡，我嚇得大叫，趕忙放開陳志凱的右手，試圖傾前抓住窗框以保持重心，但那距離太遠，至少還有半個手臂的距離，我的右手抓空。

「阿唐，抓著！」就在我力道放盡、身體正要往後墜落的當兒，徐海音適時扔來臨時造就的救生索，我本能地一把抓住，差不到三公分險些又抓空，總算暫時穩定身子。

但陳志凱並沒有試圖棄刀空出右手，反而忽地扭腰一刀猛然砍向我。當時的我勉強維持平衡，根本避無可避，忙閉上眼繃緊肩膀準備挨上這刀時，只聽得「噹」的一聲，原來他那一刀竟砍中窗框、深入數分，並藉此找到固定身軀的著力點。

他詭異地朝我「嘿嘿」一笑，忽地搶近身，仍纏繞鋼纜的左手一把勒住我的脖子，右手正扭動刀身試圖抽出，要來給我補上最後一刀。

我遍體鱗傷，踩在隨時會摔落的細窄飛簷邊，雙手又緊抓救生索，下一刀不可能再存在任何運氣，被牢牢勒住的我已經成了砧板上的魚肉，充滿將被宰割的無力感。

所幸就在這時，徐海音出手了。她拿起一支大型金屬製釘書機，狠狠地往陳志凱頭上敲去。他慘嚎一聲，身體本能地朝外躲開，但上半身已經退到了極限邊緣，再閃不去，只能眼睜睜地看著那釘書機針口下移，直抵緊他的左眼窩。

徐海音出聲了。她的聲音不再摻雜恐懼或絕望的成分，代之而起的是無盡的決絕與怒火。

「你自以為是什麼狼？很狠嗎？老娘比你更狠！代替全國婦女同胞問候你！」

陳志凱心知不妙，立刻鬆開勒住我脖子的左手，要撥開眼球上的巨大威脅，但已然遲了。徐海音打下第一支釘書針！惡狼慘叫一聲，左手剛來得及護住眼球，徐海音的手平穩地移向他的右眼窩，迅速打下第二支釘書針。撕心裂肺的慘叫再度響起，他放開熊爪刀，試圖保住眼睛……

惡狼筆直地墜落到馬路上，頭部先著地，黑色柏油路面上，驀然展開了一片紅中帶白的圖樣。

我爬進窗內，頓感全身無力，手腳大開仰躺在地板上。

徐海音也躺倒在地，一手壓住腹部，老毛病又犯了。

「阿唐，謝謝你救了我。」

「……妳也搭救我了，彼此彼此。謝謝老娘。」

「哈……阿唐。」

「嗯？」

「那個老娘什麼的，是節目效果，你聽聽就算了，不要傳出去。」

「哦……」

「形象要顧啊，我以後要上臺當主播的。」

「……妳幫我叫輛救護車，就成交。」

「一言為定。先讓我躺個幾分鐘緩一緩。」

「行。」

終章

莫忘初衷！追尋沒產值的夢想才是 Loser 特權

【本臺訊／記者 徐海音報導】**擒抱雨夜惡狼的勇者！也是當紅推理作家**

……鮮為人知的是，這位奮不顧身與惡狼扭打、並兩度擒抱住對方的二十四歲「正義哥」李宗唐，其實也是國內推理界當紅的新興作家。他去年出版的《第五名死者》在文學界獲得一致好評，於各家購書網站暢銷榜上蟬聯多週冠軍，叫好又叫座。除了已賣出二十多國的海外版權外，包括李安在內的多位電影工作者，也十分看好此作的戲劇改編潛力。

「哈哈哈哈哈……」看到電視臺官網上的這段報導，儘管我還躺在病床上，但仍笑得我眼淚都流出來了。緊接著臉頰、肋骨、大腿的傷口隨之一陣劇烈抽痛，讓我又齜牙咧嘴地哀號起來。

「好啦、好啦，你是太興奮了喔！」徐海音把列印出來的新聞紙收起來，說道：「能幫你的就這麼多啦！上電視宣傳是沒辦法的，不過寫成新聞花絮放在網路上，我還能作主。」

「可是也不要寫得那麼誇張嘛！牛皮吹大了，什麼蟬聯暢銷榜、二十多國海外版權、連李安都看上之類的，網友會抗議啦！」說著我自己的臉都紅了。

徐海音聳聳肩，道：「反正這篇是放『藝文活動』版，每天點擊率都沒破百，也沒開放網友吐槽功能，安心、安心。」

「等我出院後再來下個關鍵字廣告好了……不過真謝啦，說不定這次上新聞了，我的小說就真的能多賣幾本。」

徐海音笑道：「連搏命行銷都用上了，一定會大賣的！你這麼有才華，能文能武大英雄，沒問題的！」

「好說、好說。我得叫我的編輯寶哥，趕快去那些賣書的網站下廣告才行。」

「嗯……阿唐，今天想順便跟你談件事。」

「是要表白嗎？我不反對姊弟戀喔！」我打趣道。

徐海音哈哈大笑，接著裝出悔之莫及的樣子：「唉呀，我都不知道阿唐公子對奴家有意，奴家已經私訂終身，九月份就要跟趙遠聲雙宿雙飛了！」

「啊？恭喜恭喜！一定會去吃兩位的喜酒。」

「當然你一定要來的。唉，還不是我媽堅持，我最近工作不順、又發生這麼大的事情，藉著婚禮來沖沖喜，看之後會不會順一些。不然我本來也沒想這麼早嫁的。」

「好啦，我真的羨慕趙遠聲大哥，雖然沒見過面，不過能把徐大記者娶回家是他的福氣。」

「喔，我要講的不是這件事啦……我現在服務的這個部門總監叫葛行之，一直都對我挺照顧的，他也是電視臺的小股東。他最近有意新創一個新聞臺，大概十月份會成立，最近已經在招兵買馬了。他還一口答應我，會讓我坐上主播臺哩！」

我點頭道：「這很好啊，不就是妳一直以來的夢想嗎？」

徐海音眨眼看向我：「那你的夢想呢？」

我微微一愣，想了會兒說道：「嗯，就慢慢來吧！經過剖腹狼這件事後，我好像沒那麼執著了。人生無常啊！」

「唉呀，別洩氣嘛！我有跟葛總特別推薦你了，他也欣賞你的才華，他一直跟我說，《懸案追追追》的構想與成績讓他耳目一新。雖然這次創的是新聞臺，初期應該沒有單元劇或連續劇可發揮，沒辦法跟八角一樣讓你當名編劇，但是接觸一些新聞製播的經驗，應該會讓你離夢想更近些吧？」

「嗯。」我有些意興闌珊地應了聲。

徐海音繼續遊說道：「你沒有相關經驗也不要緊，先從執行製作還是助理這類開始做起，慢慢培養你的班底。臺內也會有不少具編劇經驗的前輩可指點你，有了這裡的經驗，你以後想先製作短劇、劇本來行銷你的小說，那就易如反掌啦！等行銷成功、小說銷量拉起來，你還怕不能靠寫推理小說吃飯嗎？」

「哦……我再考慮考慮吧。」我說。

「有什麼好考慮的？這絕對比送快遞強，而且薪水一定比你現在還高。」

「呃……老實說，自從我差點送掉小命後，我有點看破人生了……我覺得生活過得順心如意就好，真的沒必要太追求、執著什麼東西，對吧？」

「對什麼對呀！我都當我這條命是撿回來的，今後更要好好加倍努力啊！反倒是你，之前最滿腔熱血、總是埋頭苦幹的中二生，怎麼現在消沉了起來？那個可愛的阿唐去哪兒啦？」

「正奄奄一息地躺在病床上呢！」我有氣無力地回道。

徐海音噗哧一聲笑了出來。「好啦，你好好休養，不吵你了。但這件事你也放在心上，好好考慮，OK？我們聯手都能打敗那頭剖腹狼了，還有什麼事情可以難倒我們？」

我苦笑著比了一個YA的手勢，她滿意地點點頭。正要起身離開病房的時候，她忽然又想到什麼，從包包裡掏出一張名片遞給我：「哦，差點給忘了，這張名片你收好吧！」

我看了一眼，那是某間律師事務所的聯絡名片。「這是？」

「保命符。」徐海音幽幽說道：「我跟同事討論過了，陳仲秋的教唆殺害趙孟能，跟殺死自己兒子這兩項罪名，有可能會因為罪證不足與引用緊急避難法條而脫罪。考慮到他的政商背景，我也覺得這機率很大。」

我心中一驚：「難道這事還沒完嗎？我可不想每天送快遞時還戰戰兢兢的。」

徐海音狡黠一笑：「所以說你才要轉行到新聞臺跟我一起做事嘛！你知道，陳仲秋也比較不敢亂動媒體人的。」

「喔？」

「好啦，不跟你開玩笑。上個禮拜有個陌生包裹寄到公司，指名給我。我打開一看，裡頭是陳仲秋的買凶紀錄，以及兩名大圈仔資料、下手前的偷拍影片等等。猜猜是誰寄來的？」

「……是老幫！」我脫口說道。

「賓果！我諮詢法務專家了，然後決定把正本交給一家律師事務所保存，他們擅長刑事官司，而部分副本資料則匿名寄給檢察官。」

我想了會兒，回道：「檢察官會向他展示手上掌握的資料，陳仲秋自然會知道還有更多的證據沒有曝光，這樣一來，他的把柄就落在我們手裡了，也不能亂動我們跟老幫。」

徐海音開心地拍拍我的頭。「很高興你這裡沒傷著，一切運作都正常，夠資格當我的新同事了！」

●●●

我全身上下受的傷遠比想像中還嚴重。就這樣又在普通病房躺了三天後，才總算有了打字記錄的力氣，接下來就交代一下事情的後續發展：

當我們好不容易解決雨夜惡狼、躺在辦公室地板上大概十多分鐘後，救護人員才找到我們，兩人都抬上擔架送往醫院。這一段我是完全沒有記憶的，因為當時我已經完全不省人事，但不是流血過多昏迷過去，而是體力透支睡死了。

「你剛推入急診室的時候，鼾聲可大著了呢！」有位護士看到新聞後特地跑來看我，這句話羞得我想找地洞鑽進去。

我在急診室裡共縫了三十多針、輸了兩袋血，肋骨斷了四根、脊椎骨出現裂痕，頭部受到劇烈撞擊導致腦震盪，而原本俊美的臉蛋也完全破相，半邊身子被繃帶包得跟木乃伊一樣。又在加護病房住了三天後才轉到普通病房，九天後醫生才讓我出院。

因為本地媒體的特性，我成了「兩日名人」，聽說當時醫院下方排滿了各家SNG車，電視跟報紙讓我上了兩天頭條，稱呼我是「勇鬥惡狼的護花英雄」。因為採訪不到我，所以他們去公司訪問了羅姊、莊爺，還去拜訪我老家，父母親、老鄰居跟一位小學同學都有露臉，紛紛表示這位阿唐從小就是個「很乖、很上進、很有正義感」的人。

除了試圖進行電話訪問外，有兩家談話性節目也想找我上電視，可惜當時我還在加護病房裡，想上臺打書也無能為力。只不過呢，這陣新聞熱潮並沒延續多久，很快地就被阿扁總統的國務機要費案給蓋過了。

倒是寶哥腦子動得快，他在連鎖書城網站首頁下了一週的「正港勇者鬥惡狼！人氣推理作家新書在此」廣告，讓我的書爬到暢銷排行榜前五名，總算讓我賣破了二刷，算是創下個人創作史的里程碑。

令人遺憾的是，電梯裡那兩位警員都殉職了，行政院長也特地前往致哀，指示要善加撫卹。而在中國「被車禍」的殷勤跟他夥計都只受到輕傷，在醫院待了兩天就出來了，趙清緹也特地包了個大紅包感謝他——還好中國的人力便宜，那晚偵探社的「夥計們」傾巢而出，還捎帶上四十多名臨時工，一行五十人去大鬧天津。這要是發生在臺灣，恐怕我們就先破產了。

在「雨夜惡狼」一案方面，因為被告死亡，所以檢察官予以不起訴處分結案。陳仲秋被列為此案與「趙孟能案」的重要關係人，但也如徐海音所言，偵訊後無保請回，並未受到起訴。

而專案小組原先希望從陳仲秋口中，釐清最重要的動機問題：究竟陳志凱是怎麼走上「成魔之路」的？當然陳仲秋是不可能回答的，陳志凱的母親被列為重要關係人，但也三緘其口，在應訊後便銷聲匿跡。倒是坊間的八卦雜誌東拼西湊地，從所有能跟陳志凱沾上點邊的人士，以及其就診紀錄中，試圖將這最後一塊拼圖補上：

因為小三之子的身分，陳志凱從小處境就很艱難，母親也常把氣出在他身上。直到陳仲秋與元配生下的獨生子因登山意外而過世、次女又表示毫無接班意願後，陳仲秋才試著想開始培養陳志凱，他母親也趁機要「認祖歸宗」，與元配掀起了一波又一波的家庭風暴。

沒人發現陳志凱的異狀，儘管他已因躁鬱症而免服兵役，但陳仲秋為了「讓他跟上接班腳步」，給他極高強度的工作量，「幾乎是當成部隊來操練」。報導內也提到，公司內其他同仁都用異樣眼光看他，等著看他笑話的氣氛讓陳志凱極度浮躁不安，似乎也存在風水的問題（我們知道是低頻噪音搞的鬼），讓他的幻想（幻聽）症狀顯得更嚴重。有同事表示，他總是隨身帶著一把「彎彎的刀」來防身。

週刊推測，最早的導火線似乎來自於某次夜店的糾紛。有一名女子指控陳志凱對其性騷擾，於是同行的友人將他打了一頓出氣，之後找人去談判，那女子才坦承其實指控子虛烏有，只是想敲詐「富二代」罷了。

那名女子就是雨夜惡狼的第一位被害者，陳志凱一開始只是想「謀殺」這可恨的女人，他做了萬全的準備，並一絲不苟地照計畫行事，還故意留下可指向陳仲秋的跡證，並獲得豐碩戰果。但嗜血的天性就這麼開了頭，遂一發不可收拾，這才有了後續的慘案。

週刊表示，他之所以處心積慮地想把矛頭引向陳仲秋，也許未必全出自於對父親的恨，更多的成分，應該是想讓自己從中解脫，不管是父親或自己被判死刑，對他來說都能達到目的。至於為何雨夜惡狼犯案日子，總跟陳仲秋新聞曝光相關聯？推估可能跟那陣子的公司勤務隨之加重，使得陳志凱的心病難以遏制有關係。

至於陳志凱為何會帶著公司用手機在身上去犯案，至今已不可解。但可以確定的是，陳仲秋是直到趙孟能上門勒索後，才赫然驚覺新聞上的雨夜惡狼竟然就是自己的私生子！倉皇之下，他立刻透過關係將陳志凱送出國，但為防備他繼續作案，只好同意讓他進入精神病院治療，對其母親的責怪更不在話下。但這樣的安排只是讓陳志凱的心性越加扭曲。

關於趙孟能被害的這個事件，正義並沒獲得伸張。但趙清緹卻看得開，他認為父親遺留下線索，只是希望有人能幫忙把雨夜惡狼的真相曝光，免得他繼續危害社會，他認為這樣就夠了。

但這事過了幾年後，我有聽人說趙清緹在大陸的生意已做得十分「紅火」，而雨夜惡狼的三名受害者家屬，都有獲得大筆金錢賠償，據傳這是來自於檢察官與陳仲秋在檯面下安排的協議，我倒相信有七分真實，因為趙孟能的老厝被列入都更計畫重建，負責的建設公司正是陳氏集團。

我一直休息到六月十日才回速必得。第一天打卡時，同事還特地列隊歡迎我，出勤摩托車的喇叭齊鳴，羅姊也代轉董事長的一個大紅包，讓我受寵若驚。不過收送快遞時，大部分的客戶還是沒認出我，事情總算慢慢地平靜下來了。

那之後有三、四個月，也許是騎車、發呆、吃飯的時候，我的思緒還是會冷不防地被拖回那驚心動魄的時刻。晚上也常會被夢魘所困，腦海中老是出現那幾個險險跟刀鋒擦身而過、下一秒就會濺血死亡的恐怖瞬間——我到今天還是相信，那是惡狼之前侵害的被害者們在冥冥中保護著我，讓我沒被擊中要害。但老是睡到一半就忽地被惡夢驚醒，全身都給冷汗浸溼，讓我感到很困擾。

後來我把這件事跟徐海音說了，也問她：「雖然是正義的行動，但妳也是把剖腹狼就地正法的一分子，事後想想，會覺得衝擊很大嗎？會不會有什麼反作用力，比方像我這樣老做惡夢？」

徐海音想了會兒，反問道：「當時我被找去地檢署釐清案情，檢察官也很驚訝我看來嬌滴滴的，怎麼有勇氣下得了手。你知道我怎麼回他的嗎？」

我搖搖頭。

徐海音說道：「如果你跟我一樣，曾經駐足在被他蹂躪過的被害人屍體旁，那你在可以決定他生死的關頭，就一點也不會手軟。因為你很清楚這種人渣，就是該死！」

就是該死！

說也奇怪，從那次的談話後，我就沒再做過惡夢了。

整個六月份，我又重返熟悉的生活，穿梭街頭繼續我的快遞生涯。雖然寶哥那邊一直催促我快點提出下一本小說的大綱，趁著還能消費「獵狼英雄」這名頭時再拚它一把，還有徐海音也一直希望我早點回應轉行的事情，她想介紹幾位同伴給我認識，讓我早日成為「電視人」。

但我就是懶！

回到家後，總是懶洋洋地提不起勁，追追日劇、美劇，打打電腦遊戲，跟夥伴們去唱唱歌，無所事事消磨了大半個晚上，之前「每天寫五百字」的規矩也荒廢了。總覺得自己完成了一個人生中的超級艱鉅任務，已對社會付出些貢獻，也是該讓我來享受小確幸的時候了。哪怕就這樣送快遞一輩子又何妨？

「該不會是那頭惡狼把你的鬥志給打垮了吧？」徐海音在一封電子郵件後邊這麼寫道。我總覺得這女人打垮惡狼後，似乎變得更有自信、更犀利、也更得理不饒「我」起來了。

七月一日，我如往常一般，九點半準時出現在公司打卡，摩拳擦掌準備上街頭馳騁一番了。跟快遞員們聊聊天、喝咖啡看報紙、批評一下沒啥爆點的晨間新聞後，大家陸續出門上工了，我也背起郵差包正要出發時，羅姊喊住了我：「阿唐你等一下，我電腦好像有問題，你幫我處理。」

「喔，好吧！」我走近她的辦公桌問：「什麼狀況？」

「聲音出不來呢！」

「哎？羅姊妳上班看Youtube？真是有閒心呢！」我盯著畫面打趣道。

羅姊白了我一眼。「多嘴！你坐著弄吧，我去趟洗手間。」

「好，好。」

修電腦算是我的專長之　，我快速地檢查軟硬體配置後，一下子就找出問題點：原來是系統音量被關掉了。點開喇叭圖示後，我再試著播放線上影片，果然電腦聲音就恢復正常了。

羅姊正在看的，是某個當紅的歌唱選秀節目。一開始先經一輪素人海選後，每週再設定一些競爭主題，淘汰幾個名額，直到最後的冠軍出爐，就可以獲得唱片合約還是高額獎金之類的。

除了聽聽翻唱的口水歌、讓評審的毒舌評語逗樂大家外，這類節目的另一個看頭，就是被迫離開的那些人，都會在臺前跟對手們抱在一起哭得唏哩嘩啦的，然後回到後臺再交代一些夢想啦、祝福啦、感恩啦之類的場面話。

嗯，這回跟本屆最有冠軍相的「夜店王子」爭個你死我活的倒楣鬼會是誰呢？「……大家是不是期待很久了呢？本屆的終極對決、雙強爭霸，接下來讓我們歡迎這匹最大的黑馬！使命必達的飆音蜂后，羅～巧～雲！為各位帶來一首《溫柔的慈悲》！」

舞臺燈光亮起，一位濃妝豔抹、如八〇年代的老氣裝扮、寬邊小禮帽、淺綠色花邊絲巾跟帶蕾絲的白手套一應俱全，與一旁年輕的潮男潮女選手形成強烈對比的中年女子登臺。瞧瞧這身過時的造型是來當砲灰的嗎？我猛搖頭取笑著。但怎麼這人的臉跟聲音，讓我越看越覺得熟悉呢？

我湊近螢幕定睛一看，居然是羅姊！

竟然是那個每天板起晚娘面孔、指揮我們在街上跑來跑去、剛剛要我修電腦的羅姊！

我簡直不敢相信我的眼睛！不過臺下觀眾倒是很捧場地熱烈鼓起掌來。而當羅姊開嗓唱起第一句時，那渾厚帶點磁性的聲音讓我為之驚豔，副歌飆起高音時更讓我全身起了雞皮疙瘩。我真的不敢相信，那位每天與我朝夕共事的羅姊，竟然有這樣的美音天分。

這時候我驀然明白，原來以前辦公室裡播放的、那些總是跟原唱對不起來的翻唱歌曲，其實都是羅姊自唱自錄的作品！

不過很可惜地，雖然這首經典老歌詮釋得很動人，也博得觀眾的滿堂彩，但在評審與觀眾投票的拉鋸戰下，最後還是以兩分的些微差距，敗給了夜店王子。

或許是因為在選手群裡年紀最長的緣故，最終的敗陣結果宣布後，羅姊仍顯得拘謹平靜，保持風度微微笑著，沒有哭得死去活來的戲碼，並禮貌性地與選手們握握手、擁抱一下就回到後臺了。

後臺的訪問花絮，由一位搞笑藝人專訪，當中穿插了羅姊的一些生活片段，有在家裡看著電視唱歌的、有在公園仿聲樂提氣發音的、甚至還有在速必得辦公室偷偷更換音響ＣＤ片的畫面——

「從小我就喜歡唱歌，但都是偷偷的唱，有時邊洗澡邊唱起來，不小心給家人聽到了，他們都嘲笑我說像鬼吼鬼叫的，對我的信心打擊很大。唸書的時候，同學邀著去唱ＫＴＶ，我都要找藉口推掉。」

「夢想啊，我國中的日記裡就這樣寫，我的夢想就是當歌星。我相信自己總有一天會站在舞臺上，拿著麥克風唱歌，後面有舞群伴舞這樣，好多觀眾會為我熱情鼓掌，然後我的爸媽、弟弟妹妹也在裡面。」

「高音、轉音、氣音這個，很難學啊！我沒有跟老師學過啦，就是自己跑到我們公寓天臺，水塔旁邊，拿著隨身聽這樣跟著唱。有一次這樣拉高音，旁邊一群鳥兒突然嘩～啦啦地飛起來，嚇我一跳！」

「沒有啦，我沒有想說靠這個維生。就像我當年的夢想，只要有給我表演的機會，有人願意坐在臺下聽我唱歌，給我掌聲，我就覺得很滿足了，做夢都會笑出來。」

「練好久哦，我還請兒子教我怎麼燒CD，我還不敢跟他說是要燒媽媽自己唱的CD。我特地找了王菲、蔡健雅的CD殼來包裝，拿到辦公室偷偷播放，騙他們說我是買翻唱版的。可是大家都說好聽，咦，那時我才慢慢有點自信。」

「今天雖然失敗了，但我還是滿心感謝，因為我已經走得比我預期得還要遠。哈，終於圓夢了，這人生好像……怎麼說呢？好像就沒有遺憾了。」

「其實一開始我還是不敢來的，但後來還是鼓起勇氣參加海選。嗯，我在這裡要感謝我辦公室的一位同事，他叫阿唐，國立大學畢業喔，可是這個人很好玩，他說他的夢想是要在臺灣當作家，寫偵探小說之類的。他認識的人都跟他說，這種夢想會害他餓死，連女朋友都跑了，他還要白天送快遞、晚上寫小說這樣苦撐著，可是我還是常聽他在辦公室裡，跟個小孩子一樣，興奮地說又出了哪本書、有人去採訪他、書又賣不好、又被退稿什麼的。但他從來就沒有說過一句想放棄的話。」

「有時候他突然跟我請假，我想是在家裡趕著寫稿還是去參加講座，我都睜一隻眼閉一隻眼，雖然不知道他在堅持什麼，但你會覺得被他的這種傻氣感染了，就算他的夢想從來沒有一個人看好，一直被別人嘲笑，可是他才不管什麼丟不丟臉，就是全心全力這樣去追夢，哪怕夢想有一天會實現、但還是養不活自己時，我想他一定也不會抱怨半句。」

「總是充滿鬥志的那個人一直就在我身邊，每天都跟時鐘的秒針一樣，一步一步堅定努力地往前走，鼓舞了我、給我很大的勇氣。因為這樣，所以今天我才敢站上這個舞臺，跟年紀小我很多的同學們一起同臺，唱歌給大家聽。謝謝你，阿唐，如果你聽得到的話。謝謝這一屆的同學們，你們都好棒，阿姨真的很愛你們，謝謝！」

我看得熱淚盈眶。這份謝意，我確實接收到了！

不知何時，羅姊已經走回辦公桌旁，她從旁邊的檔案櫃翻出一張離職單，遞來給我。她真摯地說道：

「阿唐，從你進來的時候，我就想什麼時候把這個拿給你。也許別人很怕寫這個東西，但我知道這對你來說，會是羅姊給你的一個禮物、一份最好的祝福。」

我看著眼前這單子，一時間百感交集，不知該說什麼。

「你在這邊待了一年多了，已經夠了。當初你一個高材生跑來窩在這裡，就是做個過渡期而已，不是嗎？蹲下去是希望未來跳得更高，不是這麼一直蹲下去直到腳都麻掉了。所以羅姊自己幫你決定，今天要把你放生了。」

「那個徐小姐說，她欠你　份情，這回好不容易幫你談到一個可以發揮才華、追逐夢想的最好工作了。雖然她也說了，轉行之後的路或許會走得辛苦點，但我覺得那對你來說，根本就不算什麼。你看你在速必得這邊、羅姊的摧殘下，不也都輕鬆撐過去了嗎？還過得這麼快樂？」

「羅姊，謝謝……」我語帶哽咽地說道。

「簽了這麼多年的離職單，第一次聽到有員工跟我說這句話。」

我與羅姊笑了起來。

這時懷中的手機發出提醒鈴聲，我掏出一看，是莊爺傳來的簡訊：「十一點半老地方居酒屋等你。畢業愉快！」

心中的徬徨與茫然在轉眼間似乎消失得無影無蹤了。我可以感覺到，往日那股追尋夢想、永不言敗的火焰，又在我的體內熊熊地燃燒起來了！

雖然我在公司裡沒有辦公桌，私人物品並不多，但一些雜物、文件跟紀念品，還是塞滿了一個快遞紙箱。當我抱著箱子放到摩托車上，打算先返家一趟的時候，小黑忽然小跑步過來。

「小黑，我之後就不在這裡上班了，你自己也要多小心，不要被別人欺負，懂嗎？」

小黑紅著眼眶，點頭說：「我、我聽、羅姊、羅姊說了。唐、唐哥、也、也要、小心。」

我哈哈大笑：「你要跟人家說『保重』啦！」

「好、好。保重。」小黑認真地點頭答應，一邊又從口袋裡掏出他原本掛在脖子上的護身符，恭敬地雙手捧著遞給我。「唐、唐哥、送、送給、你。」

「小黑你也要送我禮物？」我把護身符翻過一看，裡頭還塞了那張對小黑來說最重要的紙條，我驚訝道：「這不是你每天都要做的『訓練』嗎？」

「我、我、訓練、好了。」小黑搥一下自己的胸口，說：「訓練、好了、不、不會、忘記。」

「你還是留著吧！」看著這對小黑來說有非凡意義的護身符，我不敢輕易收下。

但小黑態度很堅決。「我、不、不用。你、很、很需要。」

「哈！我很需要？好，那唐哥收下了。謝謝你，小黑，我會好好愛惜它的。」

小黑開心地咧嘴笑了。「先、先、不要、看。等、等我、我走、走了、再訓、訓練。」

這小子還怕羞呢！到底是訓練什麼呢？我的好奇心又被勾了起來。於是等小黑揮手道別後一轉身，我就一把抽出紙條，攤平瞄了一眼，我不禁笑了起來。

那紙條上只有用毛筆寫就、蒼勁渾厚的七個字。

不知道是小黑口齒不清、還是因為我耳背，這根本也不是什麼「訓練」，而是「信念」！一種要時時放在心裡、提醒自己莫忘初衷、永不止息的信念。

我知道歷史上曾經有一位將軍就是秉持著這樣的信念，率領著子弟兵突破重圍、歷經艱險，直達前無古人的境界，最終創立了不世功勳。

也曾有一位住在布魯克林的窮小子，小學時代就將這信念刻劃在心中，三十年後終於如他所願，飛往無垠的太空，在浩瀚的銀河裡漫步，看見此生最壯麗的美景。

現在，這個信念傳達到我這兒了！它又能帶領我走到什麼樣的境界呢？我會把這紙條珍而藏之。當我又開始迷惘、消沉、不知為何而戰的時候，我會像小黑一樣，找個無人的地方把它打開，好好地朗誦個幾遍。我再一次看向這七個字……

前進！前進！再前進！

浮文字

懸案追追追

作者／天地無限
發行人／黃鎮隆
總編輯／洪琇菁
執行編輯／呂尚燁
企劃宣傳／邱小祐、劉宜蓉
協理／陳君平
國際版權／林孟璇
美術編輯／方品舒
出版／城邦文化事業股份有限公司 尖端出版
台北市中山區民生東路二段一四一號十樓
電話：（○二）二五○○七六○○ 傳真：（○二）二五○○二六八三
E-mail：7novels@mail2.spp.com.tw
發行／英屬蓋曼群島商家庭傳媒股份有限公司城邦分公司 尖端出版
台北市中山區民生東路二段一四一號十樓
電話：（○二）二五○○─七六○○（代表號）
傳真：（○二）二五○○─一九七九
中彰投以北經銷（含宜花東）／高見文化行銷股份有限公司
電話：○八○○─○五五─三六五
傳真：（○二）二六六八─六二二○
雲嘉經銷／威信圖書有限公司 嘉義公司
電話：（○五）二三三─三八五二
傳真：（○五）二三三─三八六三
客服專線：○八○○─○二八─○二八
南部經銷／威信圖書有限公司 高雄公司
電話：（○七）三七三─○○七九
傳真：（○七）三七三─○○八七
香港總經銷／城邦（香港）出版集團有限公司
香港灣仔駱克道193號東超商業中心1樓
電話：（八五二）二五○八─六二三一
傳真：（八五二）二五七八─九三三七
馬新總經銷／城邦（馬新）出版集團 Cite(M)Sdn.Bhd.
E-mail：Cite@cite.com.my
大眾書局（新加坡） POPULAR(Singapore)
E-mail：feedback@popularworld.com
大眾書局（馬來西亞） POPULAR(Malaysia)
E-mail：popularmalaysia@popularworld.com
法律顧問／王子文律師 元禾法律事務所
台北市羅斯福路三段三十七號十五樓
二○一六年七月一版一刷

■中文版■

郵購注意事項：
1. 填妥劃撥單資料：帳號：50003021戶名：英屬蓋曼群島商家庭傳媒(股)公司城邦分公司。2. 通信欄內註明訂購書名與冊數。3. 劃撥金額低於500元，請加附掛號郵資50元。如劃撥日起 10～14日，仍未收到書時，請洽劃撥組。劃撥專線TEL：(03) 312-4212 ・ FAX：(03) 322-4621。E-mail：marketing@spp.com.tw

國家圖書館出版品預行編目資料

懸案追追追 / 天地無限 著 ; .
--1版.--臺北市：尖端出版, 2016.07 面 ; 公分.--
譯自:
ISBN 978-957-10-6742-1(平裝)

857.81　　105008746